SAS

VENGEANCE À BEYROUTH

DU MÊME AUTEUR AUX PRESSES DE LA CITÉ

Nº 1 S.A.S. À ISTANBUL
Nº 2 S.A.S. CONTRE C.I.A.
Nº 3 S.A.S. OPÉRATION APOCALYPSE
Nº 4 SAMBA POUR S.A.S.
Nº 5 S.A.S. RENDEZ-VOUS À SAN FRANCISCO
Nº 6 S.A.S. DOSSIER KENNEDY
Nº 7 S.A.S. BROIE DU NOIR
Nº 8 S.A.S. AUX CARAÏBES
Nº 9 S.A.S. À L'OUEST DE JÉRUSALEM
Nº 10 S.A.S. L'OR DE LA RIVIÈRE KWAÏ
Nº 11 S.A.S. MAGIE NOIRE À NEW YORK
Nº 12 S.A.S. LES TROIS VEUVES DE HONG-KONG
Nº 13 S.A.S. L'ABOMINABLE SIRÈNE
Nº 14 S.A.S. LES PENDUS DE BAGDAD
Nº 15 S.A.S. LA PANTHÈRE D'HOLLYWOOD
Nº 16 S.A.S. ESCALE À PAGO-PAGO
Nº 17 S.A.S. AMOK À BALI
Nº 18 S.A.S. QUE VIVA GUEVARA
Nº 19 S.A.S. CYCLONE À L'ONU
Nº 20 S.A.S. MISSION À SAÏGON
Nº 21 S.A.S. LE BAL DE LA COMTESSE ADLER
Nº 22 S.A.S. LES PARIAS DE CEYLAN
Nº 23 S.A.S. MASSACRE À AMMAN
Nº 24 S.A.S. REQUIEM POUR TONTONS MACOUTES
Nº 25 S.A.S. L'HOMME DE KABUL
Nº 26 S.A.S. MORT À BEYROUTH
Nº 27 S.A.S. SAFARI À LA PAZ
Nº 28 S.A.S. L'HÉROÏNE DE VIENTIANE
Nº 29 S.A.S. BERLIN CHECK POINT CHARLIE
Nº 30 S.A.S. MOURIR POUR ZANZIBAR
Nº 31 S.A.S. L'ANGE DE MONTEVIDEO
Nº 32 S.A.S. MURDER INC. LAS VEGAS
Nº 33 S.A.S. RENDEZ-VOUS À BORIS GLEB
Nº 34 S.A.S. KILL HENRY KISSINGER!
Nº 35 S.A.S. ROULETTE CAMBODGIENNE
Nº 36 S.A.S. FURIE À BELFAST
Nº 37 S.A.S. GUÊPIER EN ANGOLA
Nº 38 S.A.S. LES OTAGES DE TOKYO
Nº 39 S.A.S. L'ORDRE RÈGNE À SANTIAGO
Nº 40 S.A.S. LES SORCIERS DU TAGE
Nº 41 S.A.S. EMBARGO
Nº 42 S.A.S. LE DISPARU DE SINGAPOUR
Nº 43 S.A.S. COMPTE À REBOURS EN RHODÉSIE
Nº 44 S.A.S. MEURTRE À ATHÈNES
Nº 45 S.A.S. LE TRÉSOR DU NÉGUS
Nº 46 S.A.S. PROTECTION POUR TEDDY BEAR
Nº 47 S.A.S. MISSION IMPOSSIBLE EN SOMALIE
Nº 48 S.A.S. MARATHON À SPANISH HARLEM
Nº 49 S.A.S. NAUFRAGE AUX SEYCHELLES
Nº 50 S.A.S. LE PRINTEMPS DE VARSOVIE
Nº 51 S.A.S. LE GARDIEN D'ISRAËL
Nº 52 S.A.S. PANIQUE AU ZAÏRE
Nº 53 S.A.S. CROISADE À MANAGUA
Nº 54 S.A.S. VOIR MALTE ET MOURIR
Nº 55 S.A.S. SHANGHAÏ EXPRESS
Nº 56 S.A.S. OPÉRATION MATADOR
Nº 57 S.A.S. DUEL À BARRANQUILLA
Nº 58 S.A.S. PIÈGE À BUDAPEST
Nº 59 S.A.S. CARNAGE À ABU DHABI
Nº 60 S.A.S. TERREUR À SAN SALVADOR
Nº 61 S.A.S. LE COMPLOT DU CAIRE
Nº 62 S.A.S. VENGEANCE ROMAINE

Nº 63 S.A.S. DES ARMES POUR KHARTOUM
Nº 64 S.A.S. TORNADE SUR MANILLE
Nº 65 S.A.S. LE FUGITIF DE HAMBOURG
Nº 66 S.A.S. OBJECTIF REAGAN
Nº 67 S.A.S. ROUGE GRENADE
Nº 68 S.A.S. COMMANDO SUR TUNIS
Nº 69 S.A.S. LE TUEUR DE MIAMI
Nº 70 S.A.S. LA FILIÈRE BULGARE
Nº 71 S.A.S. AVENTURE AU SURINAM
Nº 72 S.A.S. EMBUSCADE A LA KHYBER PASS
Nº 73 S.A.S. LE VOL 007 NE RÉPOND PLUS
Nº 74 S.A.S. LES FOUS DE BAALBEK
Nº 75 S.A.S. LES ENRAGÉS D'AMSTERDAM
Nº 76 S.A.S. PUTSCH A OUAGADOUGOU
Nº 77 S.A.S. LA BLONDE DE PRÉTORIA
Nº 78 S.A.S. LA VEUVE DE L'AYATOLLAH
Nº 79 S.A.S. CHASSE A L'HOMME AU PÉROU
Nº 80 S.A.S. L'AFFAIRE KIRSANOV
Nº 81 S.A.S. MORT A GANDHI
Nº 82 S.A.S. DANSE MACABRE A BELGRADE
Nº 83 S.A.S. COUP D'ÉTAT AU YEMEN
Nº 84 S.A.S. LE PLAN NASSER
Nº 85 S.A.S. EMBROUILLES A PANAMA
Nº 86 S.A.S. LA MADONE DE STOCKHOLM
Nº 87 S.A.S. L'OTAGE D'OMAN
Nº 88 S.A.S. ESCALE À GIBRALTAR

L'IRRÉSISTIBLE ASCENSION DE MOHAMMAD REZA, SHAH D'IRAN
LA CHINE S'ÉVEILLE
LA CUISINE APHRODISIAQUE DE S.A.S
PAPILLON ÉPINGLÉ
LES DOSSIERS SECRETS DE LA BRIGADE MONDAINE
LES DOSSIERS ROSES DE LA BRIGADE MONDAINE

AUX ÉDITIONS DU ROCHER

LA MORT AUX CHATS
LES SOUCIS DE SI-SIOU

AUX ÉDITIONS DE VILLIERS

Nº 89 S.A.S. AVENTURE EN SIERRA LEONE
Nº 90 S.A.S. LA TAUPE DE LANGLEY
Nº 91 S.A.S. LES AMAZONES DE PYONGYANG
Nº 92 S.A.S. LES TUEURS DE BRUXELLES
Nº 93 S.A.S. VISA POUR CUBA
Nº 94 S.A.S. ARNAQUE À BRUNEI
Nº 95 S.A.S. LOI MARTIALE À KABOUL
Nº 96 S.A.S. L'INCONNU DE LENINGRAD
Nº 97 S.A.S. CAUCHEMAR EN COLOMBIE
Nº 98 S.A.S. CROISADE EN BIRMANIE
Nº 99 S.A.S. MISSION À MOSCOU
Nº 100 S.A.S. LES CANONS DE BAGDAD
Nº 101 S.A.S. LA PISTE DE BRAZZAVILLE
Nº 102 S.A.S. LA SOLUTION ROUGE
Nº 103 S.A.S. LA VENGEANCE DE SADDAM HUSSEIN
Nº 104 S.A.S. MANIP À ZAGREB
Nº 105 S.A.S. KGB CONTRE KGB
Nº 106 S.A.S. LE DISPARU DES CANARIES
Nº 107 S.A.S. ALERTE PLUTONIUM
Nº 108 S.A.S. COUP D'ÉTAT À TRIPOLI
Nº 109 S.A.S. MISSION SARAJEVO
Nº 110 S.A.S. TUEZ RIGOBERTA MENCHU
Nº 111 S.A.S. AU NOM D'ALLAH

LE GUIDE S.A.S. 1989

Photo de la couverture : Michael MOORE

Arme fournie par : armurerie JEANNOT, à Levallois.

ISBN : 2 - 7386 - 0368 - 8

ISSN : 0295 - 7604

GÉRARD DE VILLIERS

SAS

VENGEANCE À BEYROUTH

E D I T I O N S
GERARD de VILLIERS

PROLOGUE

L'Hercules C 130 de l'US Air Force fit jaillir des gerbes d'eau lorsque ses roues touchèrent la piste de l'aéroport militaire de Dover, dans le Delaware. Ce 28 décembre 1991, il faisait un temps exécrable dans l'est des Etats-Unis. Sous un ciel bas et couvert, le C 130 fit demi-tour en bout de piste et se dirigea vers un des hangars. On avait dressé à l'entrée une petite estrade, protégée de la pluie par un auvent.

Une douzaine d'hommes et une femme attendaient debout, engoncés dans des imperméables. La pluie fouettait leurs visages graves. Pas un mot ne fut prononcé tandis que le quadripropulseurs roulait vers eux à une vitesse d'escargot. Face au hangar, le son strident de ses moteurs augmenta et il fit majestueusement demi-tour, présentant son arrière à la tribune et projetant sur ses occupants un brouillard humide. Puis ses quatre hélices quadripales s'arrêtèrent progressivement, en même temps que sa trappe arrière s'abaissait jusqu'à toucher le sol.

Un peloton de Marines en tenue d'apparat sortit du hangar au pas de course et prit rapidement position, sur deux rangs, en face de l'ouverture béante. Deux soldats disposèrent des tréteaux sur le sol et six Marines s'engouffrèrent dans le fuselage. Ils en ressortirent quelques instants plus tard, portant sur leurs épaules un cercueil de chêne verni recouvert d'un drapeau américain.

A pas lents, ils descendirent la rampe et se dirigèrent vers les tréteaux. Ils y installèrent, avec des gestes précis, le cercueil recouvert de la bannière étoilée.

Le silence était poignant. Les gens rassemblés sur l'estrade paraissaient transformés en statues. Le menton de l'unique femme tremblait légèrement, tandis qu'elle serrait les lèvres pour ne pas laisser éclater son chagrin. Il y eut un ordre bref, les claquements des paumes des Marines sur les crosses de leur MP.16 pour présenter les armes, puis le choc sourd des crosses heurtant le sol. Et de nouveau, le silence, troublé par les rafales de pluie. Les regards étaient fixés sur le cercueil entouré de sa garde d'honneur.

Le cercueil de William J. Buckley, responsable de la *Central Intelligence Agency* pour le Moyen-Orient, enlevé à Beyrouth par trois hommes, le 16 mars 1984, alors qu'il gagnait son bureau à l'ambassade américaine, dans Beyrouth-Ouest.

Personne ne l'avait revu vivant. L'enlèvement avait été le fait du Hezbollah, groupe intégriste libanais manipulé par Téhéran. Les services de renseignements occidentaux n'avaient appris qu'une chose : William J. Buckley avait été affreusement torturé pendant de longs mois ; il en était mort. Le 8 septembre 1985, le Hezbollah avait envoyé au journal beyrouthin *Al-Nahar* une photo de son cadavre.

Le 31 août 1987, un service funèbre « in absentia » avait été célébré dans la chapelle de Langley, QG de la CIA, en Virginie. Il avait encore fallu attendre quatre ans pour que, suite aux pressions américaines sur les Syriens, un cadavre mal embaumé soit abandonné dans un fossé, sur la route de l'aéroport de Beyrouth. Son état de décomposition était tel qu'il avait été impossible de préciser la cause de la mort.

Les experts de la CIA avaient cependant pu identifier formellement William Buckley. Les restes de celui-ci avaient d'abord été transportés dans une base américaine à Francfort, avant d'entreprendre le dernier voyage vers les Etats-Unis. Après cette brève cérémonie à Dover, la dépouille de William Buckley partirait pour le cimetière d'Arlington, en Virginie, où reposaient, à côté de John Kennedy, tous ceux qui avaient donné leur vie pour les Etats-Unis...

Le silence se prolongea près d'une minute. Puis, un des assistants s'approcha du micro : Dick Cheney, secrétaire d'Etat à la Défense. Il ne prononça que quelques mots, d'une voix étranglée par l'émotion : *« Je m'incline devant la mort tragique de ce patriote américain courageux et dévoué qui a donné sa vie pour son pays. Les responsables de ce meurtre devront en rendre compte. »*

CHAPITRE PREMIER

Beyrouth !

Par la baie ouverte au dixième étage de l'immeuble moderne de la rue Trabaud, au cœur d'Ashrafieh, le quartier chrétien à l'est de la ville, Malko apercevait le labyrinthe des buildings neufs surgis au milieu des vieilles maisons ottomanes et des bâtiments éventrés par dix-sept ans d'une féroce guerre civile, jusqu'au port.

La rumeur incessante des klaxons montait jusqu'à lui, coupée parfois par l'appel d'un marchand ambulant de *kaak* (1), ou par le vain coup de sifflet d'un policier essayant d'accélérer la circulation sur le « ring » Fouad Chehab ; l'autoroute urbaine traversant Beyrouth d'est en ouest passait à cinquante mètres de l'appartement où il se trouvait.

Huit ans après son dernier passage à Beyrouth, c'était toujours la même atmosphère d'activité frénétique et brouillonne, moins les explosions, les rafales d'armes automatiques et les sirènes des ambulances.

La chaleur était accablante : trente-huit degrés à l'ombre. L'été était arrivé d'un coup, à la mi-juin. Sur sa gauche, à l'endroit qui avait été le cœur de Beyrouth, les gratte-ciel détruits par la guerre se dressaient comme des orbites vides au milieu de quartiers dévastés. La tour

(1) Galette.

Murr, le *Holiday Inn*, le *Hilton*, le *Phœnicia*. Ce paysage de Pompéi moderne contrastait avec la circulation anarchique, et la toile d'araignée des fils électriques s'enchevêtrant au-dessus des rues étroites des vieux quartiers. L'électricité étant rationnée à six heures par jour, et de nombreux immeubles en étant privés, chaque Beyrouthin essayait de voler un peu de courant en se branchant à la sauvette sur les transformateurs. Les vieilles maisons ottomanes, les baraques en ruine et quelques immeubles récents semblaient ne constituer qu'une seule masse, piquetée de dizaines de milliers d'impacts de toutes dimensions, comme si une nuée de pics-verts géants s'était acharnée sur la ville.

Du large balcon, Malko apercevait ce qui avait été la fameuse « ligne verte », le *no man's land* qui séparait Beyrouth-Ouest et ses quartiers musulmans de l'Est chrétien. De la mer, au sud de la ville, sur une dizaine de kilomètres et deux cents mètres de large, il n'y avait pas un immeuble intact. Tout avait été massacré, fenêtre par fenêtre, toit par toit, au mortier, au canon, à la mitrailleuse lourde, au fusil, à la grenade. Les pilleurs avaient achevé le travail, enlevant tout ce qui pouvait se revendre. Pourtant, quelques familles s'étaient réinstallées dans ces coquilles vides, sans eau ni électricité, sans fenêtres ni sanitaires. On les apercevait parfois le soir, cuisinant sur des balcons dont il ne restait que la dalle de ciment.

Malko avait du mal à réaliser que quatre jours plus tôt, il se trouvait encore dans son château de Liezen, au milieu des sapins, avec Alexandra, sa fiancée, plus amoureuse que jamais, en train de savourer un Dom Pérignon bien glacé.

Un coup de fil du chef de station de la CIA à Vienne l'avait appelé à se rendre d'urgence à Langley. Procédure hautement inhabituelle, appuyée par un billet en Concorde sur Air France. Il éprouvait toujours le même plaisir à emprunter le supersonique, l'avion de l'homme du XXIe siècle à la clientèle cosmopolite. Un vrai club. Les

6 500 km entre Paris et New York avaient passé comme dans un rêve. Servi par un stewart en spencer blanc et une hôtesse en Nina Ricci cocooné par la nouvelle décoration, il avait savouré trois heures trente de bonheur. C'était dur, ensuite, de retrouver la navette New York-Washington.

Deux heures plus tard, il pénétrait dans le bureau du directeur de la Division des Opérations, Robert Douglas. Un sosie de l'acteur américain Burt Reynolds – moustache fournie et allure de play-boy – s'y trouvait : le patron de la CIA pour tout le Moyen-Orient, basé à Beyrouth. Vincent Faulkner, arabisant, francophone, était le meilleur expert de la *Company* pour le monde arabe. Il avait ouvert la discussion, sans fioritures inutiles.

– Vous vous souvenez de William Buckley ?

– Bien sûr, avait répondu Malko. C'est une vieille affaire qui remonte à 1984.

– Exact. Ça a été le coup le plus dur porté à la *Company*. Et Buckley a subi un véritable calvaire.

– Tout le monde a oublié cela, aujourd'hui.

– Pas nous, avait dit sèchement Vincent Faulkner. Avant de quitter la Maison-Blanche, le président George Bush a signé un *finding* (1) nous donnant carte blanche pour retrouver et liquider physiquement tous ceux qui ont trempé dans le kidnapping, la détention et l'assassinat de William Buckley. Par tous les moyens.

Il avait eu un sourire froid pour préciser :

– Un *finding*, c'est comme une *fatwa* de ces salauds d'islamistes. Ça reste valable après la mort ou le départ de son auteur.

– Je comprends, avait dit Malko. Mais pourquoi avoir attendu si longtemps ?

– D'abord, il fallait que *tous* les otages soient rentrés. Il n'y a que deux ans que c'est fait. Ensuite, nous avons laissé passer le temps, pour que les Hezbollahs soient per-

(1) Ordre secret présidentiel.

suadés que nous avions classé l'affaire. Moi-même, j'ai intoxiqué les Syriens grâce à un colonel des services de renseignements avec qui je suis en bons termes. J'ai dit qu'on avait tiré un trait sur Buckley. Ils ont sûrement transmis le message aux Hezbollahs... Ceux-ci savent qu'il n'y a plus d'Américains à Beyrouth, à part quelques diplomates ; ni même de civils qui pourraient être sous « couverture ». Ils dorment sur leurs deux oreilles. Pour que cette vengeance soit exemplaire, il faut une opération chirurgicale, pas menée au hasard, comme pour le cheikh Fadlallah. Il faut leur foutre une trouille noire, cette fois, en pénétrant leur système !

Un ange était passé, penaud.

Après l'explosion d'un camion piégé qui avait tué plus de deux cents Marines à Beyrouth, le 23 octobre 1983, la CIA avait organisé un contre-attentat visant le cheikh Fadlallah, porte-parole du Hezbollah pro-iranien. Hélas, la voiture piégée qui lui était destinée avait tué quatre-vingts personnes, mais l'avait raté...

– Cette fois, avait martelé Vincent Faulkner, il ne faut pas se tromper... Et ça n'est pas le plus facile.

Malko avait marqué sa surprise.

– Depuis le temps, vous n'avez pas identifié les coupables ? Ils ne sont pas localisés ?

– Ça paraît fou, mais c'est vrai, avait reconnu Vincent Faulkner. Il faut comprendre que nous n'avons jamais eu aucune source directe au sein du Hezbollah, qui est un système hermétique. Même les services syriens et libanais n'en savaient guère plus que nous et nous disaient ce qu'ils voulaient bien nous dire. Au départ, nous avons su très vite que William Buckley était détenu quelque part dans la banlieue sud, dans le quartier chiite. Encore aujourd'hui, nous ignorons exactement où.

« Nous n'avons qu'un nom, celui de l'homme qui a organisé son enlèvement, Hadj Imad Fayez Mughnieh. Un chiite très pieux, né à Deir Debba dans le Sud-Liban, dont la famille habite toujours la banlieue sud, à Bourj

Brajneh. En plus du kidnapping de William Buckley, il a organisé les attentats du 23 octobre 1983 contre nos Marines et les paras français, deux assassinats de diplomates français, plusieurs prises d'otages et, en juin 1985, les détournements sur Beyrouth d'un Boeing de la TWA et d'un appareil des Koweit Airways.

Palmarès éloquent.

– Où se trouve-t-il ? avait interrogé Malko.

La réponse était tombée comme un couperet.

– Il a disparu de Beyrouth depuis deux ans, et personne ne l'a revu depuis. C'est lui qu'il faut retrouver. Maintenant, il doit se méfier beaucoup moins.

– Ça ne va pas être facile.

Vincent Faulkner ne s'était pas troublé.

– Avant d'aller plus loin, je dois vous poser une question. Nous avons baptisé entre nous cette opération *Wrath of God* (1). Acceptez-vous d'en prendre la tête, à des conditions un peu particulières ?

– Lesquelles ?

– Nous vous offrons *un* dollar, en cas de réussite. C'est une vengeance. Une affaire de famille, une famille dont vous faites partie. Nous ne voulons pas de mercenaire pour la diriger, et aucun Américain ne doit y être impliqué directement, pour des raisons de sécurité.

– J'accepte, avait dit Malko sans réfléchir.

Ce qu'on lui proposait correspondait parfaitement à son éthique : rien n'était plus honorable que de venger un compagnon de combat.

Vincent Faulkner s'était fendu d'un faible sourire.

– D'après ce que Bob Douglas m'avait dit de vous, je pensais bien que vous accepteriez, mais c'est bon de vous l'avoir entendu dire. Vous êtes conscient des risques ? Les Hezbollahs sont extrêmement dangereux, c'est comme plonger la main dans un sac plein de cobras. S'ils réalisent ce que vous êtes en train de faire, ils mettront tout

(1) Colère de Dieu.

en œuvre pour vous tuer. A Beyrouth, nous n'avons aucun allié *sûr*...

– De qui et de quoi vais-je disposer ? avait demandé Malko.

– Nous avons déjà commencé à travailler, lui avait alors appris Vincent Faulkner. J'ai quatre hommes sur le terrain. Deux pour le sale travail, Samir et Nabil Maalouf. Deux anciens membres de l'équipe de tueurs d'Elie Hobeika qui dirigeait le service de sécurité des Forces libanaises. Ils se sont particulièrement distingués lors des massacres de Sabra et Chatila. Ils ont émigré aux Etats-Unis mais sont en situation illégale. On leur a donné le choix : l'expulsion ou un permis de séjour et 100 000 dollars chacun, s'ils collaborent.

« Ils sont à Beyrouth depuis quinze jours. "En vacances." Ils attendent.

« J'ai recruté aussi un ancien adjoint de Samir Geagea, un des chefs des Forces libanaises, Adal Chartouni. Il était chargé à l'époque de "pénétrer" le Hezbollah. Il y a gardé beaucoup de contacts. Nous l'avons retrouvé dans le Bronx, où il tient un magasin de chaussures. Il ne tenait pas vraiment à revenir à Beyrouth, mais je l'ai convaincu...

« A côté de ces trois-là, les Douze Salopards étaient des enfants de chœur...

– Et le quatrième ?

– C'est le plus sympa. Il travaille avec nous depuis longtemps. Comme chauffeur. Sohbi Jalloul. Comme il a de la famille à Boston, nous le tenons par les couilles. Il fera la liaison entre vous et les autres.

– Comment vais-je procéder ?

– Je pensais vous infiltrer en hélicoptère, via l'ambassade, mais finalement il vaut mieux que vous arriviez ouvertement, par avion. Nous vous avons préparé de faux papiers au nom de Manfred Linz, agent touristique, domicilié à Vienne.

« Dès votre arrivée, vous serez pris en charge par

Sohbi, qui vous conduira dans un appartement d'Ashrafieh appartenant à des Libanais émigrés ici. Des amis. Ils le mettent à votre disposition. C'est plus discret qu'un hôtel.

Tout s'était passé comme prévu. Malko était reparti de New York sur le Concorde d'Air France, échappant au décalage horaire, puis, à Paris, avait embarqué sur l'Airbus pour Beyrouth. Aucune compagnie américaine ne desservait plus le Liban.

A Khaldé, l'aéroport de Beyrouth, il avait eu un choc. Des photos d'Hafez El Assad étaient placardées partout. Le Liban faisait déjà partie de la Syrie...

Un appel modulé venant de la rue Trabaud arracha Malko à ses pensées. Aussitôt, Sohbi Jalloul surgit de la cuisine, un panier muni d'une très longue ficelle à la main. Le chauffeur fourni par la CIA avait trente-quatre ans et en paraissait cinquante. Ses cheveux avaient blanchi en une nuit, en 1980. Sunnite, il avait été intercepté à un barrage et enlevé par des miliciens chrétiens. Toute la nuit, ils avaient procédé à des simulacres d'exécution, lui posant un pistolet sur la tempe et appuyant sur la détente... Pour appuyer leur bluff, ils avaient abattu trois autres prisonniers...

Un membre de l'ambassade américaine l'avait racheté le lendemain matin, pour 500 dollars... Grand, voûté, costaud, toujours souriant, il conduisait une Buick vieille de quinze ans dont le volant recouvert d'une fausse fourrure de tigre essayait de faire oublier l'absence d'amortisseurs et la peinture rapiécée. Beyrouth grouillait des mêmes vieilles Américaines depuis vingt ans.

Sohbi se pencha sur le balcon, héla quelqu'un dans la rue et descendit son panier au bout de sa ficelle, avec quelques billets dedans. Il le remonta chargé à ras bord de fruits, de légumes, de *kaak*, de brochettes crues ; et en prime, *Al-Nahar* et l'*Orient-Le Jour*, le quotidien en français de Beyrouth.

Les ascenseurs fonctionnant de manière intermittente à cause des pannes d'électricité, c'était le moyen le plus pratique pour se ravitailler sans fatigue. Sohbi disparut dans la cuisine avec ses victuailles et Malko retourna dans le salon, totalement vide à l'exception d'un grand tapis, d'une télé Samsung neuve et d'un canapé usé. L'appartement mesurait près de trois cents mètres carrés mais ne contenait guère de meubles. Miraculeusement, pas un seul trou d'obus n'ornait l'immeuble, le seul bâtiment moderne de cette petite rue tranquille qui offrait une discrétion relative.

En dépit de ce confort spartiate, c'était nettement mieux que huit ans plus tôt. Malko avait alors quitté Beyrouth, au plus fort de l'offensive hezbollah contre les Occidentaux. Dans la ville coupée en deux, à feu et à sang, infestée de *snipers*, de voitures piégées, flottait l'odeur de la mort. A cette époque, l'aéroport était fermé, et toute la banlieue sud chiite, un fouillis crasseux de vingt-deux kilomètres carrés, là où les otages étaient détenus, était interdite de fait. C'était le fief du Hezbollah qui régnait sans partage sur ses 600 000 habitants. Des barrages de toutes obédiences stoppaient les rares véhicules, mais la vie continuait. Elle ne s'était jamais arrêtée d'ailleurs, seulement déplacée vers l'Est. L'Ouest musulman, broyé par les obus, était livré aux miliciens avides d'expulser tous les Occidentaux.

De cette violence aveugle, il ne restait que d'immenses portraits de Khomeyni et des autres chefs religieux chiites, plantés le long de la route de l'aéroport qui longeait la banlieue sud.

Maintenant, l'ordre syrien régnait à Beyrouth. De l'aéroport au centre, ils avaient franchi quatre barrages, trois de l'armée libanaise et un syrien, reconnaissable aux portraits d'Hafez El Assad placardés sur ses guérites.

A chaque barrage, Sohbi grommelait entre ses dents. Ils n'avaient pas été arrêtés une seule fois. La ville était étroitement quadrillée. Les Syriens sous-traitaient souvent avec l'armée libanaise réorganisée. En remontant l'ex-avenue Camille-Chamoun qui avait perdu son nom, Malko avait remarqué quelques immeubles somptueux tout juste sortis de terre, en marbre et pierre de taille, avec vue sur la corniche Mazra, qui jouxtaient des bâtiments aplatis par les bombardements.

Beyrouth réapprenait timidement à vivre.

Son cœur avait battu plus vite en traversant le Ring où il avait risqué sa vie si souvent en passant d'Est en Ouest. Les immeubles détruits de chaque côté étaient toujours là, mais sans *snipers*... Tout le centre n'était plus qu'un désert de ruines ; mais il y avait plus de Mercedes au mètre carré que n'importe où ailleurs dans le monde...

Cette ville laide, à l'architecture hétéroclite, parfois hideuse, à la circulation totalement anarchique, sale, pleine de détritus, était pourtant sexy. Dégageant un charme bizarre, comme une femme sulfureuse, vulgaire, trop maquillée, dont on a quand même envie. La mer était toujours aussi bleue, les klaxons aussi assourdissants. Les miliciens qui terrorisaient la ville avaient disparu, reconvertis dans des jobs honnêtes. Cependant, les armes foisonnaient toujours, planquées à cause des Syriens qui avaient fait de Beyrouth une des villes les plus sûres du monde. Ils avaient réuni les différents chefs des milices, leur avaient expliqué qu'au premier faux pas, c'était la balle dans la tête. Le système fonctionnait à merveille. Seul, le Hezbollah avait conservé ses armes lourdes, émigrant au Sud-Liban où il combattait mollement l'ennemi sioniste, ce qui arrangeait tout le monde. Les ex-preneurs d'otages faisaient du social, ouvraient des dispensaires, construisaient des écoles, payaient les femmes chiites pour qu'elles portent le voile. Entre deux prêches contre l'Occident.

Malko avait trouvé dans l'appartement un véritable arsenal. Du pistolet équipé de silencieux à la Kalach' à crosse pliante, en passant par le RPG 7 et des MP. 5 tout neufs, avec des monceaux de munitions. Les armes ne coûtaient rien à Beyrouth.

Sohbi surgit de la cuisine avec un *jallab* (1). La climatisation ne fonctionnait pas et il régnait dans l'appartement une chaleur de sauna. Le « bip » accroché à la ceinture du Libanais se mit à bourdonner. Il le décrocha et regarda le message qui s'inscrivait sur le mini-écran.

– Il faut que j'aille téléphoner, annonça-t-il.

Le téléphone était une véritable horreur à Beyrouth. Il ne fonctionnait qu'entre certains quartiers. Pour appeler Ashrafieh, il fallait se trouver dans l'ouest de Beyrouth. Du sud, c'était impossible. Les numéros commençant par 400 ne pouvaient être atteints que de l'est. Chaque hôtel ou entreprise possédait une douzaine de numéros qu'il fallait essayer à tour de rôle. Un Libanais ingénieux avait eu l'idée de créer un système type « Alpha-page » qui couvrait toute la ville. On appelait un standard qui envoyait un message radio.

Sohbi sortit téléphoner dans la rue. Bien entendu, il n'y avait plus de cabines, mais on opérait de chez les commerçants.

Il revint vingt minutes plus tard et annonça à Malko :

– Nous avons rendez-vous avec Adal Chartouni à la station Adikar, dans la 14ᵉ Rue, secteur 63, à dix heures. Il a du nouveau.

Adal Chartouni, un des Libanais recrutés par la CIA pour l'opération *Wrath of God*, était au travail depuis une semaine. Il avait pour mission de retrouver le premier endroit où William Buckley avait été transporté, neuf ans plus tôt, après son enlèvement. L'opération commençait vraiment, et le danger. Pour obtenir les informations qu'il cherchait, Chartouni avait été obligé d'aller traîner chez les Hezbollahs, de réactiver ses « sources ». Donc, il risquait d'éveiller l'attention. Le ser-

(1) Sirop de figue glacé.

vice de contre-espionnage du Hezbollah fonctionnait très bien...

Malko retourna s'accouder au balcon et regarda la nuit tomber. Les voitures filant vers Jounieh, la banlieue nord, formaient un long serpent lumineux. Les Beyrouthins ne pensaient plus qu'à jouir de la vie. La paix s'était abattue sur la ville deux ans plus tôt, avec la même soudaineté que la guerre, dix-sept ans auparavant.

Mais pour certains, la guerre n'était pas finie. Elle était plus feutrée, mais tout aussi dangereuse. Malko alla choisir dans son stock un gros automatique, un Sig à 14 coups pratiquement neuf.

*
**

Sohbi avait garé sa vieille Buick un peu en retrait de la station-service Adikar, au coin de la Rue 14, une voie étroite et sombre d'Ashrafieh. La station-service était fermée.

Faute d'éclairage public, le quartier était particulièrement sombre. La chaleur encore étouffante s'infiltrait partout. La chemise de voile de Malko était collée à son torse par la transpiration. Glissé entre le tissu et la peau, le lourd pistolet lui comprimait désagréablement l'estomac. Même si Beyrouth semblait pacifiée, quadrillée par les *chek-points* syriens et libanais, les armes pullulaient toujours, et ceux qu'il traquait avaient une réputation de férocité amplement méritée.

Tout à coup, une voiture surgit en face d'eux et vint s'arrêter devant les pompes fermées de la station. Une Mercedes grise avec un seul phare en état de marche. Son conducteur sortit aussitôt, laissant une femme à l'intérieur. C'était un grand gaillard vêtu d'un polo mauve et d'un jean, la moustache fournie, de beaux cheveux noirs rejetés en arrière ; une lourde gourmette brillait à son poignet droit.

– C'est Chartouni, souffla Sohbi.

Il donna aussitôt un coup de phares et Chartouni se dirigea vers la Buick. Malko avait la main sur la portière pour descendre lorsqu'un second véhicule surgit et stoppa derrière la Mercedes. De la BMW aux glaces teintées noires, deux hommes bondirent et, sans un mot, se ruèrent sur le conducteur de la Mercedes.

Celui-ci tenta de plonger dans sa voiture. D'un brutal coup de coude, il plia un de ses adversaires, mais l'autre lui posa immédiatement le canon d'un pistolet sur la nuque. Son compagnon se redressa, l'air mauvais, et fit le tour du véhicule. Il ouvrit la portière de droite, arracha de son siège une fille brune, vêtue d'un boléro et d'une longue jupe de soie multicolore. Elle commença à hurler, mais il la fit taire d'un coup violent sur la bouche.

Malko avait arraché son Sig de sa ceinture, mais Sohbi se retourna et lança à voix basse :

– *La !* (1)

Les deux hommes de la BMW ne les avaient pas aperçus. D'ailleurs, il était trop tard. A coups de pied, ils poussaient déjà Chartouni dans la BMW, puis ce fut au tour de la fille. Le véhicule tourna sur place en faisant hurler ses pneus et plongea dans une rue étroite.

Sohbi attendit quelques secondes, puis démarra à son tour. Il se retourna vers Malko, plutôt crispé.

– Ce n'est pas bon signe...

C'était une litote. De chasseur, Adal Chartouni était devenu chassé. Si les Hezbollahs l'avaient enlevé, ils risquaient de remonter très vite à Malko. L'opération *Wrath of God* commençait mal.

– On les suit, dit Malko.

(1) Non !

CHAPITRE II

Sohbi Jalloul sortit de sous son siège un court pistolet-mitrailleur Skorpio et le posa sur ses genoux. Malko se demandait comment il pouvait se retrouver dans l'enchevêtrement des rues étroites d'Ashrafieh. Par prudence, il ne collait pas trop à la BMW. Celle-ci atteignit le ring Fouad Chehab, le suivit sur une centaine de mètres et tourna à gauche en face de la banque Audi.

– Ils vont vers le port, commenta Sohbi.

Effectivement, la BMW rejoignit la grande avenue longeant le port de Beyrouth, où des centaines de camions étaient à l'arrêt. Elle franchit l'overpass au-dessus de la rivière de Beyrouth et fila le long de la côte, en direction de Jounieh. La circulation étant relativement intense, Sohbi n'avait pas de mal à suivre.

– C'est bizarre, remarqua Malko, ils vont vers l'est.

Logiquement, les ravisseurs de Chartouni auraient dû filer vers le sud, le quartier du Hezbollah.

– Ils font peut-être un détour par Senn el-Fil pour éviter les barrages, suggéra Sohbi.

La BMW fonçait à tombeau ouvert. Dans cette ville où tous les feux de signalisation étaient en panne depuis des années, et la police inexistante, ce n'était pas un exploit. Malko, l'estomac noué, se demanda où cette chasse les menait.

Les néons des enseignes défilaient : pizzerias, centres

commerciaux, boîtes de nuit... Depuis la guerre civile, la vie s'était déplacée vers l'est, le long de la bande côtière. Les collines s'étaient hérissées d'immeubles de vingt étages construits à la va-vite, sans architecte ni permis de construire, et parfois si proches que leurs occupants pouvaient se serrer la main d'un bâtiment à l'autre. Malko ne quittait pas des yeux les feux rouges de la BMW. A une dizaine de kilomètres, à l'entrée du tunnel de Jounieh, il y avait un barrage de l'armée syrienne. La BMW bifurqua avant, à la hauteur de Nahr el-Kelb et s'engagea sur une route sinueuse qui escaladait les collines. Il n'y avait presque plus de circulation, mais Sohbi parvenait à la suivre, grâce aux faisceaux lumineux de ses phares. Ils montèrent ainsi par des chemins de plus en plus étroits, bordés de somptueuses villas en pierre de taille ou d'immeubles résidentiels recouverts de marbre. Sohbi pila soudain, tous feux éteints.

Malko et lui sortirent sans bruit de la Buick et parcoururent une cinquantaine de mètres. La BMW était arrêtée devant un grand portail noir dont l'ouverture, certainement télécommandée, était en train de lui livrer passage. Derrière elle, le portail se referma aussitôt. Malko découvrit, éclairé par des projecteurs, un mur de pierre massif entourant une énorme propriété. Ils le longèrent un moment, jusqu'à avoir une vue en surplomb. Malko aperçut le dôme blanc d'un satellite de télécommunications, dans un coin de pelouse.

– Qui habite ici ?

– C'est Maroun Haddad, répliqua Sohbi. Le plus important fournisseur d'armes des Forces libanaises. Il est très, très riche.

– Il est lié avec le Hezbollah ?

– Pas du tout, il les a toujours combattus.

Pourquoi avait-il enlevé Chartouni ? Les inextricables combinaisons libanaises recommençaient.

*
**

Les yeux noirs inexpressifs de Maroun Haddad, dit « le gorille », ne quittaient pas le visage d'Adal Chartouni. Comme pour se repaître de sa vue. Les muscles de ses mâchoires jouaient sous sa peau, comme s'il se préparait à le dévorer tout cru. Trapu, presque aussi large que haut, il était vêtu d'une chemise à manches courtes qui découvrait des avant-bras musclés couverts d'épais poils noirs, comme sa poitrine et son dos. Bien qu'il ait vingt centimètres de moins qu'Adal Chartouni, il voyait ce dernier se recroqueviller sous son regard perçant.

Chartouni tourna la tête en tous sens comme pour chercher un moyen de fuir. Son regard balaya la grande piscine illuminée, la pelouse impeccable, le pool-house recouvert de marbre et, dans le fond, l'énorme maison de trois mille mètres carrés. Maroun Haddad fit un pas vers lui, arracha de sa ceinture un pistolet automatique et lui assena un coup de crosse en plein visage. Chartouni recula sous le choc et poussa un cri de douleur. La lèvre éclatée, il se tassa, attendant la suite.

– Ne bouge pas le petit doigt, siffla Maroun Haddad. Il ne me faut qu'un tout petit prétexte pour te faire mourir très lentement.

A quelques mètres de là, une demi-douzaine de loqueteux armés de M.16 et de lance-roquettes contemplaient la scène avec gourmandise. La paix revenue, les occasions de s'amuser étaient devenues rares... Deux d'entre eux maintenaient la femme qui accompagnait Chartouni, salivant déjà à l'idée de ce qu'ils allaient lui faire. Maroun Haddad la désigna du doigt et demanda à Chartouni :

– Qui c'est, celle-là ?

– Maya Sarkis, une vieille copine. Laisse-la, elle n'est pas dans le business. C'est une danseuse.

Haddad lui jeta un regard venimeux.

– C'est une pute, oui, pour baiser avec toi ! Elle va distraire mes *chaheb* (1).

Sans tourner la tête, il lança à l'intention de ses gardes du corps :

– Amusez-vous un peu.

Deux des affreux tordirent aussitôt les poignets de Maya Sarkis derrière son dos et la traînèrent jusqu'à une grande table de pierre, près de la piscine. Elle commença à hurler. Aussitôt un des miliciens brandit un poignard et le pointa sur sa gorge. Cela suffit à la faire taire.

– Laissez-la, c'est juste une copine, supplia Adal Chartouni.

– *Yallah !* (2) lança Maroun Haddad à ses hommes.

Un d'entre eux était déjà en train de farfouiller sous la soie de la jupe, en se frottant contre la danseuse. Sous les ricanements de ses camarades, il fit jaillir de son pantalon un long sexe recourbé comme un cimeterre. Il arracha le slip qui le gênait, écarta les cuisses de la fille d'un coup de genou et la pénétra d'un seul élan de tout son corps.

Après quelques coups de reins, il la retourna, la courba en avant sur la table et viola ses reins avec la même brutalité. Ses copains contemplaient la scène, les yeux luisants de désir. L'homme se soulagea avec un grognement et se retira. Un autre prit alors Maya Sarkis par les cheveux, la retourna et abaissa sa bouche jusqu'à son ventre.

Adal Chartouni se sentait liquéfié. C'était le rituel de destruction complète de l'adversaire, pratiqué comme aux pires moments de la guerre civile libanaise.

A genoux, les yeux pleins de larmes, Maya Sarkis s'appliquait à la fellation, n'espérant plus qu'une chose : sauver sa peau. Ceux qui étaient là ce soir étaient des tueurs, des gens qui avaient égorgé des centaines de femmes et d'enfants durant la guerre civile. Sans pitié ni re-

(1) Garçons ; par extension, miliciens.
(2) Allez-y !

mords. Au moindre prétexte, ils lui trancheraient la gorge. L'homme qui la forçait trouva qu'il ne s'amusait pas assez.

Il tira Maya Sarkis à plat dos sur la table et vint s'asseoir à califourchon sur sa poitrine. Le sexe au-dessus de son visage, il s'enfonça dans sa bouche et s'en servit comme d'un sexe, donnant de grands coups de reins, plongeant son membre jusqu'à la glotte, jusqu'à ce qu'il se répande au fond de sa gorge.

Ensuite, ce fut au tour d'un autre, qui tira le bassin de Maya Sarkis au bord de la table et la viola d'un trait.

Tout cela se passait dans une sorte d'automatisme, ponctué de quelques mots obscènes et de commentaires salaces.

– Dis-moi, demanda brusquement Maroun Haddad à Chartouni, il y a longtemps que tu es à Beyrouth ?

Ce qui se passait sur la table ne l'intéressait pas. Adal Chartouni sursauta.

– Non, fit-il, j'allais te téléphoner. *Wahiet Allah !* (1)

– *Ain tedahak alayé !* (2) gronda Maroun Haddad. Cela fait quinze jours que tu es en ville. Je le sais. Tu as été voir des gens que je connais bien dans la *dahyé* (3). J'ai des amis aussi chez les chiites. Tu es fou d'être revenu à Beyrouth. Tu crois que je pardonne à un voleur comme toi ?

– *Wahiet Allah !* Je ne t'ai pas volé, protesta Adal Chartouni d'un ton suppliant. Les Serbes ont appris je ne sais pas comment et ils ont intercepté le bateau...

Maroun Haddad haussa les épaules.

– En plus d'être un voleur, tu es un menteur. *Taib* (4), je te pardonne à une condition.

– Laquelle ? demanda Adal Chartouni, plein d'espoir. Si tu veux la fille, je te la laisse...

(1) Je le jure sur Dieu !
(2) Tu te fous de moi !
(3) Banlieue.
(4) OK.

Les gardes continuaient leur viol collectif sans se soucier de ce qui se passait entre les deux hommes. Maroun Haddad jeta un regard méprisant à son vis-à-vis en train de tamponner sa lèvre éclatée.

– Si tu me donnes mon argent, *maintenant, wahiet Allah*, tu ressors de cette maison comme tu es entré.

– Mais j'ai juste 200 dollars sur moi ! protesta Adal Chartouni. Je peux t'apporter plus demain.

Le regard du marchand d'armes se durcit encore. Avec une lenteur calculée, il tira son gros automatique ,et murmura entre ses dents :

– *Zaaran !* (1)

Adal Chartouni se jeta brusquement à ses pieds et entoura de ses bras les genoux de Maroun Haddad.

– Je t'en supplie, ne me tue pas. Je te rendrai ton argent...

L'autre appuya le canon de son arme contre sa tête puis l'écarta.

– Je ne vais pas te tirer une balle dans la tête, dit-il comme s'il changeait d'avis. Viens, suis-moi.

Fou d'espoir, Adal Chartouni se releva. Maroun Haddad appela deux de ses hommes et se tourna vers son prisonnier.

– Tu m'as bien dit qu'elle dansait ?

– *Aiwa.* (2)

– Eh bien, on va improviser un petit spectacle. Ali, va chercher le mange-disque, et un disque de danse.

Le dénommé Ali posa son M.16, courut jusqu'au pool-house et revint avec une chaîne Samsung portable et les disques. Maya Sarkis attendait, prostrée, contre la table.

– Mets un disque et fais-la danser, ordonna Maroun Haddad. Toi, viens.

(1) Voyou !
(2) Oui.

Encadré par deux hommes, Adal Chartouni le suivit jusqu'à une cabane.

– Appuie-toi dos à ce cèdre, ordonna Haddad.

Plus mort que vif, Adal Chartouni obéit. Aussitôt, les deux affreux tirèrent ses poignets en arrière et les attachèrent, puis ils firent de même pour ses chevilles. Immobilisé et impuissant, Chartouni vit un des hommes entrer dans la cabane à outils et en ressortir avec une petite tronçonneuse à essence... Il poussa un hurlement de terreur.

– *La ! La !* (1)

Une musique orientale très syncopée s'éleva dans le jardin. Les hommes riaient. Ils se mirent à claquer dans leurs mains, comme si tout cela était très gai. Une aimable plaisanterie...

– Danse ! cria Haddad à Maya Sarkis. Donne-lui un bon spectacle, ce sera le dernier, pour lui.

Terrorisée, elle commença à danser comme un zombie, ondulant sur place, balançant ses hanches de façon provocante. Maroun Haddad tira sur la ficelle du démarreur de la tronçonneuse et la pétarade couvrit en partie le bruit de la musique. Il s'approcha d'Adal Chartouni.

– Pendant la guerre, il y en a un certain nombre qui ont été attachés à cet arbre. Des chiites, des morabitouns, des salauds de Joumblatt... Ils ont tous gueulé de la même façon. Je m'étais juré de te faire crever comme ça, si je te retrouvais.

La tronçonneuse à l'horizontale, le ruban tournant à toute vitesse, il l'appuya sur le nombril du prisonnier et pesa dessus de tout son poids.

Le hurlement inhumain d'Adal Chartouni couvrit le bruit du moteur et la musique. Centimètre par centimètre, la tronçonneuse s'enfonçait dans son abdomen, projetant des morceaux de chair, des viscères, des flots de

(1) Non ! Non !

sang. Arrosé de ces débris infâmes, Maroun Haddad ne bronchait pas. Il savourait sa vengeance.

Adal Chartouni cessa de crier quand la tronçonneuse entama sa colonne vertébrale. Il eut un bref sursaut et sa tête retomba sur sa poitrine. Avec une application de chirurgien, Maroun Haddad continua jusqu'à ce que la machine entame l'écorce de l'arbre et cale brutalement. Il la jeta alors et se retourna, couvert de sang, terrifiant. Maya Sarkis avait cessé de danser. Il lui jeta d'une voix blanche :

– Danse, salope, danse pour ton copain.

Elle se remit à bouger tout en vomissant, les jambes flageolantes, se demandant de quelle façon on allait la tuer. Les hommes autour d'elle tapaient des mains et riaient. Maroun Haddad s'approcha et, brutalement, éclata à son tour d'un rire joyeux.

– Allez, tu peux t'arrêter, il ne te voit plus.

Elle s'immobilisa, les bras le long du corps, tordue d'angoisse, incapable de le regarder.

– Tu es chrétienne ? demanda Haddad.

– Oui, maronite.

– Tu sais pourquoi je l'ai puni ?

– Non.

– Je te crois, dit-il. Tu as bien dansé, je te laisse la vie. Tu sauras raconter comment je punis ceux qui me volent. *Allah maak !* (1)

Titubante, Maya Sarkis se laissa entraîner par les gardes du corps. Elle en avait presque oublié le viol collectif. Jamais ne s'effacerait la vision d'horreur de la tronçonneuse pénétrant le corps d'Adal Chartouni.

Elle sentit qu'on la poussait dehors et se retrouva sur le chemin désert, grelottant en dépit de la température très douce.

(1) Que Dieu t'accompagne !

*
**

Malko sauta de la Buick en voyant la silhouette chancelante descendre le chemin. Lui et Sohbi avaient entendu les hurlements et la musique, et deviné un drame. Ils n'espéraient pas voir ressortir la jeune femme vivante. Malko arriva près d'elle.

– Que s'est-il passé ? Où est Chartouni ?

Il vit son regard halluciné, ses yeux exorbités. Elle essaya de parler, mais ses mots s'étranglaient. Les sanglots étouffèrent très vite sa voix. Comme une masse, elle se laissa aller dans ses bras, évanouie. Il la porta jusqu'à la Buick qui fit demi-tour et dévala la colline.

Renonçant à tirer un mot de Maya Sarkis, Malko se demanda si sa mission ne venait pas de se terminer dans cette banlieue chic de Beyrouth.

CHAPITRE III

Vincent Faulkner éternua trois fois de suite. Son bureau climatisé était glacial, comparé à la fournaise extérieure. Il regarda le ciel aussi bleu que la mer, à travers l'épaisse glace du rez-de-chaussée de l'ambassade américaine. Il était déjà mort de chaleur à l'idée de sortir. Hélas, il n'avait pas le choix. *Wrath of God* était sa dernière mission avant la retraite et il devait la mener à bien. Il avait déjà acheté sa maison dans le Wyoming, dans une petite ville pleine de verdure, exactement le contraire de Beyrouth. Depuis vingt ans qu'il tournait de Tunis à Ryad, en passant par Barhein et Le Caire, il n'en pouvait plus de la sécheresse et de la chaleur.

Il avait accepté avec joie l'opération *Wrath of God.* A l'époque de l'enlèvement de William Buckley, il avait tout tenté pour obtenir des informations, via les Syriens et les Libanais, et il était parvenu à savoir approximativement où il était détenu. La CIA avait même monté quelques plans pour le libérer, mais aucun n'avait été mis en œuvre : trop compliqués et surtout trop peu assurés de réussir. Des émissaires s'étaient promenés dans Beyrouth avec des millions de dollars dans des valises, en vain. Et puis, un jour, un officier syrien lui avait appris que ce n'était plus la peine de se donner du mal. William Buckley était mort, après quatorze mois de tortures. Vincent Faulkner avait eu envie de prendre une mitrailleuse et de foncer dans la banlieue sud faire un massacre...

Le pire était ce sentiment d'impuissance. Le temps avait passé, les politiques avaient changé. Les Syriens, devenus les alliés des Etats-Unis, avaient pesé de tout leur poids pour faire libérer les otages occidentaux. Quand le dernier avait été rendu à sa famille, les Américains avaient encore exigé une chose, avant de s'asseoir à la table des négociations : le corps de William Buckley. Après trois mois de patience supplémentaires, il n'y avait plus rien eu à faire, que préparer la vengeance. Les directeurs qui s'étaient succédé à la tête de la *Company* n'avaient tous que cette idée en tête. Mais il fallait que certaines conditions soient réunies. D'abord qu'il n'y ait plus d'otages, ensuite que ce soit possible, et surtout que le président des Etats-Unis soit d'accord. C'est Robert Gates qui avait convaincu George Bush de signer un *finding* totalement secret, autorisant la CIA à venger William Buckley ; soit en arrêtant ses assassins et en les transférant aux Etats-Unis, pour qu'ils soient jugés ; soit, plus probablement, en les liquidant physiquement.

Il y avait consensus tacite pour cette dernière solution : aucun châtiment n'était plus exemplaire que la mort. Depuis dix mois, Vincent Faulkner avait beaucoup travaillé, sélectionnant après enquête ceux qui devaient participer à l'opération. Il fallait qu'ils soient absolument sûrs, ou solidement « tenus ». Ils devaient aussi avoir des connexions chez les Hezbollahs, parce que beaucoup de points restaient à éclaircir. L'opération avait été baptisée *Wrath of God* ironiquement, à cause de la formule rituelle des Hezbollahs, qui commençaient tous leurs communiqués annonçant les attentats par la formule : *Bismillah Al Rahman Al Rahin* (1).

A présent que la mission était engagée, l'inquiétude tenaillait Vincent Faulkner. Tout se savait si vite à Bey-

(1) Au nom de Dieu Tout-Puissant et Miséricordieux.

routh... Les services secrets syriens étaient très efficaces, le Deuxième Bureau libanais aussi, sans compter les innombrables mouchards du Moukhabarat et tous les agents, triples et quadruples.

La porte coulissante séparant son bureau de celui de sa secrétaire, installée dans le hall de l'ancienne maison particulière, s'ouvrit.

– L'ambassadeur part dans cinq minutes, annonça-t-elle.

– J'y vais.

Il avait décidé de se fondre dans le convoi de l'ambassadeur se rendant à la Présidence pour passer inaperçu. Une des conditions primordiales de l'opération *Wrath of God* était d'éviter au maximum les contacts avec l'ambassade. Il glissa un Walther PPK dans sa ceinture, sous sa chemise, et sortit, happé par la fournaise. Une Mercedes blindée l'attendait en bas du perron pour le conduire au parking intérieur, en contrebas de l'héliport. Elle se déplaçait à une allure d'escargot, mais c'était le règlement et même lui ne pouvait pas le modifier.

Les voies intérieures reliant les différents bâtiments de l'ambassade, qui s'étalaient sur près de quatre hectares, étaient semées d'énormes plots en ciment escamotables. Devant chaque obstacle, le chauffeur devait par radio demander son effacement dans le sol, en donnant le code du jour.

Ces précautions, qui pouvaient sembler superflues, étaient la conséquence d'un traumatisme vieux de dix ans.

Le lundi 8 avril 1982, Beyrouth était calme sous un ciel bleu. A une heure de l'après-midi, le quartier d'Ain-Mréissé, à l'ouest de Beyrouth, commençait à s'assoupir. Toute l'activité s'était réfugiée dans l'aile nord d'un grand bâtiment donnant sur la Méditerranée, dans un bureau du neuvième étage. Neuf hommes y étaient rassemblés. Une réunion ultra-secrète où Robert Clayton Aymes briefait huit chefs de station.

Brutalement, un immense éclair rouge avait embrasé

toute l'ambassade, suivi d'une déflagration terrifiante qui s'entendit jusqu'à Beyrouth-Est. Le bâtiment sembla se soulever puis les neuf étages retombèrent lentement les uns sur les autres, comme un mille-feuille qui s'écrase. Lorsque la fumée noire fut dissipée, toute l'aile nord était détruite, les dalles des étages pendaient dans le vide. Les fenêtres avaient été soufflées dans un rayon de trois cents mètres. Dans l'ambassade, des corps sanguinolents gisaient partout, écrasés, mutilés. Des badauds passant sur la corniche avaient été déchiquetés. Le feu avait pris partout, dégageant une fumée âcre et noire.

L'ambassadeur américain, Robert Dillon, avait émergé des décombres, en T-shirt rouge et pantalon maculé de sang, encadré par des Marines en civil, hébété. C'était le coup le plus dur porté aux Américains dans leur lutte contre le Hezbollah. Les deux envoyés spéciaux du président Reagan, Philippe Habib et Morris Draper, devaient se trouver dans l'ambassade. Au dernier étage de l'aile nord, les membres de la CIA réunis secrètement avaient tous été précipités dans le vide. Morts. C'était la perte la plus sévère pour la CIA depuis sa création.

Pour déjouer toutes les mesures de sécurité, le Jihad Islamique avait utilisé une camionnette noire munie de plaques diplomatiques, bourrée de deux cent cinquante kilos d'hexogène et conduite par un kamikaze qui avait été volatilisé dans l'explosion, après qu'il eut précipité son véhicule sur l'objectif...

Après cette catastrophe, les Etats-Unis avaient loué dans la banlieue de Beyrouth une propriété dont ils avaient fait un véritable Fort Alamo. Au bas de l'avenue Amine-Gemayel, un poste de l'armée libanaise stoppait tous les véhicules. Impossible d'amener une voiture piégée.

Située sur la colline d'Akwar qui dominait la route de Jounieh, à l'Est, à quelques centaines de mètres de la mer à vol d'oiseau, la nouvelle ambassade US était un camp retranché. Outre les bâtiments officiels, elle comportait les logements de tous les ressortissants américains. Aucun d'eux n'avait le droit de vivre en dehors de ce périmètre, même en zone chrétienne.

Toutes les ouvertures étaient bien entendu à l'épreuve des balles mais, en plus, protégées par des filets métalliques tendus en diagonale jusqu'au sol, afin de détourner d'éventuels projectiles. Au centre du dispositif, un hélipad était protégé par des grillages d'acier. Les quatre hectares étaient truffés de caméras et de gardes – les Maritimes – reliés par un système téléphonique sophistiqué. L'extérieur du bâtiment était surveillé par un corps spécial de Libanais en tenue militaire ; sélectionnés par la CIA et le FBI, ils avaient tous de la famille aux Etats-Unis. Ils assuraient également l'escorte des diplomates se rendant en ville. Il aurait fallu un char lourd pour franchir ces défenses. La présence des Syriens à Beyrouth rendait la chose impossible, mais pourtant, deux ans plus tôt, les Hezbollahs avaient réussi à tirer, d'un bois voisin, une roquette sur l'ambassade, sans se faire prendre.

La Mercedes transportant Vincent Faulkner arriva enfin au parking inférieur de l'ambassade. Le convoi de l'ambassadeur était déjà là, impressionnant.

D'abord, trois Range Rover bourrées de gardes armés. Ensuite deux Cadillac noires au blindage renforcé, rigoureusement identiques, et que l'ambassadeur utilisait à tour de rôle. Juste derrière venait une autre Range Rover dont le toit percé était surmonté d'une tourelle avec une mitrailleuse lourde. Enfin, deux autres voitures de protection étaient pleines d'hommes armés. Le tout se déplaçait sur des itinéraires toujours différents, au maximum de la vitesse possible. Consigne absolue : ne jamais stopper, quelles que soient les circonstances. Si un des véhicules écrasait quelqu'un, on s'arrangeait plus tard.

Le chef de station de la CIA abandonna la Mercedes pour gagner sa voiture personnelle, une Honda Civic blanche munie de plaques libanaises. Son chauffeur y était installé, la clim' fonctionnait. Vincent Faulkner eut l'impression de traverser un sauna avant de l'atteindre. Il faisait près de quarante degrés ! Il tourna la tête vers les deux Cadillac aux glaces noires. Même lui ne savait pas dans quel véhicule se trouvait l'ambassadeur.

La grille noire télécommandée s'ouvrit avec une lenteur majestueuse. La demi-douzaine de gardes en tenue camouflée et chapeau de toile prit position, armes braquées, sur l'avenue du Président-Amine-Gemayel, qui descendait vers la mer. Le convoi de l'ambassade, terminé par la Honda Civic blanche, passa sur le dernier merlon escamotable et dévala l'avenue Amine-Gemayel, étroite et cabossée, pour rejoindre un kilomètre plus bas la route de Jounieh. Il franchit en trombe les deux barrages de l'armée libanaise et se perdit dans la circulation de la route côtière.

Sur l'avenue à double voie, le convoi se scinda en deux. En tête, l'armada de l'ambassadeur se frayait un chemin à grands coups de sirènes, zigzaguant entre les véhicules, arrachant parfois une aile au passage. Arrivé à l'overpass en face du port, le convoi continua tout droit, tandis que la Honda Civic, suivie d'une Range, empruntait le passage aérien. Personne ne fit attention à elle.

La Honda continua vers Ashrafieh, quittant le boulevard pour les petites rues bordées de vieilles maisons ottomanes en ruine, criblées d'impacts. On pouvait à peine circuler dans les rues étroites, mangées par un stationnement anarchique. La Honda tourna à droite devant le bureau d'Air France, mascotte des Beyroutins. Il n'avait jamais fermé durant la guerre civile. Air France avait été la dernière compagnie à maintenir ses vols et, ensuite, la première à revenir à Beyrouth. S'engagea dans la rue Boutros, en sens unique. Au milieu de la voie, la Range stoppa net, laissant la Honda continuer. Celle-ci bifurqua et fila dans le dédale écrasé de chaleur d'Ashrafieh.

Derrière la Range, on commençait à klaxonner, mais sans acrimonie. Les automobilistes étaient tolérants, à Beyrouth... Le conducteur de la voiture immobilisée avait soulevé son capot et faisait semblant d'arranger quelque chose dans son moteur. Enfin, la Range repartit et tourna à droite, retournant vers l'ambassade. La rupture de filature était réussie.

La Honda Civic blanche s'engagea à petite allure dans la rue Trabaud, son vieux nom de l'occupation française. A Beyrouth, les rues n'avaient plus de nom, il n'y avait pas d'adresse et même pas de plan de la ville mis à jour. Seules demeuraient parfois les plaques émaillées bleues indiquant le secteur et le numéro de la rue. On se guidait par des points de repère connus : un magasin, une église, un immeuble. Les parages de la rue Trabaud étaient un condensé d'Ashrafieh : de vieilles demeures ottomanes, des cubes hideux, quelques tours modernes, et même un antique palais turc au milieu d'un immense jardin.

La voiture passa devant un immeuble récent et intact et ralentit. Elle ne stoppa que quelques secondes au bout de la rue, pour laisser descendre son passager.

– A tout à l'heure, Jim, fit Vincent Faulkner. Au centre Gefinor.

Dans Beyrouth-Ouest, à l'autre bout de la ville.

L'Américain revint sur ses pas et entra dans le bâtiment. Miracle : il y avait de l'électricité et l'ascenseur marchait... Il appuya sur le bouton du dixième et, arrivé à l'étage, frappa à l'unique porte du palier. Quelques instants d'attente et le battant s'ouvrit sur les cheveux gris de Sohbi Jalloul qui inclina sa haute taille avant de refermer la porte.

Malko vint au-devant de l'Américain et les deux hommes se serrèrent la main. Ce rendez-vous avait été convenu de Washington. Vincent Faulkner savait qu'Adal Chartouni avait un rendez-vous important la veille, et que Malko en saurait le résultat. Sohbi apporta du café turc et une bouteille de Gaston de Lagrange XO, avant de se retirer discrètement dans la cuisine. Il n'ignorait pas que Vincent Faulkner raffolait de cognac français. Malko lui en versa dans un verre ballon et l'Américain se mit à le réchauffer entre ses doigts.

– Vous avez vu Chartouni ? demanda Vincent Faulkner.

– Brièvement ! répliqua Malko. Je n'ai pas eu le temps de lui parler : il a été enlevé sous mes yeux.

L'Américain blêmit.

– *For Christ' sake !* Par qui ? Si ce sont des Hezbollahs, ils vont le faire parler et il dira tout ce qu'il sait. Ils vous ont vu ?

– Je ne suis pas sûr que ce soit le Hezbollah. Sohbi a l'air d'en savoir plus que moi.

– Sohbi ! appela aussitôt l'Américain.

Le chauffeur surgit de la cuisine et Vincent Faulkner l'interrogea en arabe. Au fur et à mesure que le Libanais s'expliquait, les traits de l'Américain se détendirent.

– Cela n'a rien à voir avec notre affaire, affirma-t-il. Vous m'avez fait peur.

Il prit dans sa poche un paquet de Lucky Strike et en alluma une, soufflant la fumée avec soulagement.

Malko le regarda, un peu étonné ; il semblait considérer l'enlèvement d'Adal Chartouni comme une chose absolument normale.

– Cette Maya Sarkis est là ? demanda-t-il.

– Oui, elle dort dans une des chambres. Elle était en piteux état hier soir. Vous la connaissez ?

– Je sais qui c'est. OK, Sohbi va la chercher.

Quelques minutes plus tard, Maya Sarkis pénétra dans la pièce, pieds nus, encore échevelée, les yeux gonflés, le regard absent. Vincent Faulkner s'adressa à elle également en arabe et elle lui répondit, par bribes de phrases entrecoupées de sanglots.

Lorsqu'elle eut terminé, Vincent Faulkner se tourna vers Malko.

– C'est ce que je pensais. Ce ne sont pas les Hezbollahs, *thank God* !

– Qu'est-il arrivé alors à ce Chartouni ?

– Pas des choses agréables ! dit l'Américain avec une grimace. Il a été rattrapé par son passé. Le type qui lui en voulait, un certain Maroun Haddad, l'a massacré à la tronçonneuse. Elle s'en est mieux tirée : ils se sont contentés de la violer. Haddad n'était pas d'humeur méchante.

Un ange passa, les ailes dégoulinantes de sang. Qu'est-ce qu'il aurait fait s'il avait été vraiment en colère ? se demanda Malko. Décidément le Liban n'avait pas changé. Le sort horrible d'Adal Chartouni ne semblait pas bouleverser l'Américain, comme si c'était dans l'ordre des choses. Vincent Faulkner, rassuré, savoura une gorgée de son Gaston de Lagrange XO.

Maya Sarkis repartit vers sa chambre, sans un mot.

– Pouvez-vous m'expliquer ? demanda Malko.

– Bien sûr. Adal Chartouni, quand nous l'avons contacté, venait de s'installer à New York, après avoir acheté une petite chaîne de magasins de chaussures, et il n'avait pas envie de remettre les pieds au Liban. Il a fallu lui tordre un peu le bras... Parce que nous avions absolument besoin de lui.

– Pourquoi ?

– Un de ses copains de classe était milicien dans le groupe qui a enlevé William Buckley, et avait des informations précieuses, uniques. Adal était le seul à pouvoir les obtenir. Seulement, il ne pouvait pas revenir ici... Pour se payer ses magasins, il avait fait une petite magouille, au détriment de Maroun Haddad, le plus gros fournisseur d'armes des chrétiens. Quand les Syriens ont exigé que les milices se débarrassent de leur armement lourd, Maroun Haddad a été chargé par les Forces libanaises de négocier hors du Liban, afin de trouver des acheteurs. Il a alors sous-traité avec Adal Chartouni, qui avait des contacts avec les Croates. Ce dernier a pris commande pour un cargo plein de chars, de canons, de véhicules blindés et de munitions. Il y en avait pour 6 millions de dollars. Au début tout s'est bien passé, les armes ont été livrées dans le port de Byblos et chargées sur le bateau en présence d'une délégation croate. Adal Chartouni avait expliqué à Haddad que la moitié du prix serait payable d'avance et l'autre à la réception, dans le port de Split. Le bateau a pris la mer et Chartouni est reparti en avion avec les Croates. Seulement, au large du Monténégro, le cargo bourré d'armes a été arraisonné par une frégate serbe qui l'a forcé à décharger sa précieuse cargaison dans un port serbe...

– Ce n'était pas la faute d'Adal Chartouni, remarqua Malko.

L'Américain eut un sourire froid.

– C'est ce qu'a d'abord pensé Maroun Haddad. Jusqu'au moment où il a appris que les Croates avaient versé la totalité des 6 millions de dollars au départ de Jounieh ! Chartouni avait déjà empoché 3 millions de dollars. C'est lui qui avait fourni le nom et la route du cargo aux Serbes, contre un petit bakchich supplémentaire ! Il espérait que Haddad ne saurait jamais rien. Seulement, l'autre n'est pas tombé de la dernière pluie... Quand il a su cela, Adal Chartouni s'est volatilisé. Mais nous savions où le trouver. Alors on lui a mis le marché en main. Ou il continuait à vendre ses chaussures à New York, et on faisait savoir à Haddad où il le trouverait, ou il touchait 50 000 dollars et revenait ici quelques jours. Il a accepté la deuxième solution, avec un faux passeport bien sûr. Mais cela n'a pas suffi, Haddad a beaucoup de relations... Et la mémoire longue.

Un ange passa, une tronçonneuse à la main.

– Il avait appris quelque chose ? interrogea Malko.

– D'après Maya Sarkis, oui. Le nom du propriétaire de l'endroit où William Buckley a été transporté après son kidnapping ; et la localisation de cet endroit, une imprimerie de la banlieue sud. Il avait rendez-vous avec son informatrice demain à neuf heures, au restaurant *Nasr*, sur la corniche. Vous allez vous y rendre à sa place. Maya Sarkis l'avait accompagné au premier rendez-vous. Elle peut reconnaître la fille.

Malko fronça les sourcils.

– Je croyais que cette opération devait rester hermétique... Vous êtes sûr de Maya Sarkis ?

Le chef de station de la CIA eut un sourire résigné.

– Au Liban, rien n'est jamais totalement hermétique. Bien sûr, j'aurais préféré me passer d'elle, mais elle est déjà au courant de ce truc. C'était une ancienne maîtresse de Chartouni qui l'a « réactivée » dès son retour. Et ce n'est pas elle qui ira nous balancer aux Hezbollahs...

– Pourquoi ?

– Elle vous le dira elle-même si vous le lui demandez. Grâce à ses contacts, Chartouni s'était branché sur une des employées de cette imprimerie, une certaine Zema Hazmiyé.

– Et cette Zema Hazmiyé, pourquoi collaborerait-elle ?

Vincent Faulkner eut un geste éloquent, frottant son pouce et son index l'un contre l'autre.

– Son intérêt bien compris. Elle gagne 250 000 livres libanaises par mois (1), et encore, parce qu'elle parle bien anglais. Adal lui a promis un job aux Etats-Unis, une *green card* (2) et 50 000 dollars. Je suis d'accord.

– Elle ne risque pas de parler ?

– *No way*. Elle sera exfiltrée tout de suite après l'action et mise au frais à la Ferme, tant que l'opération ne sera pas terminée.

– Qu'est-elle supposée nous apprendre ?

– Elle doit nous mener au propriétaire de l'imprimerie où Buckley a été détenu. *Lui* va nous en dire plus. C'est le début de la piste.

Malko préféra ne pas demander comment l'Américain envisageait de faire parler le chiite. Devançant sa pensée, Vincent Faulkner précisa :

– Les frères Maalouf seront parfaits pour ce stade.

(1) Environ 700 francs.
(2) Carte de travail.

– Même si nous éliminons ce type, objecta Malko, cela risque d'alerter les autres. Dont Imad Mughnieh.

– Nous tâcherons d'agir discrètement, expliqua l'Américain. Les frères Maalouf sont des experts. Voyez d'abord Zema Hazmiyé. Sohbi maintient le contact. Si vous avez besoin de me joindre, vous le lui dites et il appelle un certain numéro.

– Vous ne pensez pas que les Syriens connaissent déjà ma présence à Beyrouth ?

– Honnêtement, non. Les contrôles sont beaucoup moins stricts à l'aéroport. Votre faux passeport est à l'épreuve d'un examen approfondi. Il faudrait qu'ils vous reconnaissent sur la photo... Pour l'instant, il n'y a rien à craindre de ce côté-là. Et puis, ajouta-t-il d'un ton mystérieux, si c'était le cas, je dispose d'une « sonnette d'alarme ». Un colonel du renseignement syrien qui en croque depuis un moment. Il me préviendrait.

L'Américain termina avec un plaisir évident son Gaston de Lagrange XO et se leva. Malko le raccompagna jusqu'au palier. Lorsqu'il revint, Maya Sarkis était affalée dans un divan, le regard glué au grand écran de la Samsung, le son allumé. Visiblement, elle avait pris une douche.

– J'ai faim ! dit-elle, je n'ai rien mangé depuis hier soir.

– Je vais vous emmener dîner, proposa Malko, mais il faudrait vous changer d'abord.

– J'habite dans la rue, dit-elle simplement. Je vais aller chez moi et je vous retrouve ici pour le dîner. Il y a un très bon restaurant, pas loin d'ici, *Al Dente*, un italien.

Elle semblait remise de ses émotions. Les Libanais réservaient toujours des surprises à Malko. Il se dit qu'il avait encore un long chemin à faire avant de retrouver le principal coupable, Imad Mughnieh. Le fil à tirer s'appelait Zema Hazmiyé.

*
**

Il faisait encore une chaleur caniculaire à la terrasse minuscule du *Al Dente*, une Abdel-Wahab-al-Inglesi, bien qu'il soit neuf heures du soir. Niché dans une vieille rue d'Ashrafieh, c'était un des nouveaux endroits « in » de Beyrouth.

Maya Sarkis arborait un strict tailleur orange, s'était tiré les cheveux et était à peine maquillée. Seuls les poches noires sous ses yeux et le léger tremblement de ses mains pouvaient évoquer son stress.

D'entrée, elle commanda une Heineken et un Johnnie Walker sec, dans un grand verre. A la surprise de Malko, elle versa la bière dans le scotch, touilla le tout, y ajouta une bonne pincée de poivre et but le mélange d'un trait. Avant d'en commander un second. Ce n'est qu'ensuite qu'elle adressa un sourire absent à Malko.

– Excusez-moi. Avant, je ne buvais pas...

– Ce qui vous est arrivé hier soir est horrible, fit-il.

Elle haussa les épaules.

– Oh oui, bien sûr, mais ce n'est pas pour cela que je bois. Il y a quatre ans, je me trouvais avec mon fils Pierre, qui était âgé de seize ans. J'ai été stoppée par un barrage hezbollah. Mon fils portait des rangers. Ils l'ont accusé d'être un milicien. Ils l'ont tué sous mes yeux. Deux balles dans la tête. Ensuite, ils m'ont emmenée et m'ont gardée huit jours. Mais cela n'est rien. Je n'avais qu'un fils...

Son regard était devenu fixe, lointain. Les coins de sa bouche s'abaissèrent.

– Je les hais, dit-elle. Si je pouvais tous les tuer, je le ferais. Ce sont des animaux pervers et cruels. Alors, si je peux vous aider...

Malko comprenait pourquoi Vincent Faulkner n'avait pas peur qu'elle trahisse.

– Il aurait vingt ans maintenant, ajouta-t-elle en repoussant son plat de spaghettis.

Il y avait une telle détresse dans sa voix que Malko ne trouva rien à répondre. Le regard brouillé, Maya Sartis alluma une Royale. Ce n'est qu'à la troisième bouffée qu'elle retrouva son calme.

*
**

Le *Nasr* se dressait comme un énorme paquebot vitré en bordure de la corniche Mazra, en face de Beyrouth-Ouest. Un des meilleurs spécialistes du mézé. Maya Sarkis demanda une table surplombant la plage et le garçon s'empressa. L'immense salle était aux trois quarts vide.

Maya Sarkis commanda un Cointreau « on ice » avec un zeste de lime, Malko, une vodka, et ils se mirent à surveiller la porte. Dix minutes après neuf heures, une jeune femme s'y encadra. Sexy, elle avait de longs cheveux frisés, un pull moulant, une mini rose... pas vraiment le type hezbollah. Un garçon s'approcha d'elle et la mena à une table, non loin du bar.

– C'est Zema, annonça Maya Sarkis.

Malko allait lui demander d'aller la chercher quand un homme pénétra dans le restaurant. Un beau brun au visage anguleux. Il fonça droit à la table de Zema qui sursauta en le voyant. Ils échangèrent quelques mots sur un ton visiblement tendu et il s'éloigna pour s'installer au bar, la surveillant de toute évidence.

Le pouls de Malko s'était accéléré. Qui était cet homme ? L'histoire de la veille n'allait tout de même pas se reproduire... S'il partait sans avoir parlé à la jeune femme, il ignorait totalement où la retrouver. Dans le cas contraire, il avait toutes les chances de se jeter dans un piège.

Que faire ?

CHAPITRE IV

– Vous connaissez cet homme ? demanda Malko à Maya Sarkis.

– Non. Je ne l'ai jamais vu, répliqua la jeune femme.

Zema Hazmiyé avait commandé un arak et regardait nerveusement autour d'elle, visiblement mal à l'aise. L'histoire était facile à reconstituer : Adal Chartouni avait éveillé la méfiance des gens qu'il avait rencontrés et on lui tendait un piège.

L'inconnu surveillant Zema Hazmiyé ne connaissant pas Malko, ce dernier avait encore les coudées franches. Elle ne semblait pas avoir repéré Maya Sarkis, assise assez loin d'elle. Maintenant, les clients commençaient à affluer au restaurant et des gens debout attendaient pour obtenir une table, formant un écran protecteur entre l'inconnu du bar et Zema Hazmiyé, d'une part, et Maya Sarkis et Malko, d'autre part. Ce dernier aurait facilement pu s'esquiver, avec Maya, rompant le contact. Seulement, c'était faire une croix sur les informations précieuses de Zema Hazmiyé. Malko eut soudain une idée.

– Vous allez ressortir du restaurant discrètement en profitant de la cohue, dit-il à Maya, et faire comme si vous arriviez. Allez à sa table. Cet homme ne vous connaît pas. En parlant à Zema Hazmiyé, vous saurez ce qui se passe. Ensuite, vous allez aux toilettes et je vous y rejoins.

Maya Sarkis se leva et se dirigea vers la sortie, contournant le groupe qui piétinait devant la table de Zema Hazmiyé. Malko ne quittait pas des yeux l'inconnu au bar. Ce dernier ne s'occupait *que* de Zema Hazmiyé. Lorsque Maya Sarkis réapparut cinq minutes plus tard, elle se dirigea très naturellement vers la brune frisée qui, après une courte hésitation, l'accueillit avec chaleur. Les deux femmes se mirent à bavarder, observées par l'inconnu du bar. Elles appelèrent le garçon et cinq minutes plus tard, ce dernier commença à couvrir leur table des innombrables plats du mézé royal du *Nasr*. De l'hommouz, de la salade orientale, des keftas, toutes sortes de gâteries. Elles se mirent à picorer en bavardant. Un quart d'heure plus tard, très naturellement, Maya Sarkis se leva pour se diriger vers le fond de la salle. Malko attendit quelques secondes et la rejoignit dans l'escalier menant aux toilettes. L'animation de la salle le protégeait très efficacement.

– C'est son jules ! expliqua avec soulagement Maya Sarkis. Un certain Moktar. Il l'a aperçue l'autre jour avec Adal et pensait qu'elle avait rendez-vous avec lui, pour une aventure. Il l'a suivie pour vérifier. Heureusement, elle avait prétendu avoir rendez-vous avec une copine...

Le miracle !

– Attendez-moi chez moi, suggéra Maya. Je vais l'emmener là-bas après le dîner. Voilà la clé de la porte du jardin. Installez-vous sous la véranda.

Elle remonta dans la salle. Lorsque Malko y remonta à son tour, l'amant de Zema Hazmiyé avait disparu, mais il valait mieux être prudent. Malko rejoignit Sohbi qui l'attendait cent mètres plus loin, prenant le frais sur un pliant qu'il emportait toujours dans la Buick. Il lui expliqua ce qui se passait. Vingt minutes après, la Buick s'arrêta devant une grille donnant sur un jardin en friche, en plein Ashrafieh ! Utilisant la clé remise par Maya, Malko l'ouvrit, et découvrit une vieille maison ottomane aux volets de bois qui semblait à l'abandon, tant elle était en mauvais état. Des chats errants se battaient sur un tas d'ordures.

Il gagna la véranda et s'installa dans un fauteuil d'osier, face au portail de la rue.

Il somnolait, bercé par un concert de miaulements, quand un bruit de voix féminines le fit sursauter. Maya Sarkis arrivait en compagnie de Zema Hazmiyé. Tout de suite, Malko réalisa que la danseuse avait bu. Son regard était fixe et elle titubait légèrement.

– Je vous laisse, annonça-t-elle d'une voix pâteuse. Je vais me coucher.

Elle ouvrit la porte et alluma la lumière. Malko eut le temps d'apercevoir un grand salon plein de meubles, au plafond incroyablement haut éclairé par une ampoule nue pendant au bout d'un fil. Zema Hazmiyé s'installa en face de Malko et l'examina avec curiosité.

– Vous êtes américain ? demanda-t-elle timidement.

– Non.

– Vous travaillez avec Adal Chartouni. Que lui est-il arrivé ?

– Rien de grave, affirma Malko, mais il a été obligé de s'absenter de Beyrouth. Je suis là pour discuter de l'accord que vous avez pris avec lui. C'est bien le cas ?

Elle hocha la tête affirmativement.

– Oui, mais j'ai peur maintenant. Si je fais ce qu'il m'a demandé, ils me retrouveront et ils me tueront.

Malko chercha à la rassurer d'un sourire chaleureux.

– Je vous assure que non ; toutes les précautions seront prises. Vous ne resterez pas à Beyrouth. Mais d'abord, pourquoi acceptez-vous de nous aider ?

– Je veux aller en Amérique, dit-elle sans réfléchir. Ici, depuis la fin de la guerre, c'est une vie de merde. Il y a onze ans que je travaille à l'imprimerie et je n'ai aucun avenir. En plus, les Hezbollahs harcèlent toutes les femmes qui ne portent pas le voile, à Bir el-Abeit. S'ils deviennent plus forts, ce sera intenable.

Il distinguait son visage, son nez retroussé et ses yeux à l'expression provocante. Une jolie fille, très appétissante. Elle croisa et décroisa nerveusement ses longues jambes, attendant la suite. Comme toutes les Libanaises, elle avait la provocation dans le sang. Malko pouvait voir ses seins aigus tendre son pull fin. A rendre fou le plus chaste des Hezbollahs.

– Vous avez dit à Adal Chartouni que votre patron a participé à l'enlèvement de William Buckley ? demanda Malko. Comment en êtes-vous certaine ? Et comment s'appelle-t-il, d'abord ?

Elle tira nerveusement une bouffée de sa cigarette.

– Hadj Ali Chehadé. Un jour, en 1984, des ouvriers typos qui travaillent au troisième sous-sol de l'imprimerie m'ont dit qu'ils avaient vu une BMW grise arriver par la rampe jusqu'à leur lieu de travail. Il en était sorti trois jeunes gens armés qui poussaient devant eux un « agnabi » (1) ; un homme de petite taille à qui on avait bandé les yeux et qui avait perdu une chaussure. Il avait la peau très blanche.

– Comment vous souvenez-vous de la date ?

– Le 16 mars, c'est mon anniversaire.

Ce jour-là, un seul étranger avait été enlevé à Beyrouth : William Buckley.

– Hadj Ali Chehadé était membre du Hezbollah ?

– Depuis le début ! Il a commencé en imprimant leurs tracts. Puis, il a exigé que toutes les ouvrières portent la tenue islamique, c'est-à-dire le foulard et une robe longue.

– Vous aussi ?

Zema eut un sourire plein de séduction.

– Moi, non, parce que...

– Parce que quoi ?

– Je suis sa maîtresse, avoua-t-elle dans un souffle. Sans cela, j'aurais perdu mon travail.

(1) Etranger.

Un ange passa, brandissant les Droits de la Femme. Décidément, les Hezbollahs ne gagnaient pas à être connus. D'ailleurs, même leurs plus hauts responsables religieux ne dédaignaient pas les joies de la chair. Le cheikh Fadlallah affichait onze enfants. La chasteté n'étant d'ailleurs inscrite nulle part dans le Coran.

– Que s'est-il passé ensuite ?

– Hadj Ali Chehadé a fait sortir tous les ouvriers du troisième sous-sol. Quand ils sont revenus, deux heures plus tard, l'étranger avait disparu. La voiture aussi, avec un des *chahebs*. Les deux autres étaient encore là, avec leur Kalachnikov. Ils se tenaient dans un coin, sans parler à personne.

– Où était William Buckley ?

– Je ne l'ai su que trois jours plus tard. Un ouvrier les a vus ouvrir une trappe dans le plancher du troisième sous-sol. Elle donnait sur un petit local désaffecté qui avait servi de chaufferie. On y descendait par une échelle de fer et il n'y avait pas d'autre ouverture. Les deux *chahebs* sont descendus avec de l'eau et des *chawermas*. Ils sont restés une demi-heure avant de remonter. Tout le temps que l'étranger a été là, il y en a toujours eu un qui montait la garde. Quelquefois, il me demandait d'aller chercher du café ou à manger. Ils étaient très polis et m'appelaient « sœur ».

– Tous les gens travaillant à l'imprimerie étaient au courant ?

– Bien sûr.

– Pourquoi personne n'a-t-il rien dit ?

Zema se troubla imperceptiblement.

– Nous avions peur, avoua-t-elle ; Hadj Ali Chehadé nous avait dit qu'il ne fallait pas nous mêler de cela, que c'était de la politique et qu'un bon musulman devait soutenir le Parti de Dieu. D'ailleurs, même si on avait été trouver la police ou les Américains, cela n'aurait servi à rien. Les Hezbollahs contrôlaient le quartier. Ils auraient eu dix fois le temps de tuer leur prisonnier.

– Combien de temps est-il resté ?

– Quinze jours environ. Ils l'ont emmené, une nuit. Quand je suis arrivée, un matin, les *chahebs* avaient disparu.

Malko écoutait le récit de la jeune femme, fasciné. Pour la première fois, on pouvait reconstituer le calvaire de William Buckley grâce à un témoin de première main.

– Ces deux miliciens, vous les connaissez ? demanda-t-il.

Elle inclina la tête affirmativement.

– Oui. Un s'appelle Ibrahim. Il tient une pâtisserie maintenant, derrière le Majlis al-Choura, dans Bir el-Abeit, la pâtisserie *Sea-Side*.

– Et l'autre ?

– Je sais seulement son prénom : Farid. Il habite rue al-Mahdi et a une moto rouge. Il est mécanicien quelque part dans Beyrouth-Ouest. Je connais la maison où il habite.

Malko enregistrait toutes ces informations précieuses. Le malheureux Adal Chartouni avait bien travaillé.

– Ces miliciens, demanda-t-il, ont toujours des liens avec le Hezbollah ?

– Bien sûr, dit Zema. Tous les vendredis, ils s'occupent d'œuvres sociales. Ils réparent gratuitement des générateurs en panne, des choses comme ça. Le Hezbollah s'est transformé.

– Vous croyez qu'ils se méfient ?

– Pas du tout. Ils pensent que l'Amérique est un Satan de papier, qu'elle a été vaincue et a quitté le Liban à tout jamais, *Inch' Allah*.

– Et votre patron, Hadj Ali Chehadé ?

– Il continue, les affaires sont dures. Il va chaque vendredi à la mosquée du Hezbollah, sur la route de l'aéroport, et il fait des quêtes pour les miliciens du Parti de Dieu qui se battent dans le Sud contre les Israéliens. Lui non plus ne pense plus à cette époque-là.

Malko laissa passer quelques instants avant de dire d'une voix pleine de gravité :

– Zema, tout ce que vous me dites est très intéressant. Mais vous êtes bien consciente de ce que nous voulons faire ?

Elle baissa la tête avant de répondre.

– Oui. Vous voulez le tuer. Ça m'est égal. C'est un homme méchant, même s'il parle tout le temps de Dieu.

Il laissa de nouveau passer quelques secondes avant de demander d'une voix détachée :

– Comment faire pour arriver jusqu'à lui discrètement ? Nous ne voulons toucher à aucun innocent.

Zema avait dû y réfléchir car elle répondit sans hésiter :

– Tous les jeudis, il me demande de rester tard pour terminer les comptes de la semaine. En réalité, je le rejoins dans son bureau et...

– Qui se trouve encore dans l'imprimerie à cette heure-là ?

– Uniquement le veilleur de nuit, à l'entrée de la rampe ; mais il est bourré d'arak, il n'arrête pas les voitures.

Cela paraissait trop facile. Malko se dit soudain que la jeune chiite jouait un double jeu, que c'était le piège assuré.

– Vous avez d'autres questions à me poser ? demanda-t-elle.

– Non, dit Malko. Nous allons préparer l'opération. Le temps d'en savoir plus sur les deux autres miliciens. Voulez-vous revenir ici dans deux jours à neuf heures ? Je serai là.

– D'accord.

Ils n'avaient plus rien à se dire mais elle ne se leva pas. Elle n'avait pas envie de partir. De nouveau, elle croisa ses jambes. Il avait l'impression que s'il tendait la main, elle allait fondre. Comme si un acte sexuel allait sceller leur accord. Elle se leva enfin, faisant craquer le rotin de son fauteuil.

– Vous êtes sûr que personne ne sait rien ? demanda-t-elle anxieusement.

– Certain, affirma Malko. Comment allez-vous rentrer ?

– Je vais marcher et prendre un taxi-service. Encore une chose, pour arriver au bureau d'Ali Chehadé, il faut prendre un escalier intérieur à partir du troisième sous-sol. Ce sera le seul allumé.

Ils traversèrent le long jardin et se séparèrent sur une poignée de main.

Sohbi donna un coup de phares et il retrouva la Buick garée dans l'obscurité.

Le vrai problème désormais était simple. Liquider le premier geôlier de William Buckley et, éventuellement, ses kidnappeurs, semblait possible. Mais le principal coupable, l'instigateur, était Imad Mughnieh. Il risquait d'avoir vent de ces exécutions et de se terrer un peu plus. Et encore fallait-il que l'imprimeur et les deux miliciens lui livrent de quoi remonter la piste vers le terroriste n° 1.

Avant de se lancer plus avant et de demander le feu vert de Vincent Faulkner, il fallait préparer l'action des deux tueurs recrutés par la CIA, Samir et Nabil Maalouf.

C'était le travail du lendemain.

*
**

Samir Maalouf, les manches de sa chemise mauve retroussées sur ses avant-bras incroyablement musclés, se pencha sur le jeu de trictrac posé sur une caisse au milieu du salon vide. Son frère, Nabil, venait de jouer, c'était à lui. Ce jeu l'avait toujours passionné. Petit garçon, il restait des heures à contempler les joueurs installés à la terrasse des cafés d'Ashrafieh.

– Alors, tu joues ?

Nabil s'impatientait. Les deux frères étaient vraiment

des copies conformes. Grands – un mètre quatre-vingt-dix –, musclés comme des athlètes de foire, les cheveux très noirs légèrement frisés, des épaules de docker, un nez important, une fine moustache noire, une lourde mâchoire de carnassier et des yeux de requins, très noirs, ronds, absolument sans expression. Dès qu'on se trouvait en face des frères Maalouf, on éprouvait une sensation de malaise, comme s'ils venaient d'une autre planète. Pourtant, ils parlaient d'une voix douce, s'emportaient rarement, ne buvaient jamais d'alcool, n'avaient jamais touché à la drogue et adoraient leur maman. Mais, comme les requins, leur seule vraie vocation, c'était de tuer. Et cela, ils le faisaient avec une facilité, une décontraction, une maîtrise qui les classaient parmi les mammifères les plus dangereux de la planète.

Ils avaient découvert leur vocation presque par hasard. En 1976, lors des combats féroces entre les Palestiniens et les Forces libanaises pour le contrôle de l'hôtel *Holiday Inn*. Un petit commando des Forces libanaises avec les frères Maalouf avait pu s'introduire dans les sous-sols du bâtiment occupé par les Palestiniens. L'idée était d'occuper le plus de terrain possible avant que ces derniers ne s'aperçoivent de la présence de l'ennemi. Donc, il fallait progresser au poignard.

Les Maalouf s'étaient alors révélés. Jusque-là, ce n'étaient que des *chahebs* classiques. Un an plus tôt, en 1975, ils avaient reçu leurs premiers M.16 et étaient partis à la chasse aux Palestiniens, parvenant à en exterminer une douzaine.

A l'*Holiday Inn*, leurs compagnons avaient découvert leur férocité. En deux heures, Samir et Nabil avaient égorgé une trentaine de Palestiniens, sans un clignement de cils, avec un entrain joyeux. Le dernier avait été tué par Nabil d'une vingtaine de coups de tournevis dans le dos.

Cette action leur avait valu d'être remarqués par Elie

Hobeika, responsable du service de sécurité des Forces libanaises et de tous les règlements de comptes.

En peu de temps, les frères Maalouf étaient devenus les joyaux de l'*Aan-kabout*, l'Araignée, le service de sécurité intérieure et extérieure des Forces libanaises, surnommé ainsi en raison de son écusson portant une toile d'araignée.

Samir et Nabil avaient donné le meilleur d'eux-mêmes dans le massacre des camps palestiniens de Sabra et Chatila, effectué sous la responsabilité d'Elie Hobeika. En quelques heures, à eux deux, ils avaient égorgé ou abattu plus d'une centaine de Palestiniens, principalement des femmes et des enfants.

Après cet exploit, ils avaient pris un peu de recul et les Forces libanaises les avaient mis à la disposition de la CIA pour sous-traiter certaines exécutions un peu délicates. Sans état d'âme, d'une cruauté glaciale parfaitement maîtrisée, ils avaient toujours donné toute satisfaction. C'étaient les meilleures machines à tuer de Beyrouth-Est. Pour se distraire, Samir, l'aîné d'une minute, avait mis au point un jeu assez sophistiqué. Avec quelques camarades, il sélectionnait un appartement situé sur la « ligne verte », la démarcation entre l'Est et l'Ouest. Il y faisait installer une mitrailleuse lourde, une « 50 », et se faisait porter un solide repas.

Ensuite, une fois la nuit tombée, il prenait un annuaire téléphonique de Beyrouth et sélectionnait un numéro situé dans un des immeubles en face de lui, chez l'ennemi. Il n'y avait plus qu'à le composer. Réveillé par la sonnerie, l'abonné, obéissant à un réflexe classique, allumait. Et, à ce moment, Samir Maalouf l'arrosait à la mitrailleuse lourde...

Certes, cela ne modifiait pas le rapport de forces, mais permettait de tuer le temps d'une façon amusante.

A la fin de la guerre, les jumeaux s'étaient mollement reconvertis dans l'import-export. Ils tournaient en rond comme des squales dans un bassin lorsque leur ancien employeur – la CIA – leur avait proposé un contrat : 100 000 dollars chacun et un peu de distraction, dans la seule activité qu'ils appréciaient : le meurtre.

Ils étaient revenus discrètement à Beyrouth. N'ayant jamais participé à des vengeances personnelles, mais toujours agi dans le cadre d'une milice, personne ne les avait mal accueillis. Ils s'étaient installés dans l'appartement familial du quartier de Verdun, abandonné puis rouvert, où logeaient déjà leur mère et leurs deux jeunes frères. Leur travail était très simple : ils attendaient qu'on leur montre leur cible.

*
**

L'immeuble de quatre étages aux larges balcons ne payait pas de mine, dans la Rue 54 du secteur 39, le quartier de Verdun. Il avait dû être luxueux un demi-siècle plus tôt, mais la chaleur, l'humidité et les impacts lui avaient donné le même aspect lépreux qu'à ses voisins.

Des centaines de fils électriques s'entrecroisaient au-dessus de la rue étroite, mais le hall était sombre comme une grotte. Bien entendu, l'ascenseur n'était plus qu'un souvenir.

Malko et Sohbi Jalloul s'engagèrent dans le large escalier. La peinture s'en allait par plaques, les murs étaient troués comme des écumoires, des fils pendaient. A chaque étage, deux portes massives en bois sombre se faisaient face. Sohbi frappa à celle de droite, au troisième. La sonnette avait disparu depuis belle lurette.

Il y eut un remue-ménage à l'intérieur, quelques mots arabes échangés à voix basse à travers le battant et la grande porte sombre s'ouvrit vers l'extérieur. C'était en réalité un battant blindé... Dans l'encadrement se tenait Samir Maalouf. Malko eut un choc. C'était la version sulfureuse de Chris Jones : un mètre quatre-vingt-dix, tout en muscles, les cheveux très courts, les pommettes saillantes, le ventre plat, large d'épaules, avec un visage régulier mais glacial et des yeux de requin, ronds, noirs et froids comme la mort.

– *Kifak !* (1) lança Samir Maalouf à Sohbi. *Mahraba.* (2)

Sohbi fit les présentations et ils pénétrèrent dans un grand salon vide où une ampoule pendait du plafond ; un canapé défoncé était surmonté par des appliques aux abat-jour verts, plantées dans le mur. Une grosse télé Akaï, éteinte, était posée à même le sol.

Dès qu'ils pénétrèrent dans la pièce, Nabil Maalouf se leva, abandonnant le trictrac. Un jeune homme apparut dans l'embrasure et il lui jeta un ordre tandis qu'ils s'asseyaient. Il reparut avec un plateau où se trouvaient une cafetière à long manche pleine de café turc et quatre tasses. Les deux jumeaux s'assirent, allumèrent une Lucky et fixèrent Malko comme des bergers allemands bien dressés. A part leur chemise – mauve pour l'un, rouge pour l'autre – ils étaient rigoureusement identiques.

– Je leur explique ? proposa Sohbi Jalloul.

– Allez-y, dit Malko.

Il régnait une chaleur étouffante dans l'appartement, pourtant plongé dans une semi-pénombre à cause des rideaux tirés. Sohbi se lança dans son récit en arabe, sans être interrompu. Lorsqu'il eut terminé, Samir, après avoir échangé un regard avec son frère, se tourna vers Malko et dit d'une voix à la fois douce et glaciale qui donnait la chair de poule :

– Sohbi nous a expliqué. Il n'y a pas de problème pour ce que vous voulez.

– Comment comptez-vous faire ?

– Il faut une voiture avec des glaces noires, pour qu'on ne reconnaisse pas les passagers. Equipée de fausses plaques. C'est facile.

– Les armes ?

(1) Ça va !
(2) Bonjour.

– Il ne faut pas faire de bruit, n'est-ce pas ? Nous avons ce qu'il faut.

– On ne doit pas retrouver le corps...

Samir eut un geste désinvolte, comme pour signifier que c'était compris dans le prix. Nabil leva alors la main, presque timidement.

– La fille, Zema, on la tape aussi ?

– Non, dit Malko, je m'en occupe.

Pour ces deux-là, trancher une gorge de plus ou de moins n'était pas vraiment un problème.

– Quand voulez-vous ? demanda Samir. Il faut un jour pour tout préparer.

– En principe, c'est pour jeudi soir, fit Malko. Sohbi vous confirmera jeudi matin.

– *Taib !* (1) fit Samir.

La conversation était terminée. Tout le monde se leva. Poignées de main, sourires de commande. Samir raccompagna Malko jusqu'à la porte. Nabil avait déjà repris position à la table de trictrac. Sohbi et Malko redescendirent en silence le vieil escalier. Malko avait l'impression d'avoir pénétré dans la cage d'un couple de cobras. Dans la voiture, Sohbi commenta d'un ton confiant :

– Avec eux, il n'y aura pas de problèmes.

Après quinze ans de guerre civile, c'était un connaisseur. Tout à coup son *jiny* se mit à couiner. On l'appelait de la messagerie. Il stoppa en face d'une épicerie et descendit. Cinq minutes plus tard, il était de retour dans la voiture, soucieux.

– C'était Maya, annonça-t-il. Zema vient de lui téléphoner. Elle a trouvé son téléphone dans l'annuaire. Elle ne veut plus rien faire. Elle a peur.

Malko eut l'impression de se trouver brutalement au pôle Nord. Les *vrais* problèmes commençaient. Si Zema se mettait à tout déballer à l'imprimeur hezbollah, ce dernier ameuterait ses copains et Malko risquait de se

(1) OK !

retrouver très vite avec une bande de tueurs auprès desquels les frères Maalouf feraient figure de saints.

– Qu'est-ce qu'elle veut faire ?

– Elle viendra chez Maya, ce soir, après huit heures.

– Bien, dit Malko d'un air absent.

Sohbi croisa son regard dans le rétroviseur et demanda avec un calme effrayant :

– Je préviens Samir ?

La « solution libanaise » : on éliminait Zema avant qu'elle ne puisse parler. Pourtant, Malko y répugnait. Par éthique d'abord, ensuite, parce que si la jeune chiite disparaissait, l'opération tournait court.

– Non, répliqua-t-il à Sohbi. Je vais la voir moi-même.

En espérant qu'elle n'arrive pas avec une poignée de Hezbollahs. Quand on est un aristocrate autrichien, Altesse Sérénissime de surcroît, on ne peut pas se conduire comme un milicien libanais et égorger à tort et à travers.

Seulement, comme Malko ne donnait pas non plus dans l'angélisme, il demanda à Sohbi Jalloul de faire venir les frères Maalouf. En stand-by. Afin d'éviter une mauvaise surprise toujours possible.

CHAPITRE V

Huit coups avaient sonné depuis longtemps à l'église d'Ashrafieh et Zema n'était toujours pas là. Malko regardait sa montre toutes les cinq minutes. La jeune chiite, morte de peur, pouvait tout simplement avoir décidé de ne plus donner signe de vie. C'était l'hypothèse la plus optimiste... Sohbi et les frères Maalouf attendaient dans la Buick garée un peu plus loin, surveillant le portail du jardin de Maya Sarkis.

La jeune femme se trouvait à l'étage. Malko, installé dans un canapé défoncé de l'immense salon au plafond de cathédrale, guettait la porte, impuissant. Son estomac se rétrécissait à chaque minute qui passait. Il crut presque être victime d'une hallucination lorsqu'il vit une silhouette féminine pousser le portail et se diriger vers la maison. A ses longs cheveux frisés, il reconnut Zema.

Sa joie fut de courte durée. Elle était presque à l'entrée lorsqu'une seconde silhouette franchit le portail. Un homme, cette fois. Il se mit à courir dans l'allée et poussa un hurlement sauvage.

– *Kess ekhtak charmouta !* (1)

Zema se retourna et, figée sur place, poussa un hurlement strident.

– Moktar !

(1) Putain de ta mère !

L'homme aux traits anguleux que Malko avait vu au restaurant *Nasr* brandissait un couteau, avec l'intention affichée d'égorger sa fiancée infidèle. Malko sentit un flot d'adrénaline le submerger. Il ne manquait plus qu'un énergumène de cet acabit pour compliquer les choses...

Samir Maalouf jaillit du portail avec la vitesse et le silence d'un jaguar. Moktar ne l'entendit même pas venir. Il sentit quelque chose de très lourd atterrir sur son dos, comme un fauve, et fut projeté en avant dans le jardin, le nez dans la terre. Une lame froide s'appuya sur son cou et une voix calme lui dit à l'oreille :

– Si tu bouges, *ya habibi* (1), tu meurs...

Son agresseur le releva, lui tirant la tête en arrière par les cheveux, le tranchant du poignard contre sa gorge. D'un seul coup de poignet, il pouvait l'égorger... La tête rejetée en arrière, Moktar ne voyait plus que le ciel étoilé. Il n'aperçut même pas l'autre homme qui se glissait derrière lui pour rejoindre la maison.

Zema tremblait comme une feuille dans les bras de Malko, quand Nabil surgit silencieusement. Il se pencha à l'oreille de Malko.

– Qu'est-ce qu'on fait ?

Zema comprit et poussa une plainte.

– Non ! Ne le tuez pas.

– Qu'il fiche le camp, fit Malko.

Nabil revint près de son frère avec qui il échangea quelques mots. Aussitôt, Samir releva le malheureux fiancé et le poussa jusqu'au portail, le poignard toujours en travers de sa gorge. Puis il le jeta violemment dans la rue.

– *Rouh !* (2)

Moktar, mort de peur, fila en courant. En suivant sa fiancée, il n'aurait jamais cru tomber dans un tel guet-apens. Il ne comprenait plus rien. Il ne cessa de courir qu'à l'entrée du Ring, pour héler un taxi-service.

(1) Mon pote.
(2) Tire-toi !

*
**

Zema n'arrêtait pas de trembler, bien qu'elle fût à son troisième verre d'arak pur.

– C'est à cause de Moktar que j'ai téléphoné, expliqua-t-elle. Il me surveille tout le temps, j'ai peur qu'il découvre ce que je fais. Il serait capable de me dénoncer. Il ne fait pas partie du Hezbollah, mais il pense comme eux sur beaucoup de points. Ce soir, il m'attendait à la sortie de la photogravure, expliqua-t-elle. Il a voulu venir avec moi. Je lui ai dit que j'allais voir ma copine, mais il ne m'a pas crue. Mon Dieu, après ce soir, il va m'égorger ! Il faut que je lui dise la vérité. Sinon, il le fera. *Ya haram...* (1) Il est tellement jaloux.

Son élocution commençait à être sérieusement affectée par l'arak. Malko l'observait, calculant la suite des événements. On était mercredi soir, à vingt-quatre heures de l'action envisagée. Il ne pouvait attendre une semaine de plus, avec cette épée de Damoclès au-dessus de sa tête. Il s'assit à côté de Zema et la força à le regarder.

– Il ne faut plus que vous ayez peur, dit-il. Vous allez rester avec moi jusqu'à demain matin. Sohbi vous emmènera à l'imprimerie. Là-bas vous ne risquez rien. Ne sortez pas déjeuner, pour ne pas prendre de risques. Demain c'est jeudi. Vous ne ressortirez de l'imprimerie qu'avec moi.

– Et après ?

– Après, vous quitterez Beyrouth.

– Tout de suite ?

– Tout de suite.

– Comment ?

– Je ne peux pas encore vous le dire.

– Mais alors, je ne vais pas revoir ma mère ?

– Non, pas tout de suite.

(1) Le pauvre.

De nouveau, elle se mit à pleurer. Samir et Nabil s'étaient évaporés comme des djinns malfaisants rentrés dans leur bouteille, mais Zema n'avait pas oublié.

– Qui sont ces deux hommes ?

– Des amis. Ils vous protègent.

Elle renifla. L'arak lui tournait la tête. Elle laissa retomber ses cheveux frisés sur l'épaule de Malko, et demanda d'une voix de petite fille :

– C'est vrai, ce que vous me dites ?

– Oui. Demain tout sera fini. Maintenant, allons-y.

Il dut la soutenir, elle ne tenait plus sur ses jambes. Sohbi les ramena à l'appartement. Cela n'avait plus d'importance qu'elle le voie et elle n'était pas en état de le situer, de toute façon. Malko la conduisit à la chambre qu'avait déjà occupée Maya Sarkis et l'y laissa pour rejoindre Sohbi, chargé de la liaison avec Vincent Faulkner.

Dix minutes plus tard, il vit surgir dans le living une Zema titubante et nue ! Elle avait ôté sa robe et ses chaussures, ne gardant qu'un slip rose. Ses seins aigus pointaient à l'horizontale. D'un seul trait, elle se jeta dans les bras de Malko, écrasant sa bouche contre la sienne, répétant comme un phonographe cassé :

– *Ayété ! Ayété ! Ayété !* (1)

Son ventre dansait contre le sien et elle frottait ses petits seins contre lui dans une mimique sans équivoque. Ce fut elle qui l'entraîna sur le canapé. Elle voulait faire l'amour comme un enfant veut un bonbon et poussa un long soupir ravi lorsque Malko fut fiché en elle. Son corps nerveux se tordait sous lui, elle le mordait et finalement elle s'arc-bouta en arc de cercle, secouée par un violent orgasme. Son cri fit trembler les cloisons. Ensuite, elle embrassa Malko comme une folle, à se casser les dents, puis d'un coup s'endormit.

Elle ne se réveilla même pas lorsqu'il s'arracha à elle.

(1) Chéri ! Chéri ! Chéri !

Pudique, Sohbi s'était retranché dans la cuisine. Malko prit une douche et alla sur le balcon. A sa gauche, le tapis lumineux de Beyrouth était coupé par une large tranchée noire : la zone détruite de la Ligne verte où tant de Beyrouthins avaient trouvé la mort.

Un moment plus tard Sohbi se glissa près de lui, voûté à son habitude. Il lui tendit un sandwich au *labné* (1) et un jus de figue glacé.

– M. Vincent sera prévenu dès demain, annonça-t-il.

Malko regarda le ciel étoilé. Dans vingt-quatre heures, la vengeance de la CIA aura commencé. Sauf s'il se jetait droit dans un piège...

*
**

Seul le chuintement du climatiseur troublait le silence dans la BMW. Samir Maalouf conduisait, Sohbi Jalloul à côté de lui ; derrière se trouvaient Nabil et Malko. Ils avaient quitté Ashrafieh une demi-heure plus tôt, vers le sud, par l'ex-avenue Camille-Chamoun, laissant sur leur gauche le stade écrabouillé par les Israéliens. La voiture choisie par les frères Maalouf était parfaite, presque neuve, ses glaces teintées rendaient impossible, à un mètre, de distinguer ses passagers ; sa plaque avait été volée sur un autre véhicule.

Samir ralentit pour franchir le barrage syrien, juste après le stade. Le soldat, d'un signe de tête, lui fit signe de passer. Malko soupira intérieurement de soulagement. Ils continuèrent sur un kilomètre. A droite, une zone peu construite était entrecoupée de terrains vagues, à gauche débutait le fouillis crasseux de la banlieue sud ; les rues se coupaient au carré, tantôt asphaltées, tantôt réduites à de simples chemins.

– A gauche, indiqua Sohbi.

Le matin, il avait accompagné Zema, la déposant à

(1) Fromage blanc.

une centaine de mètres de l'imprimerie de Hadj Ali Chehadé et en avait profité pour repérer les lieux.

La BMW remonta une rue est-ouest bordée de villas, d'immeubles d'habitation.

– Le premier immeuble à droite, indiqua Sohbi.

Rien ne le distinguait des autres, ni n'indiquait l'imprimerie, entièrement aménagée en sous-sol. Quand ils furent plus près, les phares éclairèrent l'entrée d'une rampe pour voitures s'enfonçant dans les entrailles du bâtiment. Samir tourna sans hésiter, pour s'engager dans la rampe obscure.

Malko repéra sur la gauche, au passage, une guérite vitrée où un homme était assoupi sur son journal. Samir fit un appel de phares, éclairant la rampe en ciment aux murs noirâtres. Le palier du premier sous-sol défila. La BMW continua sa descente dans un silence pesant. Le second sous-sol était tout aussi mort. Les phares éclairèrent des rames de papier empilées, des rouleaux énormes, des machines. Enfin ils atteignirent le troisième niveau. La rampe se terminait là. La BMW stoppa derrière une voiture japonaise grise, en piteux état, sans plaque. Les quatre hommes descendirent. L'immeuble était absolument silencieux. Samir, d'un coup de torche électrique, découvrit un escalier de fer où ils s'engagèrent. Tous s'étaient chaussés de baskets et se déplaçaient sans bruit.

Ils montèrent en silence dans l'obscurité, guidés par le mince faisceau lumineux de la torche. Ce n'est qu'au rez-de-chaussée qu'ils perçurent une lueur. Un bureau était encore allumé. Ils s'approchèrent dans le noir et soudain, le silence fut rompu par des soupirs saccadés, heurtés. Passé en tête, Malko arriva face à la pièce éclairée, un bureau dont la cloison était vitrée jusqu'à un mètre du sol. Les murs étaient couverts de gravures et un grand bureau prenait presque tout l'espace. Derrière lui, face à Malko, un homme était vautré dans un fauteuil, en manches de chemise. Il serrait un cigare entre ses lèvres épaisses. Le visage plat, les yeux enfoncés, le teint très sombre, il soupirait, la bouche ouverte, comme s'il avait du mal à respirer. Malko crut d'abord qu'il était seul, avant de voir sa main droite posée sur une tête aux cheveux frisés qui montait et descendait, apparaissait et disparaissait derrière le bureau. Zema, agenouillée à côté du fauteuil directorial, était en train d'administrer une fellation consciencieuse à son patron, Hadj Ali Chehadé. Au moment où Malko entrait, pistolet au poing, tout le corps du Libanais fut secoué d'un violent spasme et il poussa une sorte de gémissement étranglé, crispant ses doigts sur les cheveux frisés. Malko s'encadra dans la porte, braquant un Walther PPK prolongé d'un silencieux. Instantanément, Ali Chehadé plongea sa main gauche vers un tiroir. Samir Maalouf s'était déjà rué sur lui. La lame effilée de son poignard ouvrit la main de l'imprimeur sur toute sa longueur.

– Doucement, *ya habibi*, dit-il de sa voix douce.

Nabil Maalouf pénétra à son tour dans le bureau. Sohbi à l'extérieur faisait le guet.

Le visage crispé de douleur, Ali Chehadé essaya de refermer sa braguette de la main droite, tandis que Zema se relevait, rouge de confusion, évitant le regard des trois hommes. Son patron lança une interjection furieuse en arabe.

– Il demande ce que nous voulons, traduisit Samir.

– Il parle anglais ?

– Oui, je parle anglais, répliqua aussitôt le chiite. Qui êtes-vous ?

– Vous vous souvenez de William Buckley ? demanda Malko.

Ali Chehadé ne répondit pas. Une lueur de panique vite éteinte passa dans ses petits yeux noirs.

– Je ne connais personne de ce nom !

– Mais si, insista Malko, un espion américain enlevé en mars 1984.

L'imprimeur balaya la précision avec une mimique désinvolte.

– Il y a longtemps !

– Oui, dit Malko, mais nous n'avons pas oublié. Vous avez été condamné à mort.

– Par qui ?

– Par ses amis. Nous sommes venus exécuter la sentence.

Il y eut un lourd silence. Ali Chehadé réalisait qu'il n'avait pas affaire à de simples voyous. Son front s'était couvert de sueur. Il balbutia :

– Vous êtes fous, je ne comprends pas, je n'ai rien à voir dans cette affaire. C'est une erreur... Vous vous trompez !

– Mais non, corrigea Malko. Après son kidnapping, William Buckley a été amené dans cette imprimerie. La voiture est repartie, mais deux miliciens du Hezbollah sont restés, pour garder la prison de William Buckley, au troisième sous-sol de votre imprimerie. Il est resté ici quinze jours. Vous ne pouviez pas ne pas être au courant.

Le sang s'était retiré du visage de l'imprimeur. Il cherchait ses mots. Pour l'achever, Malko précisa :

– D'ailleurs, Zema Hazmiyé se souvient très bien. C'était le jour de son anniversaire.

Ali Chehadé mit quelques secondes à comprendre. Soudain, il tenta de se lever de son fauteuil, éructant des insultes. Fou de haine, il était prêt à étrangler Zema, recroquevillée dans un coin de la pièce. Le poignard de Samir Maalouf posé sur sa gorge le calma. Il retomba, tassé sur lui-même. Malko voulut profiter de son désarroi.

– Qui a organisé le kidnapping ? demanda-t-il. Je sais que vous n'étiez que complice.

Ali Chehadé leva vers lui un regard torve et haineux.

– Vous le savez très bien ! Imad Hadj Mughnieh... Je ne pouvais pas lui refuser, il m'aurait tué. A cette époque, il faisait la loi ici.

– Qui étaient les trois hommes qui ont enlevé William Buckley ?

– Des *chahebs* du Hezbollah.

– Leurs noms ?

– Toufik, Farid et Ibrahim. Toufik a été tué quelques mois plus tard. Les deux autres sont encores vivants. Ibrahim tient une pâtisserie, Farid Cherif est mécanicien.

– Combien de temps l'otage est-il resté ici ?

– Deux semaines. Il a été bien traité.

De temps en temps, son regard dérapait vers Zema, luisant de haine. On sentait qu'il avait envie de lui arracher le cœur avec ses mains.

– Et ensuite ?

– Les hommes de Mughnieh sont venus le chercher dans une camionnette qui transportait des tuyaux de ciment. Ils l'ont roulé comme une momie et l'ont dissimulé à l'intérieur d'un tuyau. Je ne l'ai jamais revu, *wahiet Allah* !

– Où l'ont-ils transporté ?

– Dans la Bekaa. A la caserne des Hezbollahs, à Baalbeck, je crois.

Ali Chehadé avait perdu toute sa superbe. Il n'avait plus qu'une idée : sauver sa peau. Une odeur de sueur âcre avait envahi le bureau : la peur.

L'imprimeur s'essuyait sans arrêt le front, décomposé. Ses yeux allaient de Malko aux frères Maalouf, emplis d'une terreur croissante. Comme celui dont il avait aidé au kidnapping, il ne voyait aucune issue, aucune aide à espérer de qui que ce soit, dans ce bureau isolé au milieu de l'imprimerie déserte. Malko voyait le désespoir envahir ses yeux noirs sans cesse en mouvement. Les jumeaux, immobiles comme des statues, attendaient, avec la férocité rentrée des requins à l'affût ; Zema, tassée contre le mur, n'en revenait pas de son courage. Maintenant, elle ne pouvait plus reculer.

– Vous savez tout ce que vous voulez ? demanda brusquement Chehadé.

Il n'en pouvait plus. Malko secoua la tête.

– Non, je veux que vous me montriez l'endroit où William Buckley a été séquestré, au troisième sous-sol.

Soudain, Ali Chehadé sembla ne plus faire qu'un avec son fauteuil. L'idée de se retrouver au troisième sous-sol le terrifiait. Il devinait ce que cela signifiait. Comme il ne bougeait pas, Samir redressa vers sa gorge le long poignard qu'il tenait. Ali Chehadé se leva enfin, enveloppant sa main blessée dans un chiffon.

Zema détourna les yeux lorsqu'il passa devant elle. Il marcha lentement jusqu'à l'escalier métallique et s'y engagea, Samir sur ses talons. Soufflant comme un phoque, il arriva au premier sous-sol, et se retourna, le visage déformé par la terreur.

– Je n'y pouvais rien ! *Wahiet Allah !* C'est lui, Imad Mughnieh, qui est responsable.

Il s'accrochait à la rampe de fer. Samir le piqua de la pointe de son poignard, mais Ali Chehadé sembla ne rien sentir. Il fixait Malko avec tout ce qui lui restait d'espoir.

– C'est peut-être vrai, reconnut Malko, mais Imad Mughnieh a disparu. Depuis longtemps.

– Je peux vous dire où il est, glapit aussitôt l'imprimeur.

– Où ?

– Vous me laisserez ensuite ?

– Peut-être.

Samir le piqua à nouveau. L'heure n'était pas encore à la négociation.

– Il est dans la Bekaa, dit d'un trait Ali Chehadé. Dans un village des Hezbollahs, à Janta, près de la frontière syrienne. Il y a là-bas un camp d'entraînement des Hezbollahs...

L'imprimeur avait tellement peur que cela pouvait être vrai. Malko pensa aux souffrances de William Buckley et répondit :

– Très bien, mais je veux quand même voir l'endroit où William Buckley a été séquestré.

Sans un mot, Ali Chehadé se remit à descendre. Le

plus lentement possible, comme s'il avait des semelles de plomb. La torche électrique de Samir éclairait les formes des machines fantomatiques. L'odeur de l'encre d'imprimerie, aussi fade que celle du sang, prenait à la gorge. Arrivé au troisième sous-sol, Ali Chehadé s'arrêta, hors d'haleine, comme s'il avait monté les trois étages au lieu de les descendre... Samir alluma. L'éclairage blafard rendait les lieux encore plus sinistres. Ils eurent l'impression de se trouver dans une grotte, très loin de la surface de la terre. La voix de Malko déchira le silence :

– Où est-ce ?

Sans répondre, Ali Chehadé se dirigea vers une pile de rames de papier haute d'un mètre, posée sur une dalle métallique.

– C'est là, avoua-t-il d'une voix blanche.

– Enlevez le papier.

Il ne discuta même pas, et se mit au travail avec des gestes mécaniques, déplaçant la pile rame par rame. Les trois hommes l'observaient... Cela dura un bon quart d'heure. Les gestes de l'imprimeur étaient de plus en plus lents ; il voulait gagner encore quelques minutes de vie... Enfin, une trappe de fer apparut. Une poignée y était encastrée, qu'Ali Chehadé tenta de tirer avec un zèle dérisoire, sans y parvenir. Samir l'écarta et, d'un seul effort, souleva la trappe, découvrant un trou noir rectangulaire et des marches de fer.

– Donnez-moi la lampe, dit Malko.

Dirigeant le faisceau lumineux, il descendit les marches, la gorge serrée. Il n'y avait aucune ouverture, les murs étaient noirs, suintant d'humidité. Sur le sol en terre battue, dans un coin, un vieux matelas gisait à même le sol, près d'une sorte d'écuelle et d'un seau pour les excréments. William Buckley avait passé là ses premières heures de captivité... Quel désespoir avait-il dû éprouver dans ce cul-de-basse-fosse, où il aurait pu hurler à s'arracher les poumons sans alerter personne... L'estomac serré, Malko remonta. Dans le sous-sol, le silence était oppressant.

– On ne lui a pas fait de mal, gargouilla Ali Chehadé. Je ne l'ai jamais vu.

– Vous saviez qui il était, non ?

Malko n'éprouvait aucune pitié. Ces gens-là n'était pas immoraux, mais amoraux. On ne les changerait pas. Au nom d'Allah, ils auraient commis n'importe quel crime.

Le silence se prolongea quelques secondes. Puis Samir Maalouf se déplaça silencieusement, surgissant derrière Hadj Ali Chehadé. Il fut si rapide que Malko vit à peine son geste. De la main gauche, il donna une bourrade dans le dos à l'imprimeur. De la droite, il tendit la lame effilée de son poignard en travers de sa gorge. Entraîné par son poids, Chehadé plongea en avant, sur le poignard tenu fermement. En même temps, Samir Maalouf retira la lame d'un coup sec. La gorge ouverte, le larynx et les cordes vocales sectionnés, l'imprimeur tomba comme une masse dans le trou noir, dans le jaillissement de sang de ses carotides tranchées.

Il y eut le bruit sourd de son corps s'écrasant deux mètres plus bas, puis le silence retomba. Malko éprouvait un mélange de dégoût et de soulagement. Il était secrètement reconnaissant au Libanais. Samir rabattit la trappe. Puis, sans se concerter, les trois hommes entreprirent de remettre les rames de papier en place. Dix minutes plus tard, il ne restait plus aucune trace du meurtre. On pourrait ne découvrir le cadavre que des semaines plus tard. Nabil remonta chercher Sohbi et Zema. Personne ne demanda de nouvelles d'Ali Chehadé. Samir Maalouf reprit le volant de la BMW, Zema à l'arrière entre Malko et Nabil. En face du *Summerland*, ils furent vaguement contrôlés par un barrage syrien. Le soldat éclaira l'intérieur de la voiture, leur fit signe sans un mot.

Plus tard, Samir stoppa en face de l'hôtel *Bristol*. Sohbi récupéra sa Buick et la BMW des frères Maalouf disparut. Sohbi fila vers l'est par la rue Farrad-Chebah qui longeait le port, prit ensuite la direction de Jounieh. Tout était sombre... De rares marchands de primeurs demeuraient ouverts toute la nuit.

Cinq cents mètres avant l'embranchement menant à l'ambassade américaine, Sohbi stoppa sur le parking d'un immeuble. Un homme inconnu de Malko émergea d'une Chevrolet noire. Sûrement un Marine, étant donné sa coupe de cheveux.

– Tout s'est bien passé ? demanda-t-il.

– Oui, dit Malko.

Il se tourna vers la voiture et appela Zema.

– Venez.

Elle sortit, visiblement effrayée.

– Vous allez avec ce monsieur, dit Malko.

– Où ?

– Comme promis, aux Etats-Unis. Vous serez sous notre contrôle pendant quelques semaines, ensuite, on vous installera dans la ville de votre choix. Bonne chance.

– Mais il n'y a pas d'avion, protesta-t-elle naïvement.

– Vous ne partez pas en avion, précisa Malko. Merci pour ce que vous avez fait.

Déjà, le Marine l'entraînait. La Chevrolet s'éloigna rapidement. Malko et Sohbi demeurèrent sur place. Vingt minutes plus tard, le grondement d'un hélicoptère troubla le silence. Les feux de l'appareil furent visibles quelques instants, tandis qu'il s'arrachait de la colline, fonçant vers le large. Il avait décollé de l'hélipad de l'ambassade américaine et filait vers un navire de la Sixième Flotte.

De là, Zema Hazmiyé serait transférée à Chypre, puis un avion privé de la CIA, un Falcon 90, l'emmènerait à Langley. Les autorités libanaises risquaient de s'inquiéter de la disparition de l'imprimeur et de son employée, mais ils n'avaient aucun fil conducteur pour les retrouver. Même le Hezbollah ne pouvait pas avoir de doutes.

L'opération *Wrath of God* avait vraiment commencé. Le tout était de la continuer.

CHAPITRE VI

– Il n'y a pas la moindre retombée fâcheuse. Pas une ligne dans *Al-Ahad* (1), ni dans les autres journaux arabes. Du côté des services, c'est pareil. J'ai activé toutes mes antennes. Ni les Syriens ni les Libanais ne sont en alerte. C'est du beau boulot...

Vincent Faulkner s'interrompit brusquement pour lancer à Malko :

– Vous avez l'air ailleurs. A quoi pensez-vous ?

Les deux hommes se trouvaient dans la Honda de l'Américain, au fond du parking souterrain de l'Espace 2000, un grand centre commercial sur la route de Jounieh. Deux équipes assuraient leur protection. Trois Marines dans une Mercedes, les frères Maalouf et Sohbi dans la Buick. Deux jours s'étaient écoulés depuis l'exécution d'Ali Hadj Chehadé. Lorsque Vincent Faulkner l'avait questionné, Malko était en train de revoir le corps de l'imprimeur basculer, dans le double jet de sang des carotides. Entre les plans bien propres d'une vengeance et son exécution toujours sordide, il y avait un monde.

– Je ne pense à rien de précis, répliqua Malko, sinon à la suite des événements. Nous possédons des éléments d'identification suffisants pour les kidnappeurs. Mais notre cible principale, c'est Imad Mughnieh...

(1) Le quotidien du Hezbollah.

– Je m'en occupe, affirma Vincent Faulkner. J'ai réactivé un garçon qui a longtemps travaillé pour nous dans la Bekaa, Fouad Daouk. Il guide aussi des équipes de la DEA dans le coin. Je lui ai promis 50 000 dollars s'il me confirmait la présence d'Imad Mughnieh à Janta et nous aidait à l'éliminer.

– Comment peut-il survivre dans la Bekaa s'il a de tels liens avec vous ? s'étonna Malko.

– Il fait partie d'une famille très puissante à qui même le Hezbollah n'ose pas s'attaquer. Et il est prudent. J'attends sa réponse. Cela vous donne le temps de « taper » Farid Cherif et Ibrahim Halla.

– Ceux-là, on ne pourra pas les faire disparaître, objecta Malko.

– Exact, reconnut l'Américain. Mais ils seront encore plus sur leurs gardes si Imad Mughnieh se fait liquider. Tout le Hezbollah en sera secoué. Etes-vous prêt à agir sans attendre ?

– Nous avons mis au point un plan, confirma Malko ; avec la collaboration de Maya Sarkis. Elle y tient absolument.

Vincent Faulkner hocha la tête.

– Ce n'est pas d'elle que viendront les problèmes. Elle a une telle haine pour le Hezbollah qu'elle est plus sûre que n'importe qui. Si on lui donnait une bombe atomique, elle vitrifierait la banlieue sud. Ils ont tué son fils, sous ses yeux, ne l'oubliez pas. (Il regarda sa montre.) Prochain rendez-vous dans quarante-huit heures. D'ici là, vous pouvez agir. *God help you.* J'espère que j'aurai la réponse de Fouad.

*
**

– *Bismillah Al Rahman Al Rahim...*

Les haut-parleurs de la mosquée voisine du Majlis al-Choura s'égosillaient dans la chaleur de la fin de journée à appeler les fidèles à la cinquième prière, récitant la sourate du Coran appropriée. Quelques femmes en tchador, ou les cheveux couverts par le voile islamique, la robe aux chevilles, se frayaient un passage dans le grouillement des ruelles de Bir el-Abeit, au milieu des klaxons, des cyclistes, des charrettes à bras. Quelque six cent mille personnes vivaient dans la banlieue sud, sur vingt-deux kilomètres carrés ! La plupart dans des HLM toutes semblables, grises, sinistres, certaines même pas terminées. Des *chahebs* barbus, Kalachnikov à l'épaule, veillaient sur la centrale hezbollah de la banlieue sud, un groupe d'immeubles en U dont l'entrée était protégée par une barrière.

Depuis un moment, Sohbi tournait dans les rues du quartier, Malko à l'arrière, suscitant parfois le regard hostile d'un jeune fanatique qui crachait pour manifester son mépris. Partout s'affichaient d'immenses portraits de Khomeyni, de l'imam Moussa Sadr, assassiné par les Libyens, ou de jeunes martyrs anonymes de la guerre contre Israël.

La circulation était sévèrement réglementée. Des drapeaux noirs, plantés dans des fûts de pétrole, coupaient la chaussée en deux, afin d'éviter les embouteillages. Au bout d'un mât se balançait un énorme drapeau hezbollah, représentant une Kalachnikov émergeant d'un globe terrestre. Des rubans multicolores couraient le long des façades de presque tous les immeubles du quartier. Attachés aux balcons et descendant jusqu'au sol, ils signalaient le retour d'un croyant d'un pèlerinage à La Mecque. Dans ce quartier fanatiquement religieux, c'était un *must*... A chaque croisement, d'énormes portraits de Khomeyni, de Khameini, de l'imam Moussa Sadr, de jeunes « martyrs » inconnus et barbus, dominaient la foule. Sous l'un d'eux, une patrouille de l'armée libanaise, regroupée autour d'un M.113, essayait de se faire oublier sous les regards ouvertement hostiles des jeunes qui traînaient dans le coin. Ceux-ci crachaient ouvertement en voyant un étranger contempler les portraits des martyrs anonymes de la guerre contre les sionistes, décorés d'œillets fanés ; les chiites avaient naturellement le goût du martyre.

Au fur et à mesure que les haut-parleurs de la mosquée appelaient à la prière, les passants s'agenouillaient à même le sol, là où ils se trouvaient, au milieu des tas d'immondices, des carcasses de voitures ou des gravats. Les trottoirs n'existaient pas dans la banlieue sud, la plupart des rues n'avaient pas de nom et toute notion d'urbanisme était inconnue...

Sous le regard hostile de deux jeunes gens, Sohbi Jalloul dut interrompre le changement fictif de sa roue et s'agenouilla comme les autres sur la chaussée. Inutile de se faire remarquer. A l'intérieur, Malko faisait semblant de lire un journal. Ils étaient arrêtés en face de la pâtisserie *Sea-Side* à la vitrine peinte en rose et vert. Seulement deux ans plus tôt, ils n'auraient pas pu s'aventurer jusque-là. Le quartier était entièrement contrôlé par le Hezbollah et interdit aux étrangers, considérés comme des *jallous*, des espions. Aujourd'hui, on les tolérait, sous la férule pesante des Syriens.

Personne n'avait pansé les plaies des immeubles et la banlieue, plate comme la main, ressemblait plus que jamais à un quartier populaire de Naples après un tremblement de terre. On n'était qu'à quelques kilomètres du quartier chrétien et de ses élégantes villas, mais c'était déjà une autre galaxie.

Malko ne quittait pas des yeux la pâtisserie. En vitrine, s'amoncelaient des pyramides de gâteaux multicolores. A l'intérieur, un seul homme était en train de faire des paquets. La trentaine, le collier de barbe et la moustache, plutôt empâté, Ibrahim Halla, un des ravisseurs de William Buckley, s'affairait. Lorsqu'il eut terminé ses paquets, il héla un jeune garçon qui prenait le frais en face de la boutique et l'installa derrière le comptoir. Il arrima ensuite sa charge sur le porte-bagages d'une bicyclette et s'éloigna, se frayant difficilement un chemin au milieu des véhicules de toutes sortes ; Malko le suivit des yeux pensivement.

Ce garçon en apparence inoffensif avait été un militant fanatique du Parti de Dieu, transfuge d'Amal, qu'il trouvait trop tiède. Pour 200 dollars par mois, il avait travaillé six ans au service de sécurité du Hezbollah, lié par un pacte secret à son chef religieux, Cheikh Hadj Naim Kassiz. La guerre terminée, il avait ouvert cette boutique avec ses économies, épousé une voisine et vivotait grâce à la clientèle de ses anciens amis. Son rêve était d'aller à La Mecque ou au moins de se battre contre les sionistes, au sud.

Sohbi attendit un peu, remit sa roue en place et démarra, manquant écraser un marchand ambulant qui trimballait une énorme cafetière de café turc vendu 250 livres (1) la tasse. Il rattrapa sans mal Ibrahim Halla à la hauteur des ruines de l'église de Harek Hreik, dynamitée dès le début de la guerre. Les rares chrétiens vivant dans ce quartier avaient dû fuir ou avaient été égorgés au nom de l'Islam. Déjà la purification ethnique !

A aucun moment, le pâtissier ne prêta attention à la Buick qui le suivait. Assourdi par les klaxons, mort de chaleur, il arrêta son engin devant l'immeuble Bir Hachem et détacha ses paquets. Une femme en tenue islamique était venue deux heures plus tôt dans sa boutique lui passer cette commande, pour fêter le retour d'un combattant du Sud. Elle avait payé d'avance. La HLM de quinze étages, décrépite comme ses voisines, était décorée d'une gigantesque effigie de Khomeyni. Non loin de là, un policier en tenue grise essayait vainement de régler la circulation, au carrefour de la route de Damas. Personne ne se préoccupait de ses coups de sifflet. Au temps de la guerre, on l'aurait déjà abattu comme un lapin.

Ibrahim Halla pénétra dans l'immeuble. Bien entendu, il n'y avait aucun nom marqué nulle part, mais sa cliente

(1) Environ 50 centimes.

lui avait indiqué le septième, la porte à gauche de l'ascenseur depuis longtemps transformé en débarras. Il s'attaqua à l'escalier gris de crasse. Au troisième, un grand trou permettait d'apercevoir la mer. Un obus de 105 israélien... Il arriva au septième et trouva la porte ouverte sur un appartement dévasté, dont il ne restait que les murs. Surpris, il s'arrêta et une voix fit derrière lui :

– Qu'est-ce que tu cherches, *ya habibi* ?

Un homme de haute taille, souriant, venait de surgir de l'escalier. Ibrahim Halla ne se troubla pas.

– On m'a commandé des gâteaux, dit-il. Fatmeh Itani.

– C'est en face, fit l'inconnu, montrant l'autre porte du palier. Elle est sortie, mais elle va revenir. Dis-moi, tu ne t'appelles pas Ibrahim Halla ?

– Si, tu me connais ?

Le sourire de l'inconnu s'élargit encore.

– Tu te souviens quand tu faisais des cartons sur les Palestiniens de Chatila ? Il y en a un qui est sorti derrière toi, par les égouts, et a failli te flinguer...

– C'est vrai, reconnut Ibrahim. Comment tu sais cela ?

– J'étais chez Amal. Tiens, on va bavarder en attendant ta cliente, viens par là.

Il le fit entrer dans l'appartement détruit et repoussa la porte. Ibrahim Halla eut à peine le temps d'avoir peur. Le dos au mur, il vit le pistolet noir, prolongé par un silencieux, jaillir de la chemise. L'homme souriait toujours. Il tendit le bras et tira une première fois. Le projectile traversa sans peine la pile de gâteaux et pénétra dans la poitrine du pâtissier. Celui-ci tituba, lâcha ses paquets, abasourdi. L'autre continuait à tirer, posément.

La dernière balle frappa Ibrahim Halla sous l'œil gauche et il cessa de penser. Son assassin regarda son cadavre quelques instants, avant de lui tirer une dernière balle dans l'oreille.

Les paquets s'étaient répandus. Samir Maalouf ramassa une poignée de *kneffes*, délicieux gâteaux fourrés au fromage blanc, rentra son pistolet et descendit tranquillement l'escalier. Quand il sortit de l'immeuble, il avait encore la bouche pleine et l'estomac lourd. Il traversa le grand carrefour et retrouva la Buick garée en face de la gare des bus.

– Ça a marché ? demanda Malko.

Maya Sarkis, les cheveux couverts d'un *hijab* (1), pas maquillée, avait passé la fausse commande de gâteaux.

– *Mafi machkal* (2), répondit avec simplicité Samir Maalouf.

Pour lui, tuer un homme c'était écraser une mouche. Malko, qui en avait pourtant vu, était glacé par sa froideur.

Ils remontèrent vers le centre de Beyrouth. La cible suivante était Farid Cherif, le deuxième kidnappeur de William Buckley. Il tenait un petit garage près du centre commercial Gefinor, dans Beyrouth-Ouest.

*
**

Farid Cherif avait du cambouis jusqu'aux épaules. Il essayait de reconstruire un moteur de Volkswagen à partir de trois épaves informes. La vie était difficile et il n'y avait pas beaucoup de travail. Il était torse nu, le menton rasé comme le lui avaient recommandé ses chefs. Il fallait se démarquer de l'image classique du Hezbollah barbu pour mieux faire du prosélytisme. Après la fin de la guerre civile, il avait été envoyé à Nabatiyeh, dans le Sud, et sérieusement blessé : une balle israélienne dans le ventre.

Impossible de continuer à combattre. Alors, il s'était reconverti et regagnait tous les soirs Borj Brajnieh, au fin fond de la banlieue sud.

– *Mahraba !* (3)

(1) Foulard islamique.
(2) Pas de problème.
(3) Bonjour.

Il leva la tête. Une femme se tenait devant lui, maquillée d'une façon provocante, comme savent l'être les Libanaises. Vêtue court avec un haut moulant ne laissant rien ignorer de sa poitrine ; de grands yeux noirs et un sourire qu'il jugea tout de suite satanique... Le genre de créatures dont l'Islam voulait purger le Liban.

Heureusement, sa main pleine de cambouis lui épargnait de lui serrer la main.

– *Mahraba*, répondit-il. Que veux-tu ?

– Ma voiture est en panne, dans le garage en sous-sol de Gefinor. Tu pourrais venir me dépanner ?

C'était juste en face de son atelier.

– Qu'est-ce qu'elle a ? demanda Farid.

– Je ne sais pas, elle ne démarre pas, fit l'inconnue. Peut-être la batterie. Je ne m'y connais pas.

Farid Cherif s'essuya le front avec son avant-bras.

– Va m'attendre, je te rejoins ; il faut que je remonte ça, avant.

Il montrait un couvercle plein de boulons. La femme hésita un peu.

– Tu ne vas pas trop tarder ?

Son regard fixait le torse puissant du jeune chiite avec une concupiscence visible. Farid n'ignorait pas que les bourgeoises de Beyrouth, surtout les chrétiennes, étaient très libres. L'idée l'effleura qu'elle cherchait tout simplement une brève aventure au fond d'un parking. Dieu ne lui interdisait pas cela : il n'était pas marié et la religion chiite admettait parfaitement les « mariages de plaisir ». On s'épousait pour le week-end...

– *Wahiet Allah*, je suis là dans dix minutes, fit-il.

Elle s'éloigna vers le centre Gefinor et il admira le balancement de ses hanches, un peu trop accentué pour être honnête. Elle avait une croupe haute et le léger tissu de sa robe dessinait ses cuisses. Farid se sentit excité.

La femme n'était pas partie depuis trois minutes qu'un soldat de l'armée libanaise, en poste au carrefour avec un M.113, s'approcha.

– On a un problème, annonça-t-il. Impossible de remettre en route...

Décidément, c'était le jour !

– J'ai un dépannage urgent, dit Farid.

Le soldat prit un air menaçant.

– Tu viens tout de suite ! lança-t-il. On doit nous relever.

Il valait mieux ne pas discuter. Sinon, c'était le racket... Résigné, Farid prit sa boîte à outils et se dirigea vers le barrage. En cinq minutes, il eut trouvé la panne, un faux contact dans l'alimentation. Mais il y avait une heure de démontage... Le soldat le surveillait. Il plongea la tête dans le moteur et commença son travail. La belle fille attendrait...

*
**

Depuis un moment, un moustachu costaud tournait autour de Maya Sarkis. Appuyée à sa voiture au fond du parking, elle fumait une cigarette en guettant l'entrée. Il y avait presque une heure qu'elle avait parlé au mécanicien. Pourquoi ne se montrait-il pas ?

Son cœur battait de plus en plus vite. Est-ce qu'elle avait été reconnue ? Avait-elle dit quelque chose qui l'avait alerté ? Le moustachu s'approcha avec un sourire mielleux, les yeux fixés sur la grosse bouche maquillée.

– Tu as besoin de quelque chose ?

Il ressemblait à un voyou ; la moustache fine, l'œil qui frise, costaud, il détaillait avec gourmandise la jeune femme. Celle-ci arbora son air le plus hautain.

– J'attends mon mari, prétendit-elle. Il ne va pas tarder.

L'autre se permit un ricanement.

– Il te fait attendre... Tu es là depuis presque une heure.

Sans répondre, elle lui tourna le dos. Soudain, deux bras l'enlacèrent et elle sentit un corps musclé se serrer contre elle par-derrière. Le bas-ventre poussait impérieusement contre ses fesses. Deux mains solides emprisonnèrent ses seins.

– Tu n'as pas plutôt envie d'un bon coup de queue ? susurra le voyou. J'ai ce qu'il te faut...

Il se frottait contre elle et elle sentit un gros sexe tendu sous le jean de l'inconnu. Elle n'ignorait pas que certaines des élégantes qui venaient piller le couturier Gianni Versace ou choisir des meubles de Claude Dalle dans la boutique voisine, importés à prix d'or de Paris, ne dédaignaient pas ce genre d'étreinte rapide, dans l'ombre du parking.

– Laisse-moi, dit-elle, mon mari arrive.

Elle se débattit et il la lâcha avec un regard mauvais. Tout à coup, il lui arracha son sac et partit en courant.

Elle voulut le poursuivre, mais avec ses hauts talons, elle n'était pas de force... Blême de rage, elle le vit disparaître dans la rampe menant à la rue et cria pour attirer l'attention de quelqu'un. Bien entendu, personne ne répondit... Affolée, elle sauta dans sa voiture et démarra. Le sac contenait le pistolet équipé d'un silencieux avec lequel elle devait abattre Farid Cherif, le même qui avait servi pour Ibrahim Halla !

Au moment où elle s'engageait dans la rampe, elle aperçut le jeune mécanicien, toujours torse nu, qui débouchait de l'escalier avec ses outils. D'abord, il ne la reconnut pas, puis il lui jeta, lorsqu'elle passa près de lui, glace baissée :

– Hé, tu n'es plus en panne !

– Je n'ai plus besoin de toi. On m'a aidée.

Elle accéléra en faisant hurler ses pneus. Machinalement, Farid regarda la plaque de la voiture. Un numéro de Ashrafieh. Les soldats libanais lui avaient peut-être fait rater une belle occasion de se taper une salope chrétienne. Elles avaient la réputation de sucer comme des putains.

Tristement, il remonta la rampe. Il était presque sorti

du parking lorsqu'il remarqua un sac noir ouvert, par terre. Il le ramassa et fut tout de suite étonné par son poids. Intrigué, il le fouilla. Il ne contenait pas d'argent, mais un pistolet automatique au canon démesurément long : un silencieux... Un bâton de rouge, du parfum et un mouchoir... mais aucun papier dans le sac. Immédiatement, l'image de la créature provocante qui avait voulu l'entraîner dans le parking lui sauta aux yeux et il ressentit un picotement désagréable au creux de la colonne vertébrale. Il avait assez vécu dans la violence pour la humer. Or, en dépit du calme apparent de Beyrouth, tout était encore possible dans cette ville...

Il traversa en biais pour regagner son échoppe, réalisant soudain que le sergent syrien l'observait avec curiosité. Il siffla pour faire venir Farid, pointa son index sur le sac.

– Qu'est-ce que tu as trouvé ?

– Un sac, par terre.

Déjà, l'autre le lui prenait des mains, si brutalement que le pistolet tomba à terre. Il fit un saut en arrière, comme s'il s'agissait d'un cobra. Farid Cherif était blême.

– J'avais même pas vu ce qu'il y avait dedans ! prétendit-il.

– Reste là, intima le sergent.

De son M.113, il appela par radio. Vingt minutes plus tard, une Jeep de la police militaire emmenait Farid Cherif au ministère de la Défense, à Baabda. Il était menotté et déjà roué de coups. On le fit monter au quatrième étage, où se tenait le Deuxième Bureau de l'armée libanaise, dirigé par le colonel Michel Rahbani. Ce dernier tint à interroger lui-même le jeune Hezbollah. Les Syriens ne craignaient qu'une chose : que le Hezbollah tente de rompre la trêve fragile qui régnait au Liban.

Farid refit son récit dix fois, expliquant l'histoire de la panne. Tandis qu'il parlait, on recherchait la femme dont il avait donné le signalement.

La chance fut du côté des Libanais. Une patrouille intercepta rue Hamra un voyou qui avait une liasse de dollars et voulait acheter une Rolex... Immédiatement, on l'amena au QG du Deuxième Bureau, pour un interrogatoire musclé. Le colonel Rahbani put enfin reconstituer l'histoire, avec ses deux témoins. Tout concordait et le jeune Hezbollah était visiblement hors de cause. Rien ne disait que cette femme ait eu l'intention de l'assassiner. Elle pouvait attendre une autre personne... On ouvrit un dossier et les recherches commencèrent.

A huit heures du soir, Farid sortit du ministère de la Défense, les jambes flageolantes. Il prit la direction de son quartier, se demandant ce qui lui était arrivé. Il fonça droit au Majlis al-Choura et demanda à voir Cheikh Naim Kassiz, son chef spirituel, celui qui l'avait embrigadé jadis dans le service de sécurité du Hezbollah.

Ils avaient un lien religieux très fort. Le cheikh le reçut immédiatement, dans son bureau décoré de deux photos : une de Khomeyni, l'autre de la mosquée al-Aqsa, à Jérusalem. Après avoir juré sur le Coran de dire la vérité, le jeune homme commença son récit.

*
**

Le regard sombre, Maya Sarkis faisait tourner lentement trois glaçons dans son verre de Cointreau, tout en tirant de brèves bouffées de sa Royale. Elle en fumait deux paquets par jour. Heureusement qu'elles étaient ultra-légères. Il faisait une température effroyable, même sous la véranda, et Ashrafieh était écrasée de chaleur. En face d'elle, Malko essayait d'évaluer l'incident. Maya Sarkis avait eu tort de s'affoler et la perte du pistolet était plus que fâcheuse. Pourvu que la police libanaise ne fasse pas le lien avec le mort de Bir el-Abeit et ne découvre pas qu'il s'agissait de la même arme...

De toute façon, il n'y avait rien à faire, sinon laisser pour le moment de côté Farid Cherif, qui était forcément sur ses gardes, pour filer dans la Bekaa, à la recherche de l'homme traqué par la CIA depuis dix ans, le responsable de la plupart des prises d'otages : Imad Mughnieh. L'opération *Wrath of God* ne serait un succès que lui disparu. Sa mort frapperait le Hezbollah. Celui-là se considérait comme intouchable ; depuis des années, on avait perdu sa trace. Il pouvait être à Téhéran, à Baalbeck, à Beyrouth ou dans le Sud-Liban. Les seuls à savoir étaient les Syriens, soucieux de rester en dehors de tout règlement de compte entre le Hezbollah et les Américains. Ils prétendaient ne rien savoir de l'homme dont on ne possédait même pas une photo.

C'est à sa recherche que Malko allait partir avec Sohbi Jalloul. Il leur fallait d'abord rencontrer l'informateur de la CIA, Fouad Daouk.

– J'ai envie d'oublier tout ça, dit soudain Maya Sarkis. On va aller à Broumanna, dîner dans la montagne.

Elle termina son Cointreau d'une seule lampée, gardant un glaçon dans la bouche, et monta se changer.

*
**

Cheikh Hadj Naim Kassiz écoutait attentivement le récit de Farid. Membre du Comité exécutif du Hezbollah, chargé de la sécurité, il était à l'affût de la moindre menace. Tandis que le jeune homme s'expliquait, il pensait à la découverte, la veille, dans un appartement abandonné, du corps criblé de balles d'un jeune pâtissier. Aucun voisin n'avait entendu les coups de feu, cela signifiait une exécution par des professionnels. Les vengeances personnelles ne se passaient pas comme ça. On rafalait toute la famille sans se cacher. Là, personne n'avait rien remarqué ; le commis de la pâtisserie avait seulement pu dire qu'Ibrahim Halla était parti livrer une grosse commande.

Il avait certainement été tué avec un pistolet muni d'un silencieux... Comme l'arme trouvée par Farid dans le sac abandonné dans le parking.

Cheikh Naim Kassiz se leva et congédia gentiment

Farid, lui conseillant d'aller se recueillir à la mosquée pour se remettre de ses émotions... Aussitôt, il changea de bâtiment et alla consulter les archives de la sécurité du Hezbollah. Tous ses membres avaient un dossier, tenu à jour, qui permettait de trouver des spécialistes, en cas de coup dur.

Cheikh Naim Kassiz prit deux dossiers, se fit monter un jus de figue et s'installa. Il lui fallut près de deux heures pour reconstituer les activités, durant toutes les années de guerre, de Farid Cherif et Ibrahim Halla. Il relut attentivement la chronologie, se demandant soudain s'il n'était pas tombé sur quelque chose d'énorme. Quelque chose que le Hezbollah n'avait pas prévu, mais qui représentait un danger mortel. Cela paraissait tellement invraisemblable qu'il hésita avant d'en parler.

Il lui fallait faire un complément d'enquête, pour étayer son hypothèse.

CHAPITRE VII

La route de Broumanna montait à partir de Djaidé à travers les collines de la montagne chrétienne, couvertes de constructions nouvelles vers les crêtes dominant la Bekora. Elle traversait des villages détruits, d'autres pleins d'animation. Broumanna était la station à la mode où les riches Beyrouthins venaient se détendre. Maya Sarkis guidait Malko aux innombrables bifurcations et ils finirent par atteindre le village, un Saint-Tropez perché dans la montagne. La jeune femme le mena jusqu'à une cave aux murs de vieilles pierres, au décor de musée Grévin. Le restaurant, en sous-sol, était à moitié vide, mais un chanteur braillait dans toutes les langues, aidé par une sono d'enfer.

On leur apporta immédiatement des mézés, des *keftas* (1), du *hommouz* (2), des *h'tabal* (3), des écrevisses, du taboulé, des feuilles de vigne.

Maya Sarkis ne toucha pas à la bouteille de ksar, le vin de la Bekaa, mais se fit apporter une bouteille de Cointreau, de la glace, des citrons verts, deux verres et un pilon de bois. Elle coupa un citron en dés, les écrasa dans chaque verre avec le pilon, y ajouta de la glace concassée

(1) Boulettes de viande.
(2) Purée de pois cassés.
(3) Purée d'aubergines.

et recouvrit le tout de Cointreau. Elle tendit alors un des verres à Malko.

– Essayez mon Cointreau-Caipirinha !

Elle portait un boléro avec une longue jupe de soie multicolore et son maquillage provocant contrastait avec son regard mort.

Le dîner s'écoula sans qu'ils parlent beaucoup. Après la *Caipirinha*, ils avaient continué avec un excellent Saint-Emilion, un Tertre-Daugay 1971. Puis le chanteur s'approcha et demanda à la jeune femme si elle voulait bien danser. Elle se fit un peu prier, demanda son avis à Malko, et finalement, se leva. Elle commença à onduler au son des tambourins. Tous les hommes, dans la salle, se mirent à siffler comme des fous, à claquer dans leurs mains. Maya se déhanchait, faisait onduler ses bras comme des serpents et cliqueter ses bracelets. Au début, elle procéda par des ondulations très lentes, puis, suivant le rythme de la musique, elle commença à avancer en crabe, donnant de petits coups de reins très rapprochés, mimant le coït. Le regard lointain, le buste droit, les seins bougeant eux aussi, elle suscita du délire dans la salle. Les hommes sifflaient, battaient des mains, applaudissaient. Les femmes trépignaient sur leurs chaises.

Soudain, deux d'entre elles, plus courageuses, se levèrent, nouèrent un tissu autour de leurs hanches, et rejoignirent Maya sur la piste. Leurs mouvements étaient beaucoup plus syncopés, plus obscènes ; elles s'offraient carrément. Vêtues de jupes courtes et serrées moulant leurs fesses, elles se balançaient comme deux salopes, face à l'assistance, et sur leur front s'inscrivait en lettres de feu : « Baisez-moi. » D'ailleurs, personne ne s'y trompait...

Le chanteur, inlassable, continuait à lancer ses accents rauques, à monter le son des tambourins. On se serait cru revenu très loin en arrière, dans une tente de bédouins.

Inexorablement, Maya Sarkis se rapprochait de la table de Malko. Son visage s'anima, ses lèvres épaisses se retroussèrent sur des dents blanches et son regard se fixa au-dessus de sa ceinture. Son attitude s'était peu à peu modifiée, elle mimait vraiment l'amour, avec une sensualité et un rythme incroyables, s'éloignant, revenant, jouant de ses hanches, de son ventre, de ses seins. Bien que ses formes soient gommées par les épaisseurs de soie, elle était beaucoup plus excitante que les deux autres, qui continuaient à exciter leurs amants avec une expression de désir bestial sur leurs traits maquillés.

L'atmosphère était électrique. Une des femmes vint ouvertement provoquer Malko, balançant son pubis à hauteur de ses yeux, avec un sourire sans équivoque, puis tournoyant pour lui tendre ses fesses cambrées. Maya enchaîna son numéro avec la seconde danseuse, frottant presque son ventre contre le sien.

Malko ne pouvait s'empêcher d'être troublé par ces trois femmes qui s'offraient avec tant d'ostentation. Contrastes du monde arabe...

Soudain, Maya se laissa tomber près de lui, essoufflée, le visage couvert de transpiration, sous les applaudissements de tous les dîneurs.

– C'était superbe ! fit Malko.

Il croisa son regard : ses pupilles étaient tellement dilatées qu'on aurait pu la croire bourrée de haschich. Elle respirait fort et les pointes de ses seins trouaient la soie. Sans dire un mot, elle prit la main de Malko et la posa, à l'abri de la table, entre ses cuisses. Il eut l'impression de toucher un brasero. Elle ne portait sûrement pas de culotte et la soie, moite de transpiration, moulait son sexe avec une précision anatomique.

– Viens, dit-elle.

Pas besoin d'en dire plus.

Cinq minutes plus tard, ils roulaient vers Beyrouth. A peine dans la voiture, Maya avait attaqué Malko, comme un *honeybadger* (1), écartant ce qui la gênait, l'excitant

(1) Animal qui s'attaque aux parties sexuelles de son adversaire.

d'abord de la main, puis de la bouche, assez habilement pour ne pas le faire jouir. Elle ne s'interrompit qu'aux barrages qu'ils passèrent sans encombre. Aussitôt après, elle replongeait sur son sexe.

A nouveau, elle lui prit la main et la glissa entre ses cuisses ouvertes. Malko commença à la masser doucement à travers le tissu. Elle interrompit sa fellation et se rejeta en arrière sur son siège. Au bout de quelques minutes, elle se souleva, poussa un grognement rauque et retomba avec un long frémissement de tout son corps.

Ils passèrent Zouk.

– Encore ! réclama-t-elle.

Relevant sa longue jupe, elle exposa son ventre nu et y plaqua la main de Malko. C'était le Niagara. De son côté, elle maintenait simplement ses doigts autour de lui, le masturbant doucement pour entretenir son érection.

Avant d'arriver à Ashrafieh, elle jouit encore deux fois. A peine eurent-ils atteint sa maison qu'elle traversa le jardin en courant, éclaira le grand salon et l'entraîna vers un des vieux canapés.

– Prends-moi ! supplia-t-elle. Prends-moi.

Elle arracha les épaisseurs de soie qui la couvraient et apparut entièrement nue : elle avait un corps superbe, le ventre plat, la poitrine haute, les fesses cambrées. Quand Malko s'enfonça d'un coup dans son ventre, elle feula, se tendit et, de nouveau, fut secouée par un formidable orgasme. Les jambes nouées autour des reins de Malko, elle agitait furieusement son bassin comme si elle prolongeait sa danse. Soudain, elle le repoussa, se retourna, écrasant sa poitrine contre le dossier du canapé.

– Comme ça ! dit-elle.

Agenouillée, elle lui tendait sa croupe. Au cas où il n'aurait pas compris, elle guida son sexe sur l'ouverture de ses reins. Malko s'y enfonça sans le moindre mal et Maya poussa un cri sauvage. Le plaisir qu'elle avait paru éprouver jusque-là semblait tiède, à côté du déchaînement provoqué par la sodomisation. Elle s'agitait tant qu'il avait du mal à rester en elle. Chaque poussée provoquait une série de cris, d'onomatopées, de supplications en arabe. Les deux mains crispées sur le bois du dossier, les cheveux collés par la transpiration, elle tendait avidement sa croupe en arrière, l'implorant de la violer encore plus profondément...

– Par terre ! Par terre, lança-t-elle soudain.

Elle quitta le canapé pour s'allonger à même le sol, sur un vieux tapis turc. Malko s'enfonça à nouveau dans ses reins d'un coup, se laissant tomber sur elle de tout son poids. Elle hurla, les ongles accrochés dans la laine du tapis, comme une noyée.

Au moment où il explosait tout au fond de ses reins, une lumière s'alluma dans l'escalier menant au premier étage...

Maya Sarkis semblait morte, inerte sous son sexe encore profondément planté en elle. Pourtant, lorsqu'une silhouette apparut dans l'escalier, criant quelque chose en arabe, elle répondit d'une voix parfaitement naturelle. La silhouette remonta, la lumière s'éteignit.

– C'est ma mère, souffla-t-elle, elle a eu peur...

Ils se détachèrent l'un de l'autre. Elle s'assit, nue, sur le canapé, puis alluma une cigarette.

– Je dois vous paraître folle ! dit-elle, mais ce sont les seuls moments où je ne pense pas à mon fils. Quand je ressens du plaisir, tout le reste disparaît. Même quand ces salauds m'ont violée, l'autre soir, je n'ai pas pensé. Avant, j'étais déjà très sensuelle, maintenant, c'est encore plus fort. J'ai parfois ramené ici des hommes que je connaissais à peine. Ils m'ont baisée comme des fous, en croyant que j'étais amoureuse d'eux... J'aime qu'on me sodomise, je ne sais pas pourquoi. C'est une sensation si forte ! J'ai l'impression d'être clouée comme un papillon, et puis, c'est purement sexuel. Après, je peux dormir quelques heures sans faire de cauchemar...

Elle se leva, ramassa ce qui restait de sa robe. Elle n'avait plus que ses escarpins à brides.

– Je suis désolée pour l'incident du pistolet, dit-elle. J'aurais dû me méfier de ce *zaaran*. J'aurais tellement voulu tuer ce salaud de Farid Cherif ! J'aurais eu l'impression de venger mon fils.

– J'espère que cela n'aura pas de conséquences, répliqua Malko. Il vaut mieux, pendant quelques jours, que nous n'ayons pas de contacts. On ne sait jamais.

– Vous avez raison, dit-elle.

Elle se serra contre lui. Son regard, d'habitude éteint, brillait un peu.

– Vous êtes le meilleur somnifère que j'aie eu depuis longtemps, dit-elle. A bientôt.

Il la regarda monter l'escalier et elle se retourna pour lui adresser un petit signe de tête. La perte du pistolet le tracassait. L'arme avait servi à liquider Ibrahim Halla, le pâtissier, et les Libanais étaient incorrigibles : ils se moquaient des précautions élémentaires, même des professionnels comme les frères Maalouf. Mais il fallait s'y résigner. De toute façon, on ne liquide pas en milieu hostile plusieurs personnes sans qu'il y ait des problèmes. Le tout était de gagner la course contre la montre, achever l'opération avant que le Hezbollah et les Syriens ne réagissent.

*
**

– M. Vincent veut vous voir, annonça Sohbi Jalloul à Malko en lui apportant l'*Orient-Le Jour*.

– Où et quand ?

– Au même endroit que la dernière fois, le parking de l'Espace 2000. A midi.

Il était dix heures, il avait le temps. Il regarda le ciel d'un bleu profond ; pas un souffle d'air, la température allait encore monter à quarante degrés. Quelle nouvelle l'Américain avait-il à lui transmettre ? Pourvu que ce ne soit pas une catastrophe.

*
**

– Voilà les 50 000 dollars ! annonça Vincent Faulkner en posant une mallette sur le siège arrière. Fouad Daouk m'a envoyé un messager. Il a retrouvé Imad Mughnieh dans le village où Hadj Ali Chehadé avait dit qu'il se trouvait : à Janta. Fouad vous attend demain matin, à l'hôtel *Palmyra*, à Baalbeck. Pour éviter les questions gênantes, il a fait courir le bruit que vous étiez un agent de la DEA en tournée dans la Bekaa, pour vérifier l'arrachage du pavot et du haschich. On sait qu'il travaille avec la DEA. Donc, vous vérifiez ses dires, vous procédez aux repérages et vous revenez pour la décision finale. Bien entendu, Sohbi vous accompagne.

Visiblement, l'Américain ne se tenait plus de joie. Malko partageait son excitation. Après toutes ces années d'impunité, piéger Imad Mughnieh, c'était inespéré.

Il prit l'attaché-case aux dollars et rejoigna la Buick.

*
**

La route sinuait entre des crêtes pelées du djebel el-Barouk, dominant la vallée de la Bekaa. Sohbi Jalloul conduisait doucement, stoppé régulièrement par des barrages nonchalants qui jetaient tout juste un coup d'œil à Malko. De Beyrouth à Baalbeck, il y avait moins de deux heures de route. La chaleur était encore plus effroyable qu'en ville, l'humidité en moins. Ils commencèrent à redescendre les lacets vers la vallée, repérant peu de traces de la guerre, à part quelques bâtisses détruites par les Israéliens...

– Vous connaissez l'homme que nous allons voir ? demanda Malko à Sohbi.

– Je l'ai vu une fois, répliqua le Libanais sans se retourner. Il fait partie d'une grande famille d'ici. Ils sont plusieurs milliers, implantés autour de Baalbeck qui n'aiment pas les Hezbollahs. Une fois, la sœur de Fouad a été prise à partie par eux parce qu'elle n'était pas voilée. Ils l'ont insultée et battue. Le lendemain, il y avait deux cents hommes de la famille Daouk avec des lance-roquettes et des mitrailleuses devant la permanence hezbollah de Baalbeck... pour protéger la sœur de Fouad qui se pavanait en minijupe, les cheveux sur les épaules, la poitrine en partie découverte... Les Hezbollahs n'ont pas bougé... Et ils ne l'ont plus jamais ennuyée.

– Les Syriens n'ont rien dit ?

– Non, ils détestent les Hezbollahs. Ils étaient ravis.

Après d'ultimes virages, Sohbi tourna à droite, engageant la Buick sur la route rectiligne et poussiéreuse filant vers Baalbeck... Ils traversèrent des villages sans grâce, peu animés, où des portraits de Khomeyni et de Hafez El Assad se succédaient. Sobhi soupira.

– Ce n'est plus comme avant, les gens n'ont plus d'argent.

– Pourquoi ?

– Les Syriens, poussés par les Américains, forcent les paysans à arracher le haschich. Or, c'est leur seul moyen de subsistance.

– Fouad Daouk, il est aussi dans le haschich ?

Sohbi eut un sourire indulgent.

– Dans la Bekaa, tout le monde est dans le haschich ou le pavot... Sinon, on est très pauvre...

Ils approchaient de Baalbeck. Malko aperçut sur sa gauche les ruines romaines et la Buick stoppa en face de l'hôtel *Palmyra*, toujours aussi poussiéreux, crasseux et désert. Dans le hall, un vieux cassé en deux regarda Malko comme un martien : les touristes étrangers étaient rares. Dans la salle à manger immense et sombre, une seule table de quatre couverts était dressée dans un coin.

Sohbi était déjà au téléphone. Il revint vers Malko.

– J'ai eu Fouad Daouk, il sera là dans dix minutes.

Malko avait du mal à contenir son excitation. Avec un

peu de chance, il allait mettre la main sur un des terroristes les plus recherchés du monde : Imad Mughnieh.

Un bruit de freins retentit à l'extérieur du *Palmyra*, mais personne ne se montra. Sohbi vint chercher Malko.

– Venez !

Il le suivit. Deux BMW grises aux glaces teintées étaient arrêtées devant l'hôtel. La portière avant droite de l'une d'elles était grande ouverte. Sohbi souffla à Malko :

– Allez-y.

Malko monta. Au volant se trouvait un homme jeune aux cheveux très noirs, huileux, à l'œil malin. Il adressa un sourire chaleureux à Malko. Toutes ses dents étaient en or, sous une moustache fournie.

– Bienvenue ! Je ne suis pas descendu, je préfère être discret. Les Hezbollahs ont des yeux partout...

Il avait redémarré et roulait déjà très vite vers la sortie de Baalbeck. Ils franchirent un barrage syrien et le soldat le salua respectueusement. Puis, après une trentaine de kilomètres vers l'ouest, il tourna à gauche, empruntant une route en mauvais état qui filait droit vers les montagnes où brillaient quelques plaques de neige. Le paysage était absolument désolé, de rares taches de verdure coupaient les étendues de pierrailles.

– Où allons-nous ? demanda Malko.

– Vous avez apporté l'argent ? répliqua Fouad Daouk.

Au moins, c'était direct. Il n'avait pas affaire à un philanthrope...

– Oui, dit Malko, il est dans la voiture de Sohbi.

– Vous avez une arme ?

– Non.

Fouad Daouk approuva.

– C'est mieux. Je vous donnerai ce qu'il faut... Les Syriens n'aiment pas les armes, mais on se débrouille.

Il passa la main sous son siège et en sortit un court pistolet-mitrailleur Skorpio. Il éclata de rire et le remit aussitôt en place.

– Que se passerait-il si les Syriens le trouvaient ? s'inquiéta Malko.

– Ils me battraient et me mettraient en prison. Mais ils ont peur de la famille.

Il salua à grands coups de klaxon une voiture qui les croisait et repartit de plus belle.

– Où allons-nous ? répéta Malko.

– A Janta, un village hezbollah. Votre information était exacte, c'est là que se cache Imad Mughnieh. Mais il faut faire très attention. Si on nous arrête, je dirai que vous êtes un agent de la DEA, ou des Nations unies. Ça, ils s'en moquent. On va juste traverser le village pour repérer les lieux.

– Et Imad Mughnieh ?

– Il vit dans un camp militaire hezbollah, à un kilomètre du village. Là, personne ne peut y aller, même pas les Syriens. Mais Imad Mughnieh vient tous les jours entre sept et huit à Janta, dans une Mercedes sans plaque d'immatriculation. Il fume le narguilé, boit un café et fait parfois une partie de trictrac. C'est là qu'on peut l'attendre. Ici, il n'utilise pas de gardes du corps. Il se sent en sécurité.

Malko tiqua.

– Comment vais-je le reconnaître ?

Fouad Daouk ne se démonta pas.

– Vous allez le voir vous-même ! Et nous allons essayer de le photographier. Vous verrez...

– Comment êtes-vous sûr de sa présence ?

Fouad Daouk eut un sourire mystérieux qui découvrit les lingots qui lui servaient de dents.

– Il y a dans ce camp des Hezbollahs avec qui j'ai été à l'école. Ils me parlent.

– Vous-même, vous connaissez Mughnieh ?

– Je l'ai croisé plusieurs fois quand il ne se cachait pas, dans des manifestations du Hezbollah. Je peux le reconnaître !

Ils grimpaient des lacets dans un décor désolé. La

route principale courait au fond de la vallée, loin derrière eux.

Malko n'arrivait pas à croire à sa chance. Ce Libanais volubile ne lui inspirait qu'une confiance limitée... Pourtant, il était catalogué comme source fiable par la CIA de Beyrouth, depuis de longues années...

– On a dit que Mughnieh était à Téhéran, suggéra-t-il ; pourquoi serait-il revenu ici ?

Fouad répliqua aussitôt :

– Il était à Téhéran, c'est vrai. Au Soudan aussi. Seulement, il y a en ce moment dissension dans le Hezbollah, entre ceux qui veulent continuer la lutte armée, comme le cheikh Toufaily, et les autres, qui désirent en faire un parti politique. Imad Mughnieh est venu participer aux discussions. Il est passé par la Syrie et n'ira pas à Beyrouth, il pense que c'est trop dangereux.

– Il sait que les Américains le traquent au Liban ?

– Non. Il a peur des Israéliens... Il faut faire vite parce qu'il ne va pas rester longtemps à Janta.

Deux virages plus loin, ils croisèrent une Mercedes noire conduite par un barbu enturbanné. L'homme, en turban noir, était seul à bord. Cent mètres plus loin, avant les premières maisons de Janta, Malko aperçut une chicane faite de vieux pneus et de fûts peints en blanc et vert. Une grande banderole était tendue en travers de la route, entre deux piquets. Fouad la traduisit à Malko.

– *Hezb Pagat Hezb Allah :* un seul Parti, le Parti d'Allah.

Deux jeunes barbus, Kalachnikov à l'épaule, sortirent d'un abri rudimentaire et firent signe à la BMW de s'arrêter.

– Bienvenu à *Hezbollah land*, dit entre ses dents Fouad Daouk avec ironie.

Les deux barbus ne semblaient pas vraiment accueillants. La conversation commença, en arabe, animée. Celui qui semblait le chef montra Malko du doigt.

– *Mini al agnabé ?* (1)

Fouad Daouk répliqua dans un flot de paroles, expliquant qu'ils sillonnaient la Bekaa à la recherche du haschich, pour le compte des Nations unies.

Visiblement, les deux Hezbollahs s'en moquaient. La conversation s'arrêta sur une phrase sèche du chef, traduite aussitôt par Fouad.

– Il va falloir leur verser un droit de passage.

– Combien ?

– 100 dollars.

L'argent changea de main et, sans un sourire, les deux barbus allèrent se rasseoir.

Ils arrivèrent au village. Pas une femme en vue ; tous les hommes portaient la barbe. Le regard de Malko fut attiré par un socle de pierre supportant la carcasse brûlée d'une voiture. Bizarre monument.

– C'est la Mercedes du cheikh Moussawi, expliqua Fouad Daouk. Celui que les Israéliens ont tué à la roquette, il y a six mois, avec toute sa famille. Il était de ce village.

– Pourquoi l'ont-ils liquidé ?

– Il avait touché un million de dollars pour leur rendre le pilote israélien prisonnier dans le Sud. Il n'a pas tenu parole.

Dans cette région du monde, le business obéissait à des règles particulièrement strictes et expéditrices. Fouad tendit le bras vers une colline pelée au sommet de laquelle flottait un drapeau.

– Le camp est là-bas. On ne peut y parvenir que par la route à la sortie est du village. Il y a un barrage hezbollah qui ne laisse passer personne, même pas les Syriens. Maintenant, attention, regardez bien sur la droite, le café.

Il ralentit et Malko aperçut, trente mètres plus loin, un petit café avec quelques tables dehors. Une demi-dou-

(1) Qui est cet étranger ?

zaine d'hommes fumaient des narguilés ou jouaient au trictrac, avec de grands éclats de rire.

– Vous voyez à la première table, l'homme à la chemise rayée ? dit vivement Fouad. C'est Imad Mughnieh. Je vais chercher des cigarettes, cela vous laisse le temps de bien le repérer.

Il arrêta la BMW et sortit sans se presser. Malko ne quittait pas des yeux l'homme en train de fumer son narguilé. Il semblait bien inoffensif avec son visage rond, ses traits fins soulignés par une barbe bien taillée et sa stature frêle... Trois stylos dépassaient de la poche de sa chemise. Il ne semblait pas armé... Fouad revint et redémarra, passant devant le café.

– Vous l'avez bien vu ? demanda-t-il.

– Oui. Vous êtes certain que c'est Imad Mughnieh ?

L'autre haussa les épaules.

– Evidemment ! Maintenant, nous allons essayer de le photographier.

Il tourna à gauche dans un sentier pierreux, escaladant une colline qui dominait le village, et stoppa deux cents mètres plus loin, en bordure d'un champ. Il désigna à Malko des plantes d'un beau vert cru, plantées régulièrement.

– Le haschich ! lança-t-il. Vous voyez comme il est beau...

Il y en avait partout...

– Regardez en bas !

Ils dominaient la place du village. Malko aperçut la chemise rayée de Imad Mughnieh. Fouad était descendu, avait ouvert le coffre. Il se rassit dans la BMW et montra un Nikon équipé d'un énorme télé de quatre cents millimètres !

Clac ! Clac ! Clac !

Le moteur du Nikon crépita comme une mitrailleuse. En moins d'une minute, Fouad avait une dizaine de photos. Il remit l'appareil dans le coffre après en avoir ôté le film.

– On repart, dit-il. Il suffira de revenir avec autre chose qu'une caméra.

Il conduisait à toute vitesse dans des sentiers pierreux. Tout à coup, au détour d'un virage, ils se trouvèrent nez à nez avec un blindé B 40 de l'armée syrienne qui bloquait le passage, une Douchka braquée sur la route !

– *Khara !* (1) grommela Fouad, qu'est-ce qu'ils foutent là ?

Il descendit et alla parlementer. Le visage fermé, il revint et fit demi-tour.

– Ils font une opération anti-haschich, expliqua-t-il. Il faut repasser par la route principale.

Dix minutes plus tard, ils se retrouvaient au barrage où les deux Hezbollahs les avaient rackettés. Ceux-ci étaient toujours là, à l'écart, mais le carrefour grouillait d'animation. Une quinzaine de véhicules de l'armée syrienne, de la Jeep à l'automitrailleuse, des camions de soldats, des chenillettes, plus des civils armés occupaient le terrain.

Un grand moustachu en casquette de toile blanche et polo bleu, un gros automatique glissé dans sa ceinture, vociférait, face à une bande de villageois qui barraient la route aux blindés. De nouveau, Fouad alla aux nouvelles.

– Les villageois sont furieux parce que les soldats arrachent le haschich, annonça-t-il en revenant, mais ils sont obligés de céder. Sinon, ils vont se faire tuer...

Pas concernés, les deux Hezbollahs contemplaient l'affrontement. Tout à coup, deux voitures s'ouvrirent un passage à grands coups de klaxons dans la foule des villageois. Deux Mercedes 600 noires, dernier modèle, qui s'arrêtèrent en face des blindés. Toutes les portières s'ouvrirent en même temps et il en sortit une douzaine de moustachus patibulaires, avec des lunettes noires, des Kalachnikovs et même des lance-roquettes RPG7 !

Sans hésiter, ils firent face aux soldats syriens plutôt

(1) Merde !

désorientés. Deux des nouveaux arrivants, pistolets à la ceinture, se dirigèrent vers les gradés qui dirigeaient l'opération et entreprirent de les injurier copieusement. Fouad pâlit.

– Oh ! la la ! fit-il, ça va mal. Ils disent aux Syriens d'aller se faire foutre, que Hafez El Assad est un enculé ! Qu'ils n'ont rien à faire ici, qu'ils sont au Liban, pas en Syrie...

Les vociférations continuaient. La main sur la crosse de son Makarov, l'agent du Moukhabarat, blanc comme un linge, répliquait aux insultes, mais ne bougeait pas, ne sachant pas vraiment s'il avait envie de mourir en héros ou de vivre comme un chien... Un officier se retourna vers ses hommes et lança un ordre. Trois Douchkas pivotèrent, braquées sur la foule. Leurs servants les armèrent avec des claquements sinistres... On allait à la confrontation... Pourtant, la bataille était inégale : pistolets et Kalach' contre mitrailleuses lourdes... En dépit de ce handicap, les nouveaux venus ne désarmaient pas.

– Qui sont-ils ? demanda Malko.

– Les trafiquants de haschich, ceux qui ont les plus belles maisons de Baalbeck, expliqua Fouad. Si les Syriens arrachent la récolte, ils perdent des dizaines de milliers de dollars. Et la face, en plus... Voilà pourquoi ils se sentent si forts. Et puis, les Syriens n'ont pas vraiment envie d'un affrontement ouvert. Ici, les gens sont très indépendants. Ces types appartiennent à une grande famille. Ils peuvent lever trois mille fusils...

Les palabres continuaient. Soudain, un des Hezbollahs s'approcha des hommes en train de discuter et leur dit quelque chose. Un des types, énorme, boudiné dans un T-shirt violet, gras à souhait et l'air vraiment méchant, pivota brutalement et marcha sur Malko et Fouad. Le visage tordu de fureur, il apostropha Fouad qui bredouilla une réponse évasive.

– Que se passe-t-il ? demanda Malko.

– Cet enfoiré de Hezbollah leur a dit que vous étiez un agent de la DEA... annonça le Libanais.

Le gros type braqua soudain son pistolet sur la tête de Malko et cria quelque chose à la cantonade. Fouad devint blanc comme un linge. Tous les regards s'étaient tournés vers eux. Un vent de panique passa dans les rangs des Syriens.

– Qu'est-ce qu'il veut ? demanda calmement Malko.

L'index sur la détente, le type écumait de fureur. Le trou noir du canon était à quelques centimètres de la tête de Malko.

– Il dit que c'est à cause de vous que les Syriens sont là pour arracher les plants de haschich. Que s'ils ne reculent pas, il vous tue.

Malko regarda l'officier syrien qui commandait le détachement. Lui aussi, crispé de fureur par ce défi, n'avait pas l'air de vouloir perdre la face. A ses yeux, un agent de la DEA, cela ne valait pas plus qu'un lézard.

Le gros homme fit un pas en avant et posa le canon du pistolet sur la tempe de Malko, vociférant de plus belle. Personne ici n'avait l'air d'aimer la DEA.

– Il compte jusqu'à dix et il vous tue ! commenta sobrement Fouad Daouk.

CHAPITRE VIII

Malko n'osait plus respirer. L'index du trafiquant de haschich avait déjà parcouru quelques dixièmes de millimètres sur la détente. C'était un sanguin, visiblement peu disposé à céder. Fouad voulut intervenir et se fit insulter. On aurait entendu voler une mouche. Les Douchkas étaient toujours braquées sur les paysans, mais le cœur n'y était plus.

Le gros homme lança une phrase sèche, d'un ton encore plus menaçant, et Malko comprit qu'il n'était pas loin de l'éternité. Il pensa à son château, à Alexandra, à la vie, s'accrochant à de bons souvenirs pour ne pas paniquer. Comme au cinéma, il voyait l'agent du Moukhabarat discuter à voix basse avec l'officier syrien ; ils furent rejoints par un policier libanais en gris, assez véhément... Celui-là avait l'air d'aimer la DEA. Malko comptait les secondes et sentait ses cheveux blanchir... Tout à coup, l'officier syrien lança un ordre d'une voix tendue.

Après quelques secondes de flottement, les soldats syriens se mirent à courir vers leurs véhicules, les moteurs grondèrent et les canons des grosses Douchkas s'abaissèrent... Dans un charivari d'ordres hurlés, les militaires étaient en train de faire demi-tour ! Seul l'agent du Moukhabarat à la casquette blanche ne bougeait pas, l'œil mauvais, fixant les trafiquants. A ses yeux, la vie d'un agent de la DEA ne valait pas une humiliation... Il cracha par terre, remit rageusement son pistolet dans sa ceinture et monta dans une Jeep qui partit en faisant crisser ses pneus...

Les paysans hurlaient de joie. Comme si de rien n'était, le gros homme qui menaçait Malko abaissa son arme et lui envoya une grande tape sur l'épaule, avec un sourire éclatant... Il lui lança une phrase aussitôt traduite par Fouad.

– Il nous invite à prendre un café !

Etrange pays... Ils se retrouvèrent tous à la terrasse d'un petit café, devant un arak, à discuter joyeusement. Un jeune paysan apporta une brassée de plants de haschich au trafiquant qui les huma en connaisseur, avant de se lancer dans de grandes explications.

– Il dit que les paysans vont replanter le haschich et l'arroser. Il poussera deux fois plus vite, expliqua Fouad. Les Syriens sont des hypocrites. Je lui ai dit que vous étiez un tout petit fonctionnaire, que vous n'étiez pas responsable.

L'autre continuait sa tirade, l'arak aidant, il se montrait de plus en plus amical.

– Les paysans n'ont que cela pour vivre, expliquait-il. Nous les aidons à écouler leurs récoltes, sinon, ils mourraient de faim. C'est très dur parce que nous sommes concurrencés par le haschich de Turquie...

Cela devait quand même laisser de juteux profits... Finalement, après le troisième arak, les trafiquants regagnèrent leur Mercedes 600 et s'éloignèrent dans un nuage de poussière avec leurs gardes du corps, laissant un superbe plant de haschich sur la table... Ils saluèrent Malko, entre menace et plaisanterie.

– Il vous conseille de ne pas revenir, traduisit Fouad.

– C'est quand même fâcheux, remarqua celui-ci, je suis maintenant connu comme le loup blanc, ici...

– Au contraire ! fit vivement Fouad, la DEA envoie tout le temps des gens pour vérifier l'arrachage des plants de haschich. Sous couverture de journalistes, d'ingénieurs agronomes, de n'importe quoi... Les Hezbollahs s'en moquent.

– Ils ne cultivent pas le haschich.

– Non, ils se contentent de prélever leur impôt de Dieu.

Ils remontèrent dans la BMW. Vingt minutes plus tard, ils roulaient sur la route de Baalbeck. Malko sentait encore le canon du pistolet sur sa tempe. Il voulut en avoir le cœur net.

– Si les Syriens n'avaient pas reculé, demanda-t-il, il m'aurait abattu ?

– Sûrement, répondit Fouad Daouk. C'est le policier libanais qui vous a sauvé la vie. Il ne veut pas de problèmes avec les Américains. Il a dit au Syrien que s'il y avait une bagarre, il se rangeait avec ses hommes du côté des paysans. Ils sont très nationalistes ici, les Syriens sont considérés comme des occupants.

Ils stoppèrent devant le *Palmyra*.

– Je vous rejoins dans votre chambre, annonça Fouad avec un sourire désarmant. Vous aurez l'argent ?

Au Liban, on ne faisait pas dans la dentelle. Malko se fit conduire à une chambre meublée sommairement qui sentait le renfermé. Il avait récupéré l'attaché-case. A peine était-il là que Fouad frappa à la porte.

Malko prit dans sa valise les liasses de billets de 100 dollars et les posa sur le lit. Le Libanais en ouvrit une, examina attentivement les billets, puis les compta. Ensuite, il tira le film de la poche et le donna à Malko.

– Bien, dit-il, c'est à vous de jouer. Vous me faites prévenir par Sohbi, quand vous revenez. Pour agir, vous n'avez pas besoin de moi. Je vous attendrai ici, au cas où vous auriez un problème pour sortir de la Bekaa ; je connais des chemins où ni les Syriens, ni les Hezbollahs ne viendront vous chercher.

Montrant les 50 000 dollars, il ajouta avant de partir :

– N'oubliez pas de m'en apporter encore autant.

C'était convenu... Si les Hezbollahs apprennent mon rôle, ils me tueront, avec toute ma famille.

Malko entendit ses pas décroître dans l'escalier. Il avait encore sur la rétine l'image du terroriste en train de mâchonner son narguilé.

L'hôtel était parfaitement silencieux. La nuit tombait, il n'avait pas envie d'aller se promener dans Baalbeck. Les ruines se découpaient dans le crépuscule, majestueuses, mais moins belles que celles de Beyrouth. Ici, c'étaient les tremblements de terre qui avaient frappé. Tout à coup, son téléphone grelotta. Fouad avait-il oublié quelque chose ? Il décrocha, entendit une voix inconnue qui écorchait son nom.

– Qui êtes-vous ? demanda-t-il, intrigué et inquiet.

– Le cheikh Hussein Al Foukhar, je suis député de Baalbeck, et j'ai appris la mésaventure qui vous est arrivée, à Janta ; au nom du peuple libanais, je vous présente mes excuses...

Il parlait parfaitement anglais, avec un accent américain. Malko était plutôt embarrassé : son expédition présumée secrète dans la Bekaa devenait une opération de relations publiques.

– Je vous remercie, dit-il, mais tout s'est bien terminé.

– Je suis sûr que mon ami Fouad Daouk a fait ce qu'il fallait, insista l'inconnu, mais je ne veux pas que vous quittiez la Bekaa sur un mauvais souvenir. Je vous invite à dîner, dans le jardin de l'hôtel. Je suis en bas, je vous attends.

Comment refuser ? Malko se changea et descendit. Il fut accueilli dans le hall par un homme de haute taille, empâté, au visage rond entouré d'un collier de barbe. Souriant, il lui lança d'emblée :

– Je ne suis pas un mollah, mais je fais beaucoup affaires avec l'Iran. Là-bas, cela sert de ressembler à un bon croyant.

Il entraîna Malko, perplexe, jusqu'à une table dressée, face aux ruines, dans le jardin et encombrée de toutes sortes de mézés. Il versa à Malko une généreuse rasade de Johnnie Walker « Carte Noire » afin de bien montrer sa sophistication, l'arak étant réservé aux gens du peuple. Discrets, deux *chahebs*, Kalachnikov à l'épaule, veillaient sur leurs agapes.

Hussein Al Foukhar était si prolixe que Malko put à peine placer un mot... Il lui racontait ses histoires dans le monde, la drague à Téhéran des filles voilées. Ce bon vivant tout à fait occidentalisé prenait visiblement Malko pour un agent de la DEA. Ce dernier avait appris à se méfier des apparences, en Orient. Après les brochettes, il bâilla ostensiblement, expliquant qu'il avait à faire le lendemain tôt. Hussein Al Foukhar lui adressa un clin d'œil.

– Si vous devez inspecter tous les plants de haschich de la vallée, votre vie n'y suffira pas...

Après le café turc, il tendit sa carte à Malko.

– Si vous avez besoin de moi...

C'était un numéro à New York...

– Vous n'avez pas le téléphone ici ?

Le Libanais éclata de rire.

– Si, si ! C'est par satellite : vous composez ce numéro de New York, et cela sonne ici, à Baalbeck...

Il raccompagna Malko jusqu'au pied de l'escalier et se fit remettre un paquet par un de ses gardes. Il le lui donna, murmurant à son oreille :

– Vous n'avez pas que des amis ici... Il vaut mieux pouvoir vous défendre.

Il s'éloigna aussitôt. Malko ouvrit la boîte dans sa chambre. Elle contenait un Skorpio nickelé ! A croire que c'était l'équipement standard, dans la Bekaa. Malko n'avait plus qu'à retourner à Beyrouth pour mettre au point les détails de l'élimination définitive d'Imad Mughnieh, si les photos confirmaient l'identité de l'homme repéré à Janta.

*
**

Le colonel Michel Rahbani, directeur du Deuxième Bureau de l'armée libanaise, était un des hommes les mieux informés de Beyrouth. Il se pencha sur les deux rapports qu'on venait de lui remettre. Il était près de neuf heures du soir et, de ses fenêtres du ministère de la Défense, à Baabda, il pouvait admirer le scintillement de Beyrouth. Chrétien mais proche des Syriens, doté d'une solide expérience du renseignement, il avait fait ses preuves à ce poste sensible. Après vingt minutes de lecture, il eut la confirmation de ce que certains murmuraient à Beyrouth ces dernières heures : les Américains avaient décidé de se venger du Hezbollah. Ce n'était pas la première fois, la CIA avait dix ans plus tôt déposé une voiture piégée en face de la maison du cheikh Fadlallah... Mais cette fois, l'opération était plus subtile, et plus inquiétante.

Les rapports disaient que le pistolet trouvé dans le centre Gefinor était l'arme qui avait abattu un pâtissier de Bir el-Abeit, Ibrahim Halla. Or cette arme avait été découverte par un chiite, ancien membre de la sécurité du Hezbollah, dans la banlieue sud. Une femme non identifiée lui avait tendu un piège. Or, le pâtissier avait été attiré dans un guet-apens par une fausse cliente qui pouvait très bien être la même femme, d'après son signalement. De plus, les deux jeunes Hezbollahs avaient un point commun : ils avaient participé à l'enlèvement de William Buckley, en 1984. Ce ne pouvait pas être une coïncidence.

Ce n'était pas une affaire purement libanaise : le colonel avait des « capteurs » parmi les anciens miliciens susceptibles de « rendre service » aux Américains ; il l'aurait su. Comme seuls les Américains pouvaient vouloir « taper » des Hezbollahs, cela signifiait que, sous son nez, la CIA avait monté une opération hermétique et féroce. Il devait en apprendre le plus possible, même s'il n'utilisait pas ce qu'il savait...

Il se leva et enferma les dossiers dans le coffre dont il avait seul la clé. Il n'avait pas l'intention d'en parler à son homologue syrien. Pas tout de suite, en tout cas. S'il dénonçait cette opération aux Syriens, les Américains ne le lui pardonneraient pas. Mais s'il se taisait et si les Syriens apprenaient qu'il savait, il avait peu de chances de rester à son poste, ou tout simplement vivant.

La première chose était de cerner l'affaire et de mettre sous surveillance discrète Farid Cherif. Il avait une piste : la brune provocante qui avait perdu le pistolet. Il allait mettre ses meilleurs hommes dessus...

*
**

– C'est lui, à 99 % ! chuchota Vincent Faulkner à l'oreille de Malko.

Personne ne risquait de les entendre... La salle du Rialto, dans la banlieue chrétienne de Rabieh, était quasiment vide. On y passait en effet un film belge sur l'opéra, au scénario débile et aux acteurs expressifs comme des mottes de beurre ; la climatisation en outre était en panne, et la température avoisinait celle du plomb en fusion. Dès le matin, à son retour de Baalbeck, Malko avait transmis, par l'intermédiaire de Sohbi, le rouleau de pellicule pris par Fouad Daouk. Le rendez-vous avait été pris par la même voie, pour la séance de sept heures au Rialto.

Sur l'écran, un baryton hurlait à faire tomber les murs. Malko dut crier pour demander :

– Comment en êtes-vous certain ? Vous m'avez dit qu'il n'existait pas de photos d'Imad Mughnieh.

– Exact, reconnut Vincent Faulkner, mais la *Company* a depuis longtemps fait établir des portraits-robots, grâce à des témoignages divers. Les photos correspondent parfaitement. Je crois que nous le tenons...

Un souffle d'air frais venu on ne sait d'où leur évita la suffocation. Après l'avoir savouré, Malko reprit :

– Il n'y a plus qu'à préparer 50 000 dollars de plus et à prévenir les frères Maalouf.

Au silence de son interlocuteur, il comprit que les choses n'étaient pas aussi simples. L'Américain s'expliqua :

– Je ne suis pas sûr qu'il faille mêler les frères Maalouf à cela, dit-il, plein de diplomatie.

Ce qui signifiait qu'il ne voulait pas les charger de cette tâche.

– Pourquoi ? demanda Malko, plutôt surpris.

– D'abord, je pense qu'ils refuseront d'aller opérer dans la Bekaa, en terrain inconnu...

Ce n'était pas la peine d'engager des tueurs professionnels, songea Malko. Apparemment, les Maalouf préféraient égorger les femmes et les enfants palestiniens : il y avait moins de risques.

– Ensuite, continua Vincent Faulkner à mi-voix, pour des raisons psychologiques, je n'aimerais pas que la *Company* laisse à des mercenaires le soin d'éliminer Imad Mughnieh.

Un ange passa, drapé dans la bannière étoilée... Décidément, les Américains, même lorsqu'ils se déguisaient en assassins, étaient d'incorrigibles romantiques... Avec une pointe d'acidité, Malko répliqua :

– Et je suppose que vous ne me considérez pas, moi, comme un mercenaire...

– Evidemment non !

Ils demeurèrent silencieux pendant le générique de fin. La salle allait se rallumer. Ils se levèrent en même temps pour filer dans l'obscurité. Dans la coursive menant au parking, Vincent Faulkner prit Malko par le bras, affectueusement.

– Vous savez vous servir d'un fusil à lunette ?

– Je n'ai fait que cela toute ma vie ! ironisa Malko.

Le chef de station de la CIA fit semblant de ne pas percevoir son ironie.

– Parfait, dit-il. D'ici demain midi, vous aurez 50 000 dollars et un Simonov. La version de précision de la Kalach'. Bien sûr, cela ne vaut pas un Dragonov, mais je pense que cela suffira. Vous agirez de l'endroit où ces photos ont été prises, cela limitera grandement les risques pour vous. Sohbi vous accompagnera.

Ils étaient à l'entrée du parking. L'Américain serra longuement la main de Malko.

– J'ai hâte d'être à demain soir.

– Moi aussi ! renchérit Malko.

Le plaisir de « taper » Mughnieh était réel, mais agir dans un village sous contrôle hezbollah y ajoutait une bonne dose de danger...

*
**

A Rayak, ils avaient quitté la route Zahlé-Baalbeck, tournant à droite sur la piste montant vers Janta, au milieu des collines pierreuses hérissées de rares oliviers. Ils étaient partis de Beyrouth vers cinq heures. Dans le garage, Malko avait pu se familiariser rapidement avec la Simonov, une Kalach' au canon plus long, avec une lunette assez sommaire.

Les dollars destinés à Fouad Daouk étaient dans un sac en papier brun de supermarché. Heureusement, aucun des soldats des innombrables barrages ne leur avait demandé d'ouvrir le coffre. La route était déserte, quelques paysans travaillaient dans les champs. Sohbi Jalloul se tourna vers Malko, un sourire un peu crispé aux lèvres.

– Nous sommes en avance. Je vais faire un détour pour éviter le barrage des Hezbollahs, à l'entrée de Janta.

Il quitta la route un kilomètre plus loin, pour un sentier poussiéreux, à peine assez large pour laisser passer la Buick. Malko essayait de vider son cerveau. Ce décor bucolique et paisible paraissait si peu correspondre à ce qu'il allait faire... Cela semblait irréel : dénicher un terroriste de l'importance de Mughnieh dans ce village de montagne perdu. Secoué par les cahots, il avait du mal à penser. Ils longeaient un superbe champ de haschich d'un beau vert cru...

La Buick stoppa brutalement et il réalisa qu'ils avaient atteint l'endroit d'où les photos avaient été prises...

Il sentit son pouls s'accélérer. Il allait une fois de plus flirter avec la mort, mais commettre ce meurtre froid et prémédité le hérissait. C'était néanmoins la seule solution. On ne parviendrait jamais à amener Imad Mughnieh devant un tribunal.

Sans un mot, Sohbi lui tendit une paire de jumelles. A l'œil nu, on distinguait parfaitement la terrasse du petit café, trois cents mètres en contrebas. Grâce aux jumelles, il identifia immédiatement Imad Mughnieh, à la même place, avec son narguilé. Il avait troqué sa chemise rayée pour une beige. Malko l'examina longuement dans les jumelles. Il était presque de face et l'identification « positive » était aisée. Malko baissa les jumelles et lança à Sohbi :

– Prenez le fusil dans le coffre et apportez-le-moi, en passant derrière la voiture.

Deux minutes plus tard, Malko avait le poids du Simonov entre les mains. Rencogné contre la portière droite, il laissait dix centimètres de canon dépasser de la voiture. Il cadra Mughnieh dans la lunette. La poitrine. Il voyait la poche où trois stylos étaient accrochés, à la hauteur du cœur. Un bon repère.

Bien qu'il ne fasse pas excessivement chaud, sa chemise de voile était collée à son dos par la transpiration. Beyrouth était à des années-lumière. Il commença à presser la queue de détente, jusqu'à ce qu'il sente une résistance, et dit sans ôter son œil de la lunette :

– Sohbi, arrêtez le moteur.

Le Libanais coupa le contact.

Malko bloqua sa respiration, tendit ses muscles, essayant de ne faire qu'un avec le Simonov. La détonation le prit presque par surprise. Le recul était assez fort et le bruit lui parut assourdissant. Imad Mughnieh avait été rejeté en arrière, contre le dossier de sa chaise. Malko le recadra et appuya de nouveau sur la détente. Ses tympans vibrèrent et, là-bas, Imad Mughnieh sursauta une nouvelle fois. Puis il s'effondra sur le côté et demeura immobile par terre.

CHAPITRE IX

Les oreilles bourdonnantes, Malko fixa quelques secondes la silhouette allongée. Il avait l'impression que les deux coups de feu avaient retenti jusqu'à Beyrouth, que tout avait duré très longtemps. En réalité, du village, les détonations n'avaient guère dû s'entendre et il ne s'était pas écoulé cinq secondes entre les deux coups. Frappé à cette distance par deux projectiles de guerre, Imad Mughnieh avait peu de chances de survivre.

– Vite, le fusil !

Sohbi relançait le moteur de la Buick et, retourné sur son siège, guettait Malko. Celui-ci essuya rapidement l'arme avec un chiffon, ouvrit la portière et jeta le Simonov dans le fossé. Sohbi démarrait déjà, sur les chapeaux de roues... Malko eut le temps de voir deux hommes se précipiter vers Imad Mughnieh et tenter en vain de le relever. Ils ne semblaient pas savoir d'où étaient partis les coups de feu.

Pendant quelques minutes, le silence ne fut troublé que par le grincement des freins et les plaintes des pneus. Sohbi Jalloul conduisait comme pour gagner un rallye. Malko se retourna pour vérifier qu'ils n'étaient pas suivis. Une exclamation du chauffeur l'alerta.

– *Khara !*

Devant eux, le sentier était barré par une Mercedes 600 noire, entourée d'hommes armés ! Sohbi écrasa si fort le frein que la Buick se mit en travers. Trente secondes plus tard, ses portières furent brutalement ouvertes par des hommes qui arrachèrent Malko de son siège. A quatre, sans ménagement, ils le traînèrent jusqu'à une Range Rover, derrière la Mercedes, sans s'occuper de Sohbi. Celui-ci se précipita et Malko l'aperçut qui tentait de discuter avec un moustachu sorti de la Mercedes. C'était le trafiquant qui l'avait déjà menacé. Toutes ses bonnes résolutions semblaient évanouies. Il y eut une discussion brève et violente, puis Sohbi cria à Malko :

– Il vous avait dit de ne pas revenir ! Il vous prend en otage et vous exécutera, si les Syriens continuent à arracher son haschich !

On banda les yeux de Malko et on immobilisa ses poignets et ses chevilles par des courroies en plastique aussi souples que solides... Après une demi-heure de cahots, la Range s'arrêta et on le fit sortir sans lui débander les yeux. Quelqu'un l'aida à descendre des marches et enfin, on lui enleva son bandeau. Il se trouvait dans une cave. Par un soupirail, il apercevait un bout de ciel. Un vieux matelas par terre, un seau hygiénique et une odeur effroyable...

Deux loqueteux, Kalach' à l'épaule, le fouillèrent, s'assurant qu'il n'avait pas d'armes ; ils lui prirent son argent et sortirent sans dire un mot.

La nuit tomba rapidement et il s'allongea sur la couverture. C'était un comble ! Venu venger un otage, il se retrouvait otage à son tour ! Ses options n'étaient pas nombreuses. S'il tenait à sa prétendue activité pour la DEA, il risquait de passer là un bon bout de temps ; ou d'être liquidé par ses geôliers, en représailles contre les Syriens. S'il avouait la vérité, ou si ses ravisseurs la découvraient, il risquait fort d'être « revendu » au Hezbollah. Les amis de Mughnieh allaient sûrement tout faire pour retrouver son assassin.

Tout cela n'était pas rassurant. Epuisé nerveusement, il

s'allongea sur le matelas et essaya de trouver le sommeil. A part Sohbi Jalloul, personne ne pouvait lui venir en aide. Il finit par s'endormir, l'estomac vide, crispé par l'angoisse ; revivant ce qu'avait dû vivre William Buckley.

*
**

Le bureau de Cheikh Hussein Al Foukhar, qui lui servait également de permanence électorale, était en principe ouvert à tous, mais un rempart de blocs de ciment et de sacs de sable le protégeait d'une éventuelle attaque, et une douzaine de gardes armés filtraient et fouillaient la foule des quémandeurs. Quand Sohbi Jalloul se présenta, à huit heures du matin, Hussein Al Foukhar le reçut tout de suite. Le chauffeur le mit au courant de l'enlèvement de Malko et lui demanda d'intervenir, passant sous silence l'exécution d'Imad Mughnieh...

Cela ne faisait pas du tout l'affaire du député ! Il devait son élection aux Syriens et ceux-ci n'apprécieraient pas du tout qu'on ait kidnappé un agent de la DEA sur son territoire. Dix minutes plus tard, il roulait dans sa Mercedes climatisée vers Janta, suivi de deux Range pleines d'hommes armés et d'un 4 X 4 à plateau avec un affût double de canons de 24 mm. Sohbi suivait dans la Buick. Il fallait montrer sa force pour ne pas avoir à s'en servir...

Janta semblait aussi calme que d'habitude, mais les Hezbollahs de garde lui parurent nerveux. Il gagna la maison du responsable de l'enlèvement de Malko, un certain Mahmoud Al Irani, et se fit annoncer. Selon la coutume, un garçon, pistolet dans la ceinture, le mena à son maître.

Mahmoud Al Irani, en abaya marron, une Kalach' posée sur son bureau, distribuait des dollars à des paysans venus demander une petite avance sur leur récolte de haschich. Il accueillit Hussein Al Foukhar avec le respect dû à son rang, renvoya le dernier quémandeur avec une poignée de dollars assez importante pour éviter les discussions, commanda du café et reprit place derrière son bureau. Il égrena son *mashaba* (1) d'ambre en attendant la requête de son interlocuteur. Lorsqu'il l'eut entendue, il se confondit en excuses.

– *Wahiet Allah !* J'ignorais que cet homme était ton ami. Désormais, il m'est plus précieux que mon fils, *Allah i salmak* (2). Je ne le garderai pas une minute de plus. C'est Allah qui t'a envoyé pour le sauver.

Hussein Al Foukhar écoutait en dodelinant de la tête ce déluge de protestations de bonne volonté. Pour un homme qui ne mettait jamais les pieds dans une mosquée, Mahmoud Al Irani semblait bien pieux... Il lui adressa un sourire radieux.

– Je n'en attendais pas moins de toi ! Je vais donc repartir avec lui.

Mahmoud Al Irani cessa soudain d'égrener son *mashaba.*

– Cet *agnabi* – *Allah maak* (3) –, n'est pas ici. Je l'avais emmené chez mon cousin Walid.

– Je vais donc aller le chercher là-bas...

– Attends ! fit Al Irani, il y a un problème. La maison de mon cousin est cernée par les Hezbollahs de Janta. Ils réclament qu'on leur remette ton ami. Bien entendu, mon cousin Walid n'a rien fait. Grâce à ton autorité, tu vas sûrement arranger ce petit problème...

Sous les propos lénifiants du trafiquant, Hussein Al Foukhar devina un vrai problème.

– Mais pourquoi le réclament-ils ? s'enquit-il, sincèrement étonné.

Mahmoud Al Irani eut un geste évasif.

– Ils prétendent qu'il a tué un habitant du village.

(1) Chapelet musulman.
(2) Qu'Allah le protège.
(3) Etranger – qu'Allah l'accompagne.

Hussein Al Foukhar n'y comprenait plus rien. Il se leva, les deux hommes s'étreignirent à nouveau.

A peine sorti, il se précipita dans la Buick où Sohbi Jalloul l'accueillit, plus mort que vif. Avant de se rendre chez Walid, il devait savoir ce qui s'était réellement passé à Janta. Il fixa Sohbi Jalloul avec sévérité.

– Tu ne m'as pas tout dit, reprocha-t-il sévèrement. Ton *rais* (1) est dans une situation très difficile. Dis-moi la vérité !

Sohbi Jalloul n'hésita pas. Mentir à un homme comme Hussein Al Foukhar était plus qu'un crime, une erreur... Lorsqu'il eut terminé, le cheikh demanda :

– Tu as les 50 000 dollars ?

– Oui.

– Bien, tu vas me les donner. Et prie Allah pour que j'arrive à sauver cet homme.

Le petit convoi redémarra, direction la maison de Walid. Lorsqu'il y arriva, Hussein Al Foukhar aperçut d'abord les barbus : une bonne douzaine, dans trois véhicules, armés jusqu'aux dents. Il les salua courtoisement, une main sur le cœur, à l'islamique et, laissant sa garde personnelle dehors, il pénétra chez Walid, un gros homme adipeux, chauve, qui l'étreignit chaleureusement. Son cousin l'avait prévenu par téléphone.

Ce fut un festival d'excuses... Walid ne savait que faire pour se faire pardonner cette mauvaise manière.

– Ton ami a très bien dormi, assura-t-il. Mes hommes l'ont bien traité, ils ne lui ont même pas marché sur la tête, et ce matin il a reçu à manger comme moi-même. Mais les autres, dehors, ont dit que s'il sortait, ils l'emmenaient ou le tuaient. Tu devrais leur parler.

Hussein Al Foukhar savait qu'il ne servirait à rien de parlementer avec de jeunes Hezbollahs excités. Le dialogue devait se faire avec un de leurs chefs. Il était en très bons termes avec Tamam Mokdar, le mollah présidant

(1) Chef.

aux destinées de Janta. Laissant la situation en l'état, il reprit la route, direction Janta.

*
**

Tamam Mokdar portait une abaya noire faite sur mesure pour dissimuler son embonpoint. Installé dans la plus belle maison de Janta, il régnait sans partage sur le village. Ce dernier se trouvant sur le territoire du clan Al Foukhar, il se devait de ménager le cheikh. Lorsque celui-ci entra dans son bureau, il vint vers lui, et l'embrassa trois fois, chaleureusement.

– La bénédiction d'Allah soit sur toi, mon frère, dit-il onctueusement.

Venu du Liban-Sud, bon vivant, il connaissait très bien la puissance de Hussein Al Foukhar. Ce dernier but un peu de café turc, discuta de sujets sans importance avant d'entamer la *vraie* conversation.

– Un de mes amis a un problème et je crois que tu peux le résoudre, annonça-t-il.

Le mollah caressa sa barbe.

– Si je peux te faire plaisir...

Hussein Al Foukhar se lança dans un plaidoyer en faveur de Malko, soulignant leur indéfectible amitié. Le mollah l'arrêta très vite.

– Il y a eu mort d'homme ! D'un homme qui respectait Allah et le Coran. Un simple commerçant. Pourquoi a-t-il fait cela ?

Son interlocuteur avait réfléchi à la question, depuis la confession de Sohbi.

– Mon ami a été honteusement abusé, affirma-t-il. Par quelqu'un que tu connais : Fouad Daouk. Il lui a fait croire que cet Ibrahim Al Amine était un grand trafiquant d'héroïne, qu'il possédait des laboratoires et des champs immenses de pavot. Qu'il avait déjà tué plusieurs agents de la DEA, et qu'il devait mourir à son tour. Mon ami est très naïf. Dieu ne l'a pas éclairé mais il se repent beaucoup.

Tamam se dit que ce plaidoyer était trop véhément pour ne pas se terminer par une offre de compensation. Ibrahim Al Amine était un pauvre type, fieffé ivrogne, et ne fréquentait jamais la mosquée. Il arrêta d'un geste suave Hussein Al Foukhar.

– Parce que tu es mon ami, comme un frère, *wahiet Allah*, je pourrai peut-être convaincre sa famille d'accepter le prix du sang. Mais cet homme avait une famille, deux enfants...

– 20 000 dollars, lança Hussein Al Foukhar.

Le mollah se récria aussitôt.

– Il m'est impossible de calmer la douleur de cette famille pour moins de 100 000 dollars ! C'était un homme très saint qui revenait juste de La Mecque. Il respectait scrupuleusement les commandements de Dieu et du Coran.

– 30 000 dollars, contra Al Foukhar. 10 000 pour chaque enfant et 10 000 pour la veuve...

Tamam Mokdar fit mine de se lever avec un sourire navré.

– Je vais transmettre cette offre, mais je crains que...

Hussein Al Foukhar lui fit signe de se rasseoir...

– J'irai jusqu'à 40 000 dollars ! affirma-t-il. Cet étranger est comme un frère pour moi.

Une demi-heure et six cafés plus tard, ils tombèrent d'accord sur 50 000 dollars, payables d'avance. Il n'y avait plus qu'à conclure. Hussein Al Foukhar alla chercher dans sa voiture les 50 000 dollars et attendit que le mollah les ait comptés. Il y en avait 45 000 pour lui... Le temps de les enfermer dans son coffre, il sortit avec Hussein Al Foukhar, prit le volant de sa Mercedes et précéda le petit convoi du cheikh...

Devant son autorité divine, les Hezbollahs ne firent aucune difficulté pour lever le siège... Le mollah et Hussein s'étreignirent de nouveau avant de se séparer sur des protestations d'indéfectible amitié.

Walid attendait en égrenant son *mashaba*. Dès qu'il vit les Hezbollahs s'éloigner, il ordonna à un de ses hommes :

– Va chercher le prisonnier.

*
**

L'homme qui vint délivrer Malko arborait un large sourire. Deux heures plus tôt, on l'avait débarrassé de ses liens et copieusement nourri. Il ne fut qu'à moitié surpris de trouver Hussein Al Foukhar dans le bureau de Walid.

– Venez ! dit le Libanais, tout est arrangé.

Malko le suivit sans poser de questions, se demandant comment il avait pu calmer les Hezbollahs... Ce n'est que dans sa Mercedes qu'Hussein Al Foukhar entra dans le vif du sujet...

– Je sais tout ce qui s'est passé, expliqua-t-il. Sohbi Jalloul m'a tout raconté. Vous avez beaucoup de chance que je connaisse l'homme qui vous avait pris en otage et le mollah de Janta. Sinon, vous étiez très mal parti. Ces gens sont puissants...

– Vous aussi, remarqua Malko.

Hussein Al Foukhar sourit dans sa barbe.

– Je n'ai été qu'un intermédiaire. C'est vous qui vous êtes racheté...

– Comment ?

– Avec les 50 000 dollars que vous deviez remettre à cette crapule de Fouad Daouk...

– Pourquoi « crapule » ? Il m'a fait retrouver Imad Mughnieh.

Hussein Al Foukhar éclata d'un rire tonitruant.

– Si vous aviez abattu Imad Mughnieh, les Hezbollahs auraient pris d'assaut la maison où vous étiez séquestré. Et ensuite, ils vous auraient écorché vif. L'homme que vous avez abattu est un pauvre bougre, dont j'ai même oublié le nom. Fouad Daouk, sachant que vous recherchiez Mughnieh, a trouvé quelqu'un qui lui ressemblait et vous l'a désigné. Si vous n'aviez pas été kidnappé ensuite par Mahmoud Al Irani, il touchait encore 50 000 dollars. Ceux que j'ai pu donner au mollah Tamam Mokdar pour payer le prix du sang...

Il raconta à Malko sa négociation avec le chef religieux du village.

– Ce mollah a pu vous mentir, observa-t-il.

– Pas à moi. D'ailleurs, j'ai vu moi-même Mughnieh à Téhéran, il y a une semaine.

Malko avait l'impression qu'on le murait dans un iceberg. Non seulement il avait froidement tué quelqu'un, mais ce n'était qu'un innocent n'ayant rien à voir avec la CIA... Devant son air accablé, Hussein Al Foukhar l'encouragea d'un sourire.

– Vous vous êtes fait avoir... Ce n'est pas de votre faute. Dieu vous pardonnera. J'espère que nous allons retrouver Fouad. Pour lui faire au moins rendre gorge...

Ils entraient dans Baalbeck. Quelques minutes plus tard, Hussein Al Foukhar stoppa devant une maison, en plein centre. Il sauta de la Mercedes et y pénétra, suivi de Malko. Une vieille femme les accueillit, visiblement effrayée. Hussein Al Foukhar l'interrogea brièvement et se tourna vers Malko.

– Il est parti hier pour Alep, en Syrie ; il ne doit pas revenir avant plusieurs mois. Il va paraît-il acheter un hôtel là-bas. Avec vos dollars...

Malko bouillonnait de fureur. La CIA et lui s'étaient bien fait avoir et Fouad Daouk avait terminé sa carrière de *stringer* sur un coup de maître. Il revoyait l'excitation de Vincent Faulkner au Rialto. Le chef de station de la CIA allait tomber de haut... Décidément, l'opération *Wrath of God* faisait eau de toutes parts. Malko avait encore sur la rétine le corps étendu devant le café. Abattu par lui.

Ils remontèrent dans la Mercedes et se retrouvèrent au

Palmyra. Une table était dressée dans le jardin avec, déjà, les inévitables mézés. Plein de bonne humeur, le cheikh invita Malko à y goûter. Celui-ci n'aurait pas pu avaler un petit pois... Compréhensif, le Libanais se versa une rasade de Johnnie Walker et remarqua :

– Moi aussi je regrette la mort de cet homme, mais il y a eu tellement de morts injustes dans notre pays, depuis dix-sept ans ! Notre sensibilité est émoussée. Il faut l'oublier. Allah a bien voulu qu'il meure, c'était son destin.

Tout en parlant, il picorait d'un mézé à l'autre, devant Malko complètement abattu. Tout à coup, la bouche pleine, il lui demanda à brûle-pourpoint :

– Vous voulez toujours liquider Imad Mughnieh ?

– Plus que jamais.

Hussein le regarda avec une gravité soudaine.

– Dans ce cas je peux vous aider.

CHAPITRE X

La bouche pleine de *hommouz*, Hussein Al Foukhar fixait Malko de son regard malicieux. Ce dernier ne savait plus à quel saint se vouer. L'idée qu'il avait tué un innocent le hantait. Jusqu'ici, l'opération *Wrath of God* affichait de maigres résultats. Certes, l'imprimeur et un des kidnappeurs de William Buckley avaient payé, mais Imad Mughnieh, le principal responsable, était loin, hors de portée. Il n'arrivait pas à cerner Hussein Al Foukhar. Que voulait au juste le Libanais ? Echaudé par l'escroquerie de Fouad Daouk, il était plus que méfiant.

– Imad Mughnieh est notre objectif, concéda-t-il, mais vous me dites qu'il se trouve à Téhéran.

– Il n'est pas *toujours* à Téhéran, corrigea le cheikh. Il voyage. Il lui arrive même de venir au Liban ; mais pour peu de temps, et il est très bien protégé.

– Donc, il n'y a rien à faire ?

Hussein Al Foukhar eut un geste évasif accompagné d'un rire sec.

– Je ne sais pas, c'est à vous de voir...

Nouvelle rasade de Johnnie Walker.

Il fixait Malko, mi-figue, mi-raisin. Ce dernier demanda :

– Pourquoi m'aideriez-vous ?

Le Libanais engouffra une platée d'*hommouz* avant de répondre :

– Pour plusieurs raisons. D'abord, je travaille beaucoup avec les Etats-Unis et je pense que l'*on* m'en serait reconnaissant. Ensuite, je n'aime pas les gens du Hezbollah, ils se conduisent comme les Palestiniens en pays conquis et ils nous font un tort considérable. Moi aussi, je suis chiite, mais pas fanatique. Ils essaient d'éliminer les gens des grandes familles comme moi pour prendre leur place. A mon tour de vous poser une question : pourquoi voulez-vous la peau de Imad Mughnieh ?

– C'est le responsable du kidnapping de William Buckley, il y a neuf ans. Les Américains ont juré de venger ses tortures et sa mort.

Le Libanais répondit au téléphone en arabe brièvement, sur son portable, et fixa Malko d'un air grave.

– Je connais toute l'histoire de William Buckley. N'oubliez pas que je vis ici. Il n'est pas resté longtemps à Beyrouth, les Américains le savent d'ailleurs, par les Syriens.

– Pas avec certitude, affirma Malko.

– Ah bon ! Eh bien, je vais vous dire ce que je sais. William Buckley a d'abord été amené de Beyrouth dans le camp hezbollah de Janta. C'est là qu'il a subi ses premières tortures. Ceux qui l'interrogeaient étaient des Hezbollahs d'un rang modeste, des gens qui ne savaient pas vraiment qui il était et ce qu'il pouvait leur apprendre. Imad Mughnieh était déjà retourné à Beyrouth s'occuper d'autres enlèvements. C'est lui qui a supervisé *tous* les kidnappings d'étrangers, avec une petite équipe.

– Cela, nous le savons, dit Malko. Qu'est-il arrivé ensuite à Buckley ?

Il était suspendu aux lèvres de son interlocuteur.

– Il a été transféré à la caserne de Cheikh Abdallah, au-dessus de Baalbeck, celle qui a été bombardée une fois par l'aviation française. Les Hezbollahs l'ont occupée jusqu'il y a deux ans.

– Il était dans une caserne ?

– Les Hezbollahs avaient aménagé, en sous-sol, une

prison clandestine avec une demi-douzaine de cellules. Personne n'y avait accès, sauf quelques-uns, triés sur le volet. Quand ils en parlaient entre eux, ils disaient *mabna*, le bâtiment, mais tous savaient ce que c'était. D'ailleurs, quand ils ont dû évacuer la caserne, ils ont fait sauter toute cette partie, afin de ne pas laisser de traces. C'est là que William Buckley a été interrogé pendant des mois.

Malko imaginait ce qu'avait enduré le chef de station de la CIA, au fond d'un cachot, sans aucun espoir de s'échapper ; torturé, malade, abandonné de tous...

– Qui l'a interrogé ?

– Il y avait une équipe, ils sont partis dans le Sud, impossible de savoir leurs noms. Moi, j'avais des informations parce que je connaissais des garçons d'ici, enrôlés dans le Hezbollah, qui m'apportaient des nouvelles.

– Qu'est-ce qu'ils lui ont fait ?

Le Libanais eut un geste évasif.

– Oh, il ne faut pas trop y penser. En plus des tortures proprement dites, ils l'empêchaient de dormir, ils lui faisaient boire de l'eau salée, ils le frappaient sur la plante des pieds, ils lui enfonçaient des tuyaux dans l'anus jusqu'à le faire gonfler démesurément. Mais ils faisaient très attention à ne pas le tuer. D'ailleurs, plusieurs fois, il a été transporté à l'hôpital Khomeyni, pour être soigné. Il fallait qu'il leur dise tout ce qu'il savait avant de mourir.

Un ange passa.

A l'époque, le rapt de William Buckley avait déclenché un véritable séisme dans les rangs de la *Central Intelligence Agency* et chez les Libanais du gouvernement. William Buckley avait mis au point les mesures de sécurité pour le président Amine Gemayel, dont le frère avait été assassiné quelques mois plus tôt.

Du jour au lendemain, il avait fallu tout changer. Mais surtout, l'onde de choc s'était répercutée dans tous les pays contrôlés par William Buckley. En Jordanie, au Liban, en Iran, dans les Emirats, au Pakistan même, il connaissait toutes les infrastructures clandestines de la CIA, tous les réseaux d'information et aussi les gens qu'on soupçonnait de travailler pour le Hezbollah, ou de jouer double jeu.

Il s'en était suivi un sauve-qui-peut général, un « démontage » en catastrophe, des agents exfiltrés de toute urgence. Cela n'avait pas suffi et plusieurs y avaient laissé leur vie ; soit parce qu'ils ne pouvaient pas partir tout de suite, soit parce que la *Company* avait préféré prendre le risque de les laisser en place, tant ils rendaient de services. D'ailleurs, la CIA au Moyen-Orient ne s'était jamais relevée de ce coup. Entre la perte de ses chefs de station lors de l'explosion de l'ambassade et l'enlèvement de William Buckley, elle avait perdu 75 % de ses moyens. Trop de gens irremplaçables...

Hussein Al Foukhar troubla la réflexion de Malko.

– Savez-vous qui l'interrogeait ?

– Les Hezbollahs.

– Non. Pas quand il était à la caserne Abdallah. C'est là que les véritables interrogatoires ont commencé. Ils étaient menés par un homme qui venait tous les matins de Damas...

– De Damas, sursauta Malko. Un Syrien ?

– Non, il avait une Mercedes blanche immatriculée en Syrie, mais il était iranien.

Ça, c'était complètement nouveau.

– Vous êtes certain ? La CIA n'en a jamais eu vent.

– Je l'ai rencontré moi-même. Un jour, je me suis rendu à la caserne Abdallah pour faire libérer un de mes hommes. Cet Iranien sortait des cellules. Son chauffeur avait parlé avec un garçon que je connais. Il venait de Damas où il travaillait à l'ambassade. Il disait s'appeler Fardoust, mais il changeait souvent de nom. C'était un pseudonyme.

– Il était diplomate ?

– Oui, j'en suis à peu près sûr, parce que les Syriens lui avaient donné une plaque diplomatique.

– A quoi ressemblait-il ?

– Grand, plutôt beau, le visage allongé, les cheveux rejetés en arrière, et toujours une barbe de trois jours, entretenue à la tondeuse. Un costume, mais pas de cravate. Des mains soignées. Il faisait sûrement partie des services de renseignements iraniens.

– Et les Syriens étaient au courant ?

– Bien sûr.

Ils n'en avaient jamais parlé aux Américains. A cette époque, ce qui se passait dans la Bekaa était top secret. Mais cette découverte confirmait l'hypothèse selon laquelle toute l'affaire William Buckley avait été « montée » par un grand service. A l'époque, les Américains avaient même soupçonné le KGB. Mais l'Iran avait des moyens puissants et était plus à même d'exploiter les informations extorquées à l'Américain, qui dépassaient largement le cadre libanais...

– Qu'est devenu cet Iranien ? demanda Malko.

Hussein Al Foukhar eut un geste évasif.

– La dernière fois qu'il est venu, c'était à l'hôpital Khomeyni où William Buckley avait été transporté. Il y est mort quelques jours plus tard d'épuisement et son corps a été aussitôt enlevé par les Hezbollahs qui l'ont embaumé et transporté dans un lieu inconnu... Les gens que je connaissais m'ont dit que la confession de William Buckley comportait près de six cents pages.

Cela, la CIA en avait entendu parler. Le Hezbollah avait eu le toupet de vouloir la revendre pour 2 millions de dollars. Comme elle pouvait être incomplète ou truquée, la CIA avait refusé. Malko n'en revenait pas de tout ce que savait Hussein Al Foukhar.

– Pourquoi n'avez-vous jamais parlé de cela à personne ?

Le Libanais rit de bon cœur.

– A qui voulez-vous que j'en parle ? A l'époque, j'aurais risqué ma vie. Ensuite, le temps a passé, on a oublié. Les Hezbollahs sont partis et la guerre s'est arrêtée. Personne n'est jamais venu me demander une information... C'est le hasard qui vous a mis sur mon chemin. Je pensais vraiment au départ que vous apparteniez à la DEA.

Un ange passa, reniflant du haschich. Malko remercia intérieurement sa bonne étoile. Non seulement, Hussein Al Foukhar lui avait sauvé la vie, mais il lui apportait sur un plateau d'argent ce qu'il cherchait.

– Vous m'avez dit pouvoir m'aider, pour Mughnieh. Comment ?

– Je pars demain à Téhéran, pour deux jours... Business. Je vais sûrement le voir. Il est toujours à l'hôtel *Istiqual*, où descendent les Libanais importants. Il aime bien parler avec moi. J'apprendrais peut-être quelque chose. Mais il ne faut pas me téléphoner, à cause des Syriens. Je vous verrai à Beyrouth. Ne revenez pas ici, c'est trop dangereux, pour vous comme pour moi.

– Et cet Iranien ?

– J'ignore son vrai nom et où il se trouve. Mais je crois me souvenir qu'il a été photographié, une fois...

– Photographié !

– Oh, par hasard. Des jeunes Hezbollahs se photographiaient entre eux. Lui sortait de sa voiture, juste derrière l'un d'eux. Peut-être qu'on ne le voit même pas... Maintenant, je dois vous quitter. Dites-moi comment je peux vous joindre.

Malko lui donna l'adresse à Beyrouth. Sa mission prenait une autre allure, mais il devait réparer son erreur et « taper » le vrai Mughnieh, sinon, il ne se regarderait plus jamais devant une glace.

*
**

Maya Sarkis venait d'entrer en scène pour son numéro de danse orientale. Le *Bodega del Toro*, un cabaret de Beyrouth-Ouest, tout près de la corniche, était à moitié vide. Elle se lança dans ses ondulations syncopées, puis, pour dégeler la salle, descendit du podium pour danser devant quelques hommes seuls, à grand renfort de déhanchements lascifs. Elle n'avait pas le moral. Aucune nouvelle de Malko et elle ne se remettait pas de son échec. Curieusement il y avait dans la salle toute une famille de chiites, des femmes portant le foulard islamique. Qu'est-ce qu'ils faisaient là ? Jamais ils ne venaient dans ce genre d'établissement.

Soudain, elle eut un choc. Un des chiites attablés était le jeune mécanicien qu'elle devait tuer, Farid Cherif ! Les jambes coupées, elle abrégea son numéro et s'enfuit dans sa loge derrière le bar. Le disc-jockey, un grand garçon maigre, boutonneux, aux longs cheveux huileux, qui ne cessait de tourner autour d'elle, l'œil allumé, la rejoignit. Il s'enhardissait parfois à effleurer ses seins ou ses fesses, et elle le remettait en place. Il ne tenta rien de tel cette fois.

– Des gens parlaient de toi dans la salle, lui dit-il.

– Ah bon ?

– Les chiites. Le jeune, surtout. Il a dit que tu l'avais dragué au centre Gefinor, et ensuite que tu avais disparu, mais qu'il avait eu des tas d'ennuis à cause de toi. Tu dragues les chiites maintenant ?

Maya Sarkis eut l'impression que le sol se dérobait sous ses pieds. Comment l'avait-il retrouvée ? La coïncidence était impossible, les gens de Bir el-Abeit ne venaient pas se perdre dans ce lieu de stupre. Elle avait encore un numéro à faire. Elle se changea rapidement, enfila une longue robe noire fendue et prit son micro.

Cette fois, elle examina attentivement les chiites. Ils étaient six dont un jeune couple, Farid Cherif et une femme au visage tout rond sous le foulard islamique. Maya écourta encore son numéro, paniquée.

– Tu peux me raccompagner ? demanda-t-elle brusquement au disc-jockey.

L'autre n'attendait que cela depuis des semaines... Il l'attendit dans sa voiture et elle le rejoignit aussitôt, vêtue d'un tailleur à la jupe très courte, d'un T-shirt et d'une veste. Plusieurs fois, sur la corniche Mazra pleine de monde, elle se retourna pour voir si elle n'était pas suivie. La main de son voisin se glissa entre ses cuisses et la fit sursauter. Il ne perdait pas de temps.

– Arrête ! dit-elle.

Le conducteur plongea vers le trottoir.

– J'aime pas les allumeuses. *Rouh.* (1)

Maya Sarkis avait trop peur pour se retrouver seule en pleine nuit et elle desserra les cuisses. Aussitôt, elle sentit les doigts habiles écarter son slip et s'introduire en elle. Une caresse possessive, brutale, qui l'enflamma en quelques instants. Le feu qui couvait toujours au fond de son ventre se ralluma. L'image de son fils, la tête trouée, s'effaça, et la tête rejetée en arrière, elle fut saisie de sa frénésie sexuelle coutumière, projetant son bassin en se caressant sur la main qui la fouillait. Le disc-jockey coupa le contact.

Comme une folle, Maya s'attaqua à son jean, en sortit un membre raide qu'elle se mit à exciter. Elle le voulait dans son ventre, dans ses reins, partout. Il n'y avait que cela pour l'apaiser.

– Vite, plus vite ! gémit-elle. Je veux que tu me baises.

Lui aussi faisait des bonds sur son siège, excité par cette furie sexuelle. Mais il ne pouvait pas rester là, il y avait trop de monde. Il redémarra, passa devant la statue du général Abdel Nasser et fila derrière le *Saint-Georges*, traversant le quartier des hôtels entièrement détruits. Soudain, Maya posa sa main sur le volant.

– Là, entre là ! dit-elle.

Elle le força à tourner dans la rue Bechara el-Khouri qui menait à la place des Martyrs, noire et sinistre avec ses immeubles éventrés, détruite à 100 %.

Le disc-jockey s'arrêta au milieu des ruines. Maya bondit hors de la voiture et s'appuya au capot, relevant elle-même sa jupe sur ses hanches, arrachant son slip. Le

(1) Dégage.

garçon était déjà sur elle. Il la coucha sur la tôle, se jeta entre ses cuisses et enfonça dans son ventre son sexe raide, jusqu'à la garde.

Maya Sarkis poussa un soupir de bonheur. Le bon Dieu lui léchait l'âme. Elle sentait ses parois intimes palpiter autour de l'énorme manche de chair qui la remplissait. Elle en ruisselait de plaisir, elle oubliait tout, sentant venir un formidable orgasme.

Ni l'un ni l'autre ne remarquèrent le véhicule qui s'était arrêté à l'entrée de la rue, tous feux éteints.

Habilement, son partenaire cessa de la pilonner pour s'agiter en mouvements circulaires, comme pour agrandir l'ouverture de son sexe. Ce frottement déclencha chez la jeune femme une vague de plaisir incoercible. Elle se mit à hurler, les ongles griffant la tôle, les jambes à la verticale. Elle n'était plus qu'un sexe.

A ce rythme, cela ne dura pas longtemps. En trois coups de reins, le jeune homme vida toute sa sève. A chaque giclée, Maya bramait de bonheur.

Quelques instants plus tard, ils remontèrent dans la voiture. Il la déposa devant chez elle. Maya courut jusqu'à sa maison et s'y enferma à double tour.

Dans sa chambre, elle se versa un grand verre de Johnnie Walker puis l'avala d'un coup. Cela ne calma pas son angoisse. Que faire ? Disparaître de Beyrouth ? Elle retourna ses craintes jusqu'à l'aube et finit par s'endormir d'un mauvais sommeil, sans avoir résolu son problème...

*
**

Cheikh Naim Kassiz était perplexe. Son enquête avait beaucoup avancé : un ratissage discret de Beyrouth-Ouest lui avait permis de retrouver le voleur à l'arraché et d'identifier, grâce à lui, la jeune femme du parking. Il l'avait déjà vue danser dans des cabarets, mais ne l'avait pas reconnue sur le moment. Qu'elle porte une arme ne l'avait pas étonné, l'habitude de la guerre. Il avait plutôt eu l'impression qu'elle attendait un homme pour se faire sauter, comme beaucoup de maronites venant s'encanailler à l'Ouest. Puis, la veille au soir, Farid Cherif l'avait formellement reconnue, au cabaret. Naim Kassiz avait décidé de la faire surveiller.

Entre-temps, un autre fait bizarre était apparu : la disparition de Hadj Ali Chehadé, un imprimeur, membre du Hezbollah depuis des années. Un homme tranquille dont le business marchait bien. Il s'était littéralement volatilisé, en même temps qu'une employée, sa maîtresse disait-on. Mais le gardien de nuit se souvenait vaguement d'avoir vu une BMW aux glaces noires pénétrer dans le sous-sol, le soir de sa disparition, et l'enquête des services de sécurité du Hezbollah avait découvert à cette fille un fiancé qui racontait partout une étrange histoire...

Cheikh Naim Kassiz l'avait convoqué. Le garçon était chiite pratiquant et l'aiderait sûrement. Il l'accueillit dans son bureau. Après les salamalecs d'usage, il entra dans le vif du sujet, expliquant que le rôle du Hezbollah était de veiller au bonheur des gens de la banlieue sud. L'autre fit le récit de sa jalousie, puis de sa filature. Le cheikh ronronnait. Il se réveilla d'un coup quand son interlocuteur évoqua la visite de Zema Hazmiyé, sa fiancée, à une jeune femme brune qui habitait Ashrafieh. L'adresse était celle de Maya Sarkis, la fille armée du parking...

CHAPITRE XI

Malko n'arrivait pas à sortir de la douche. Comme si l'eau tiède enlevait à la fois la poussière de la Bekaa et le souvenir de ce qui s'y était passé. Il était dans un état à la fois d'immense fatigue physique et de surexcitation, en repensant aux promesses de Hussein Al Foukhar. Il s'enveloppa dans une serviette et alla sur le balcon regarder le soleil se coucher sur Beyrouth. La chaleur était encore insupportable.

Il avait la sensation de nager à contre-courant, avec son affaire de vengeance, alors que les Libanais ne pensaient qu'à oublier la guerre. Leur grand sujet de conversation était un insipide feuilleton mexicain, *Maria-Mercedes*, dont la pub s'étalait sur tous les murs et qui passionnait chrétiens et musulmans.

La porte d'entrée claqua. Sohbi Jalloul revenait d'une de ses virées mystérieuses.

– J'ai deux messages pour vous, annonça-t-il. Un de M. Vincent, il vous a fait inviter à un dîner, ce soir, près de Jounieh, chez des gens sûrs. Il y sera, je vous conduirai là-bas. Et Maya Sarkis voudrait vous voir d'urgence. Elle est chez elle.

Le pouls de Malko s'accéléra. L'insistance de la jeune femme n'était pas bon signe. Il s'habilla rapidement, glissa son Sig dans sa ceinture, sous sa chemise, et demanda à Sohbi de le conduire chez la jeune femme.

Avant de partir, il inspecta la rue déserte, sans rien déceler de suspect. Pourtant, beaucoup trop de gens connaissaient maintenant sa présence à Beyrouth. Il suffisait d'un traître pour transformer sa mission en déroute. Dans cette ville de folie, le chasseur devenait vite proie.

*
**

Maya Sarkis était tassée dans un fauteuil d'osier, sous sa véranda, en train de verser avec application du Cointreau sur trois glaçons et un zeste de citron au fond d'un grand verre. Les traits tendus et le regard fixe, le maquillage toujours provocant, elle se leva d'un bond à son arrivée. Il put admirer sa silhouette mise en valeur par une robe de strech blanc, incroyablement décolletée, qui laissait nues ses cuisses. Elle se serra brièvement contre lui et lâcha dans un souffle :

– Je crois qu'ils m'ont repérée !

L'adrénaline se rua dans les artères de Malko. Il ne manquait plus que ça.

– Qui ?

– Le Hezbollah.

Elle lui fit le récit de sa soirée de la veille. Malko réussit à ne pas lui montrer son inquiétude, mais il n'en pensait pas moins. C'était encore plus grave que les précédents pépins. Si les Hezbollahs soupçonnaient Maya Sarkis d'avoir voulu exécuter un des leurs, peut-être était-elle déjà surveillée. Par elle, ils remonteraient au reste du dispositif.

– Attendez-moi quelques instants, dit-il.

Il alla retrouver Sohbi Jalloul qui attendait sur son pliant, près de la Buick, et lui demanda d'inspecter la rue, de se renseigner dans les parages pour essayer de déceler une surveillance. Puis, il retourna auprès de Maya. La jeune femme s'était versé un autre Cointreau et faisait pensivement tourner les glaçons dans son verre.

– Je vais vous faire protéger dès que possible, assura-t-il. Les Maalouf ne vous lâcheront plus d'une semelle. Continuez à vivre et à travailler comme si de rien n'était. Nous n'allons pas nous voir pendant quelques jours, mais par vos anges gardiens, j'aurai des nouvelles. A quelle heure travaillez-vous ce soir ?

– Dix heures.

– D'ici là, le dispositif sera en place.

Une ombre apparut dans l'allée : la silhouette un peu voûtée de Sohbi Jalloul.

– J'ai questionné tous ceux que je connais, ils n'ont pas remarqué d'étrangers dans le quartier, annonça-t-il.

Malko adressa un sourire rassurant à Maya Sarkis, tandis que Sohbi se retirait.

– Vous voyez ! C'était peut-être une coïncidence.

Elle se leva et il en fit autant. Mais au lieu de lui dire au revoir, elle s'approcha, le regard trouble, et s'appuya sur lui.

– J'ai peur, dit-elle à voix basse. Restez un peu...

Son regard brûlant l'implorait. Elle lui prit la main et l'entraîna dans l'immense salon vieillot où ils avaient fait l'amour la première fois. La bouche de Maya Sarkis se colla à celle de Malko. Elle l'embrassa avec violence. Lorsqu'elle reprit haleine, son expression avait changé. Son regard avait basculé, elle respirait plus rapidement et son pubis s'appuyait avec insistance contre celui de Malko.

– Caresse-moi, souffla-t-elle.

Etant donné la longueur de sa robe, ce n'était pas difficile. Elle ne portait rien dessous et il put s'emparer d'elle sans mal. Il la mena au plaisir en quelques minutes. Elle haleta, cria, se démena dans ses bras, puis, comme une poupée de son, se laissa glisser le long de lui, pour s'agenouiller sur le vieux tapis turc.

Quand sa bouche se referma autour de Malko, il crut défaillir de plaisir. Maya mettait tout son cœur à lui donner du plaisir, la robe remontée sur les hanches, les seins à l'air. Mais elle ne voulait pas le faire jouir de cette façon. L'abandonnant, elle s'allongea à plat ventre sur le vieux tapis, la croupe haute, la robe enroulée autour de sa taille, dans une attitude d'une impudeur absolue.

Malko savait ce qu'elle souhaitait. Son membre raidi pesa sur l'ouverture de ses reins. Il profita un peu de cet instant délicieux et s'enfonça lentement, arrachant à sa partenaire un grondement de plaisir. Quand il fut fiché de toute sa longueur entre ses reins, elle se souleva, comme pour le forcer à aller encore plus loin, puis ondula sous lui jusqu'à le faire exploser. Elle criait comme une chatte couverte sous ses coups de boutoir, le dos couvert de sueur.

Elle retomba ensuite et demeura dans la même position, inerte. Lorsque Malko se releva et se rajusta, elle tourna à peine la tête vers lui, avec un pâle sourire, cuvant son orgasme.

– Que les frères Maalouf ne la lâchent plus d'une semelle, ordonna Malko en quittant la maison.

– Ils seront là dans une demi-heure, assura Sohbi.

Malko savait bien qu'il n'y avait pas de coïncidence. Pour l'instant, les dégâts étaient limités, mais le pire était encore à venir. En dépit des difficultés de la mission, Malko n'avait pas envie de décrocher. De temps à autre, dans ce métier de merde, il fallait réinjecter un peu de morale et de justice. Que ce ne soit pas toujours les innocents qui paient.

Il ne bougerait pas de Beyrouth tant que Hussein Al Foukhar ne l'aurait pas recontacté. S'il n'y avait rien de nouveau sur Mughnieh, il « démonterait » en emmenant Maya Sarkis.

*
**

Le colonel Rahbani alluma l'écran de son ordinateur et fit à nouveau « sortir » l'affaire Buckley. Les Américains étaient en train de se venger, il en était certain. La veille, vingt-trois missiles Tomahawks avaient écrabouillé la centrale de renseignements irakienne, à Bagdad, sous le fallacieux prétexte d'un complot fumeux contre George Bush, lorsqu'il était en visite au Koweit ; et sur la foi d'aveux arrachés en même temps que les ongles des suspects. Lui connaissait la vraie raison de la frappe : les Irakiens avaient récupéré un certain nombre de terroristes, de Abu Nidal à Carlos, et préparaient des actions contre les Etats-Unis. Les Tomahawks étaient un message clair : ne recommencez pas vos conneries...

Ce qui se passait à Beyrouth était probablement du même tabac. Il regarda sa montre. Deux heures plus tard, il dînait avec son homologue syrien. Fallait-il lui en parler, ou jouer au con ? Ni l'un ni l'autre n'aimait les Hezbollahs, mais ils étaient – pour l'instant – sous la protection de Hafez El Assad. Une carte importante dans la négociation avec les Américains. Michel Rahbani hésita un bon moment.

Enfin, il tira un billet de 1 000 livres de sa poche. Avant de regarder son numéro, il décida que s'il était pair, il en parlait, impair, il se taisait.

C'était un 8.

*
**

Sohbi Jalloul avait eu un mal fou à trouver la maison où se tenait la soirée. Bien après Jounieh, sur une côte abrupte, il déboucha dans un parking plein de voitures, dont la plus banale était une Mercedes 500. Un grand parc entourait une curieuse maison bâtie sur trois niveaux le long de la falaise, dont certains murs étaient remplacés par d'énormes rochers. Une jeune femme moulée dans une robe longue blanche qui mettait en valeur sa peau bronzée accueillit Malko en anglais.

– Bonjour, je suis Kathy Bécharré, la maîtresse de maison. Je suis américaine et mon mari libanais. Vincent vous attend en bas sur la plage. Amusez-vous bien.

Malko descendit les escaliers taillés dans le roc, traversant une salle à manger somptueuse où voisinaient un cabinet Louis XIV en laque décorée et une grande table Charles X, dans un décor de l'architecte d'intérieur Claude Dalle, et parvint à une plage privée où se trouvaient déjà une centaine d'invités. Un rasta jamaïquain chantait dans un micro, les gens se pressaient devant un énorme buffet ou s'installaient à des tables dressées sur la plage. De l'autre côté de la baie, on apercevait les lumières de Jounieh. Malko aperçut Vincent Faulkner, en chemise hawaïenne, qui conversait avec une Raquel Welch brune à la poitrine impressionnante, moulée dans un pantalon de cuir. Il se dirigea vers eux et l'Américain lui serra vigoureusement la main, le présentant à la jeune femme.

– Un ami qui travaille aux Nations unies, miss...

– Pamela Cosworth, annonça la brune avec un sourire ravageur.

– Miss Cosworth est décoratrice, expliqua l'Américain. C'est une amie de notre hôtesse. Elle habite le *Summerland* et se trouve à Beyrouth pour rencontrer quelques clients.

A voir son air salope, elle devait retirer sa culotte avant de signer ses contrats... Ils continuèrent à bavarder quelques instants, avant de pouvoir se débarrasser de la décoratrice.

– Je suis au courant de tout ! fit Vincent Faulkner dès qu'ils furent seuls. Quel horrible salaud, ce Fouad Daouk ! De mon côté, je suis inquiet. J'ai l'impression que le Deuxième Bureau libanais s'intéresse beaucoup à moi en ce moment. On a du mal à rompre les filatures.

Au point où ils en étaient... Malko grillait d'en savoir plus sur son sauveur, Hussein Al Foukhar. Ils se servirent au buffet et s'installèrent dans un coin tranquille, avec une bouteille de Moët millésimé.

– Ce n'est pas risqué de se retrouver ici ? questionna Malko.

– Pas trop, fit l'Américain. Kathy est une copine sûre et ici, il n'y a que des maronites qui haïssent les chiites.

– Qui est Hussein Al Foukhar ?

L'Américain tira sur sa belle moustache, songeur.

– J'avoue que je suis surpris. Nous le connaissons depuis un bon moment, il a un appartement à New York et fait des affaires aux USA. Il est riche, sort de Harvard et se montre ostensiblement pro-américain. Mais il fait aussi beaucoup de commerce avec l'Iran, et Langley ne m'a jamais autorisé à l'approcher. Trop dangereux.

– Vous croyez que des gens comme les Maalouf le sont moins ?

Le chef de station de la CIA eut un mince sourire.

– Non, mais eux, nous les tenons. Ils ne peuvent pas bouger une oreille. Vous avez vu ce qui est arrivé à Adal Chartouni ? Un coup de fil et les deux autres subissent le même sort dès qu'on leur enlève notre protection. Al Foukhar, nous n'avons pas barre sur lui.

Toujours la logique perverse des services secrets : on préférait une crapule tenue par les couilles à un honnête homme. Malko, s'il négligeait Al Foukhar, n'avait plus aucun moyen de « taper » Imad Mughnieh. Vincent Faulkner lui demanda :

– Vous avez confiance en lui ?

– Je n'ai confiance en personne, mais il m'a sorti d'affaire et rien ne l'obligeait à le faire.

– Les Libanais sont tellement vicieux ! Il y a peut-être une raison tordue que vous ne soupçonnez pas... Tout cela prend mauvaise tournure. Je me demande si nous n'allons pas être obligés de démonter. Bien sûr, c'est une déception, mais notre idée était peut-être folle, après tout. Si les Libanais commencent à me suivre, on va finir par s'intéresser à vous. Et là, danger ! Parce que c'est vous qu'ils « taperont », pas moi...

– Qu'est-ce que vous essayez de me dire ?

– Que vous êtes libre de décrocher. Je vous ai fait commettre une erreur qui aurait pu vous coûter la vie.

Notre objectif principal, Mughnieh, semble hors de portée. Je suis pragmatique. Je n'ai pas envie de perdre un chef de mission de votre qualité pour rien. Il suffit que je vous ramène aujourd'hui dans ma voiture : vous décollez de l'héliport de l'ambassade et adieu Beyrouth.

C'était tentant... Malko plongea son regard doré dans celui du chef de station.

– Non, si c'est possible, je terminerai cette mission... Je veux gagner mon dollar...

Ils échangèrent un sourire. Vincent Faulkner n'avait pas de solution de rechange et ils le savaient tous les deux. Il était hors de question pour *Wrath of God* d'utiliser un Américain, et Malko était le seul à pouvoir accomplir la vengeance de la CIA.

Dans ce cadre mondain et élégant, leur dialogue semblait carrément irréaliste.

– Saviez-vous que William Buckley avait été interrogé par un Iranien ? demanda-t-il.

Faulkner alluma une cigarette, troublé.

– En Iran ?

– Non, au Liban.

Il secoua la tête.

– Beaucoup de bruits ont couru. A un moment, nous avons même cru qu'il avait été transféré secrètement à Téhéran. Pour cela, il aurait fallu la complicité des Syriens, et nous ne le leur aurions jamais pardonné. Nous savons que les Hezbollahs leur ont demandé et que les Syriens ont refusé. Buckley n'a jamais quitté le territoire libanais...

– Comment êtes-vous si peu au courant des détails de son calvaire ?

– Nous n'avons eu que les Syriens et quelques informateurs peu fiables pour le reconstituer. Les Hezbollahs n'utilisent jamais le téléphone...

Malko lui raconta l'histoire de l'Iranien venu de Damas pour interroger Buckley. L'Américain était suspendu à ses lèvres.

– Si on pouvait mettre la main sur ce salaud ! soupira-t-il. Ce serait encore mieux que Mughnieh.

– Il faut essayer d'avoir les deux, dit Malko. Pouvez-vous rapidement vous procurer la liste des diplomates iraniens en poste à Damas en 1984-1985 ? Cela nous donnerait déjà une indication.

– Bien sûr, mais tant que nous n'aurons pas son nom et une photo, on ne peut rien faire. On ne peut pas recommencer l'erreur de Mughnieh.

– On verra plus tard, fit Malko, nous pouvons déjà procéder par élimination. Le nom, il faut se méfier. Si cet Iranien fait partie des services, il peut utiliser des patronymes différents.

– *Right !* reconnut Vincent Faulkner.

Avant de le quitter, Malko le mit au courant de la menace qui planait sur Maya Sarkis.

– Les frères Maalouf peuvent s'en charger, dit Faulkner. N'ayez plus aucun contact avec elle. Il ne faut à aucun prix que le Hezbollah remonte jusqu'à vous. Du moins, si vous continuez.

– J'attends le retour à Beyrouth de Hussein Al Foukhar. Dès que je l'aurai revu, vous aurez de mes nouvelles par Sohbi.

– OK, je vais me coucher, annonça Faulkner en terminant sa coupe de Moët. Demain je commence à sept heures.

Il traversa la plage et disparut dans la maison. Malko termina ses brochettes et prit le même chemin. Comme il arrivait à la porte, Pamela Cosworth surgit devant lui, les seins en avant.

– Vous partez ? Les amis qui m'ont amenée vont rester très tard. Pourriez-vous me raccompagner au *Summerland* ?

C'était à l'autre bout de Beyrouth, mais Malko fondit devant cette somptueuse créature qui semblait s'ennuyer. A peine dans la Buick, elle soupira :

– J'ai rendez-vous demain à neuf heures du matin à

Rabieh avec un gros porc qui a les mains moites, 50 millions de dollars et quatre mille mètres à décorer. Il m'a ouvert un crédit illimité chez l'architecte d'intérieur Claude Dalle, à Paris, mais il se repose entièrement sur moi.

Ils bavardèrent pendant tout le trajet et Malko réussit à rester dans le vague à propos de ses occupations. Pamela proposa, devant l'entrée du *Summerland* :

– Demain, je déjeune à la piscine du *Saint-Georges.* Voulez-vous vous joindre à nous ? Vous avez été si gentil de me raccompagner...

– Avec plaisir, accepta Malko.

Si on le surveillait, un flirt avec cette superbe créature égarerait les soupçons. Elle descendit, se retourna avec un sourire plein de sensualité et passa fièrement entre les troufions qui gardaient l'hôtel. Ils faillirent en avaler leur M.16.

*
**

Tous les cheikhs représentant les vingt-trois courants du Hezbollah étaient réunis au Majlis al-Choura. La conférence secrète sur l'orientation du mouvement avait commencé à sept heures et risquait de durer une partie de la nuit. Profitant d'une suspension de séance, le cheikh Naim Kassiz entraîna dans un coin son collègue chargé de la branche militaire du Hezbollah.

La puissance de feu du Hezbollah était concentrée entre leurs mains, de Beyrouth au Sud-Liban, en passant par la Bekaa. Naim Kassiz exposa à son collègue ses problèmes, tandis que cheikh Fadlallah prononçait à son habitude un discours enflammé contre l'impérialisme. Les deux hommes chuchotaient dans un coin, échangeant leurs secrets. Ils se mirent d'accord et regagnèrent leur siège.

Il y avait des mesures d'urgence à prendre, qui

n'étaient pas sans danger, mais la sécurité du Hezbollah primait tout.

*
**

Le général Ali Rafik regagna son bureau après son dîner avec son homologue libanais Michel Rahbani et demanda à sa secrétaire de lui communiquer la liste de tous les passagers non libanais arrivés à Beyrouth au cours du mois précédent. Il faudrait ensuite mener une enquête rapide sur chacun d'eux, afin de vérifier ses occupations dans le pays. Le Moukhabarat était fait pour cela.

Ensuite, il commença à rédiger un long câble à l'intention de sa centrale, à Damas. Le problème auquel il risquait d'être confronté n'était pas de son ressort. Il s'agissait d'une décision politique, à prendre au plus haut niveau. Fallait-il faire plaisir aux Hezbollahs ou aux Américains ? Ou aux deux ?

En bon alaouite, le général Rafik vomissait les fanatiques musulmans de tout poil et n'avait pas hésité, six mois plus tôt, à faire exécuter vingt jeunes Hezbollahs qui avaient voulu relancer les prises d'otages pour des motifs crapuleux.

L'ordre syrien régnait à Beyrouth et il n'était pas question de le troubler ; Hafez El Assad, président de la Syrie, avait mis quinze ans à réduire tous ceux qui prétendaient disputer son autorité sur le Liban, chrétiens, Palestiniens, druzes ou sunnites, et il n'avait pas l'intention de régresser. Le Hezbollah était un atout maître dans ses négociations avec les Américains et il en avait encore besoin. Mais le moment venu, il le briserait comme il avait brisé ses autres concurrents.

Sans état d'âme.

En attendant, il louvoyait habilement entre les Américains et l'Iran, sponsor du Hezbollah.

*
**

Les phares de la Buick éclairèrent une BMW arrêtée devant l'immeuble où demeurait Malko. Sohbi Jalloul se tourna vers lui, inquiet.

– C'est la voiture de Maalouf ! annonça-t-il.

Il se gara plus loin, descendit et, laissant Malko dans la Buick, partit à pied vers la BMW. Malko le vit se pencher et discuter avec ses occupants. Il revint en courant et se laissa tomber dans la Buick, défait.

– Maya Sarkis a été enlevée !

CHAPITRE XII

Malko sentit le sang se retirer de son visage.

– Les Maalouf ne la surveillaient pas ?

– Si, expliqua Sohbi. Quand elle est sortie du *Bodega del Toro*, ils ont perdu du temps. Un marchand ambulant descendait la rue avec sa carriole. Quand ils ont pu enfin passer, ils ont foncé, mais elle était déjà loin, les croyant derrière elle. Ils sont allés chez elle, sa voiture n'était pas là. Ils ont refait son parcours. Finalement, ils ont retrouvé sa voiture dans le quartier de Verdun, abandonnée, les clés dessus.

Malko était atterré. L'enlèvement de Maya Sarkis confirmait ses pires inquiétudes. Le Hezbollah avait été alerté par la perte du pistolet, Dieu sait comment. La ville grouillait tellement de services qu'il était impossible de savoir qui s'était glissé dans l'opération. Sohbi ? Les frères Maalouf ? Tout le monde était suspect dans cette ville où les gens ne s'alliaient que pour mieux se trahir.

Il fallait récupérer Maya Sarkis ; avant qu'elle ne dise ce qu'elle savait et qu'on la tue.

*
**

Après avoir lancé un SOS à Vincent Faulkner, Malko, incapable de trouver le sommeil, chercha en vain un début de piste.

La mère de Maya Sarkis risquait d'alerter les populations dès le lendemain, ce qui n'arrangerait pas les choses.

Faire des recherches dans la banlieue sud était impossible, les planques s'y comptaient par milliers. Il se retrouvait dans la situation de la guerre, quand les gens disparaissaient. Une chose était sûre ; le Hezbollah avait fait le lien entre Maya Sarkis et la tentative de meurtre avortée contre Farid Cherif. Il manquait l'explication, mais c'était académique maintenant.

A tout hasard, il appela la ligne directe de Maya Sarkis, celle qui sonnait dans sa chambre, et laissa sonner longuement. Il n'y avait plus qu'une chose à faire : s'attaquer directement à Farid Cherif. Comme les Soviétiques l'avaient fait jadis avec leurs diplomates otages, il fallait s'assurer un « contre-otage ». Tant pis pour *Wrath of God*. La vie de Maya Sarkis passait avant la vengeance de la CIA.

Il alla sur le balcon, regarder l'éblouissement de Beyrouth la nuit, le cœur serré. Que se passait-il là-bas, dans la banlieue sud ?

Brusquement, il n'y tint plus. Il alla réveiller Sohbi et ils partirent vers Bir el-Abeit. Tout Beyrouth dormait, à part les marchands de fruits sous leurs ampoules nues et les soldats des barrages militaires. Il gagna l'endroit où la voiture avait été retrouvée et fit le parcours jusqu'à la banlieue sud. Il y avait au moins trois barrages, dont un syrien. Comment les kidnappeurs l'avaient-ils passé ?

A Bir el-Abeit, il s'enfonça au milieu des HLM, dans les rues sans trottoir, vides maintenant. Une demi-heure plus tard, découragé, il rentra vers Beyrouth-Ouest, et alla frapper chez les frères Maalouf. Samir ouvrit, une expression penaude sur son visage de brute. Ils se retrouvèrent dans le salon vide. Nabil fumait, les yeux dans le vague. On servit du café malgré l'heure tardive.

– Vous avez une idée ? demanda Malko.

– *Aiwa !* annonça Samir Maalouf. Il faut prendre le

mécanicien et l'échanger. S'ils veulent. Moi, j'ai des copains de l'autre côté. On peut sûrement parler.

Il fumait à petits coups, dévoilant ses avant-bras musclés, ses puissantes épaules moulées par sa chemisette. Une bête puissante et froide comme un squale. Il évoquait une version tropicale de Chris Jones, en plus cruel. Celui-là ne devait pas hésiter à découper un bébé en morceaux pour se faire la main.

– Vous allez leur dire pourquoi ?

L'autre tourna la paume de sa main vers le haut, dans un geste typiquement libanais.

– Pourquoi ? Ils ont quelqu'un qu'on veut, on a quelqu'un qu'ils veulent. On échange.

– Ça ne vous ennuie pas de vous découvrir ?

Samir esquissa un sourire timide.

– Ils savent déjà, elle a dû parler. S'ils mettent le paquet, elle va dire tout ce qu'elle sait.

– Très bien, dit Malko, prenez vos dispositions. Il faut agir dès demain matin.

– Attention ! souligna Nabil, il y a un poste de l'armée libanaise juste en face de son atelier. On ne peut pas y aller en force. Il vaut mieux attendre qu'il rentre chez lui...

Remarque pleine de bon sens. Malko approuva, but encore un peu de café turc horriblement amer et prit congé. La nuit allait être très longue pour Maya Sarkis.

*
**

Maya Sarkis hurlait sans discontinuer, les yeux prêts à jaillir de leurs orbites, la bouche tellement ouverte qu'on apercevait sa glotte. Bien qu'elle soit attachée étroitement à une lourde chaise de fer, les mains liées derrière le dos, sanglée à la hauteur de la taille, les mollets et les chevilles maintenus par des liens en plastique d'une solidité redoutable contre les pieds de devant de la chaise, elle arrivait encore à la déplacer, tant les soubresauts de son corps étaient violents.

Le jeune Hezbollah encagoulé qui fourrageait dans son sexe avec les extrémités dénudées de deux fils électriques se recula avec un juron. Sous le coup de la douleur, la jeune femme venait de lancer un jet d'urine qui lui avait inondé les mains.

– Chienne chrétienne ! lança-t-il en se relevant.

Il lâcha les deux fils qui sortaient d'une douille qui pendait du plafond, comme deux serpents venimeux.

Le long hurlement de souffrance s'arrêta net. La tête de Maya Sarkis retomba sur sa poitrine. Elle avait l'impression que son cœur allait s'échapper entre ses côtes. Une chaleur poisseuse régnait dans la petite pièce aux murs nus, grisâtres, sans autre ouverture que la porte. Dans un coin, un guéridon fait d'une caisse de munitions supportait quelques bouteilles de Coca et de jus de fruits. Aucun autre meuble à part la lourde chaise. Un hallogène éclairait la prisonnière, dépouillée de tous ses vêtements, d'une lumière crue et froide.

Depuis deux heures, elle subissait le supplice de l'électricité, administré par ce jeune Hezbollah encagoulé afin de demeurer anonyme. Il enfonçait les fils dénudés au fond de son vagin, dans son anus, en agaçaient les pointes de ses seins, les enfonçaient dans ses oreilles, dans sa bouche, déclenchant des vagues de douleur abominables. Maya avait l'impression que son corps allait exploser, que ses yeux allaient jaillir de leurs orbites, que son ventre bouillait.

Son bourreau lui posait toujours les mêmes questions auxquelles elle ne répondait pas. Une sueur épaisse recouvrait tout son corps, nauséabonde, des centaines de marteaux tapaient dans sa tête, sa vue se brouillait : elle ne souhaitait plus qu'une chose : que son cœur ne résiste pas.

Il y avait à peine plus de deux heures qu'elle avait été enlevée et cela lui semblait une éternité. Tout s'était passé très vite. Une voiture lui avait fait une queue de poisson dans une rue sombre. Une autre était arrivée par-derrière. Un type extrêmement costaud l'avait arrachée de sa voiture pour la jeter dans une autre, à côté du conducteur. Celui-ci avait démarré aussitôt. L'homme derrière elle s'était penché en avant et avait posé le tranchant de son poignard sur sa gorge, en lui tendant un foulard.

– Mets ça ou je te crève comme une chienne.

Elle avait obéi, enveloppant sa tête dans le foulard islamique. La lame sur sa gorge s'était éloignée mais presque aussitôt, elle avait senti une piqûre dans son dos. Le type enfonçait un long poignard effilé à travers le siège, juste à la hauteur de son cœur.

– Si tu cries au barrage, menaça-t-il, tu sais ce que je fais...

Elle aurait le cœur transpercé. Il était capable de le faire. Ces jeunes Hezbollahs fanatisés ne rêvaient que de mourir en martyrs... De fait, les barrages avaient été franchis sans problèmes. La voiture était vieille, sans grand relief et les soldats n'aimaient pas asticoter les croyantes... Dans la banlieue sud, on lui avait bandé les yeux. On l'avait fait descendre, traverser une cour, puis enfermée dans cette pièce. Elle avait été déshabillée, sous le regard narquois de trois ou quatre jeunes Hezbollahs encagoulés. Ensuite la torture avait commencé.

Son bourreau, qu'elle reconnaissait à son T-shirt noir orné d'un portrait de Khomeyni, revint dans la pièce. Elle se raidissait déjà en prévision d'une nouvelle séance de torture lorsqu'il jeta sur elle un drap maculé avec un trou où il lui passa la tête. Le reste du tissu lui couvrait le corps jusqu'aux pieds. Maya se demandait pourquoi, quand elle vit un mollah pénétrer dans la pièce, un turban noir sur la tête, l'air onctueux et cruel. Il fixa avec mépris la jeune femme et s'approcha d'elle, le regard baissé derrière des grosses lunettes d'écaille.

– *Bismillah Al Rahman Al Rahin*, dit-il, je suis le soldat de Dieu et je ne crains que lui. Tu as gravement péché en voulant participer à une action sioniste et impérialiste dirigée contre nous. Si tu acceptes de faire une confession franche et totale, je peux encore sauver ton âme...

Maya Sarkis écoutait à peine. A la seconde où ce mollah au visage découvert avait mis les pieds dans la pièce, elle se savait condamnée. Jamais ils n'oseraient la relâcher. Les Syriens ne plaisantaient pas. Elle réussit à trouver la force de dire :

– Je ne comprends rien à ce que vous me dites. La guerre m'a déjà pris mon fils, je vis en paix aujourd'hui, ces hommes m'ont enlevée. C'est cela, la parole de Dieu ?

– Nous sommes les Combattants de l'Islam, répéta le mollah barbu, et tu te dresses contre la volonté de Dieu.

Maya Sarkis ferma les yeux. On ne discutait pas avec les Hezbollahs. Leur dialectique était sans faille et leur mauvaise foi totale.

Dans un sursaut de dignité, elle tourna la tête vers le religieux et lança d'un ton calme :

– *Khara aleik !* (1)

Voyant qu'il n'y avait rien à en tirer, le mollah sortit un Coran de sa robe et commença à lire un verset. Puis, avec un dernier regard à la forme blanche, il s'en alla, laissant ses hommes continuer leur horrible besogne.

Il devait avoir donné des ordres, car, à peine fut-il parti qu'on la détacha et qu'on la mena dans une sorte de cabinet de toilette. Avec un tuyau d'arrosage, un des Hezbollahs la lava. Ensuite, on la fit passer dans une autre pièce, où elle fut étendue sur un lit de camp. La demi-douzaine d'hommes encagoulés entreprirent de la violer. Chacun à son tour, pendant que les autres buvaient du thé ou fumaient une cigarette. Une sorte de rite. Mais ce n'est pas cela qui allait la faire parler. Maya, si seulement elle avait pu se détacher, se serait jetée sur une arme, pour se suicider, mais elle était totalement im-

(1) Je t'emmerde !

puissante... Le viol, elle s'en moquait. Elle avait hâte que tout cela soit fini, pour aller rejoindre son fils.

La récréation terminée, on la ramena sur la chaise de fer. L'interrogatoire recommençait. Elle hurla quand on lui arracha le premier ongle. Mais elle ne parla pas, arc-boutée à une volonté farouche et dérisoire. Elle voulait montrer à ces fanatiques qu'elle, une chrétienne, pouvait leur tenir tête...

Quand elle n'eut plus d'ongles à la main gauche, que son cerveau ne fut plus qu'un bouillie de douleur, ils s'arrêtèrent pour se concerter. Jamais ils n'auraient pensé que ce soit si dur. Un de ses bourreaux se pencha sur elle et menaça :

– Si tu ne parles pas, on va te tuer !

Elle entrouvrit les yeux et parvint à dire d'une voix lasse :

– *Yallah.* (1)

Depuis quatre ans déjà elle était morte. Elle referma les yeux et ils ne lui tirèrent plus un mot ; même quand on lui découpa les seins au ras des côtes, dans un éclaboussement de boucher. Elle ne ressemblait plus à rien d'humain, le sang ruisselait sur les dalles de la salle de torture et ses bourreaux commençaient à s'affoler. Si elle mourait avant d'avoir parlé, le cheikh serait furieux... En toute hâte, on posa des pansements sur ses blessures et on alla chercher un médecin sûr.

L'aube se levait et les gens partaient au travail, sans soupçonner ce qui se passait dans cette coopérative fruitière. A cent mètres de là, un M.113 de l'armée libanaise montait une garde symbolique. Son équipage avait l'ordre de n'intervenir qu'en cas d'incident grave.

*
**

Malko attendait au bar de l'hôtel *Bristol*, afin de ne pas s'approcher trop de la zone sensible. Sohbi effectuait

(1) Vas-y.

la liaison entre lui et les frères Maalouf, qui rôdaient du côté de l'atelier de Fouad Cherif. Sohbi entra dans le bar, le visage soucieux.

– Cela ne va pas, annonça-t-il. Il n'est pas venu travailler et plusieurs types rôdent dans le coin, dont un en moto. On a l'impression qu'ils attendent qu'on se pointe...

– Attendons, conseilla Malko. Il est peut-être en retard.

Une heure plus tard, il fallut se rendre à l'évidence. Le mécanicien ne viendrait pas. Cette fois, Samir Maalouf vint lui-même.

– Je connais un des types qui rôdent dans le coin, annonça-t-il. Il fait partie du clan du cheikh Naim Kassiz. Ils appartiennent au service de sécurité du Hezbollah. Si on pouvait en enlever un et l'amener chez nous...

Malko n'avait plus rien ni personne à ménager.

– Faites-le si c'est possible, fit-il. Je retourne à Ashrafieh. Quand il y aura du nouveau, Sohbi viendra me prévenir.

Il avait rendez-vous avec Vincent Faulkner. Celui-ci prit le risque de le rejoindre à l'appartement, après une sérieuse rupture de filature. Lorsque Malko arriva, l'Américain attendait sur le palier, le visage fermé. Il savait déjà que Maya Sarkis avait été enlevée.

– Rien de nouveau ? interrogea-t-il.

– Rien, répondit Malko, sauf qu'un certain cheikh Naim Kassiz semble dans le coup.

– C'est important ! fit l'Américain, c'est le nouveau responsable de la sécurité du Hezbollah. Cette affaire est traitée au plus haut niveau.

– Cela nous fait une belle jambe, remarqua Malko. Est-il possible d'intervenir *directement* à Bir el-Abeit ?

– Impossible, les Libanais ne nous laisseront pas faire. Il n'y a qu'une chose à faire : prévenir les Syriens.

– Les Syriens ?

– Oui. Je peux voir mon homologue, le général Ali

Douma. J'ai d'assez bons rapports avec lui. Il peut intervenir, lui, avec sa brutalité habituelle et il le fera sûrement, si je le lui demande. Il tient *avant tout* à conserver de bons rapports avec nous. Mais je ne pense pas qu'il puisse sauver Maya Sarkis.

– Dans ce cas, à quoi bon ?

L'Américain ne répondit pas. Les deux hommes, lucidement, pensaient la même chose : seul un miracle pouvait sauver Maya Sarkis.

– Ils ne vont pas la tuer tout de suite, remarqua Vincent Faulkner. Un otage mort n'a aucune valeur. Les Syriens peuvent leur foutre une frousse noire, parce qu'ils n'hésiteront pas à frapper.

– Attendons, les frères Maalouf vont essayer d'enlever un Hezbollah pour l'échanger.

Vincent Faulkner secoua la tête.

– Inutile. Ils ne marcheront pas. La fille est trop importante pour eux. Cela ne fera qu'un martyr de plus, comme ceux qui se lancent avec leurs voitures piégées sur les convois israéliens.

– Les dés sont jetés, soupira Malko. Attendons le résultat.

Ils s'assirent, n'ayant ni l'un ni l'autre l'envie de parler. Sohbi arriva une heure plus tard, déconfit.

– Rien à faire, expliqua-t-il. Samir et Nabil sont partis derrière eux. Ils essaient de savoir où ils vont...

Vincent Faulkner se leva.

– Je vais essayer d'obtenir rapidement un rendez-vous avec le général Ali Douma. C'est l'unique chance de la récupérer vivante.

Ils se séparèrent tristement. *Wrath of God* était en train de tourner à la débâcle.

Malko tournait dans l'appartement vide comme un fauve en cage, enrageant autant de son impuissance que de la situation. A quelques kilomètres de là, Maya Sarkis se faisait très probablement torturer et il était incapable de lui porter secours ! Il ne pouvait hélas pas ratisser la banlieue sud à lui tout seul...

Il réalisa soudain qu'il était une heure. Il n'avait rien mangé depuis la veille. La pulpeuse décoratrice rencontrée dans la soirée devait l'attendre à la piscine du *Saint-Georges*. Cela lui changerait les idées pour une heure ou deux.

*
**

Cheikh Naim Kassiz ne quittait plus son bureau. Certain d'avoir découvert une affaire de la plus haute importance, il avait alerté tous ses informateurs et les nouvelles arrivaient peu à peu, par courrier. Il se méfiait du téléphone écouté par les Syriens et le Deuxième Bureau libanais.

Un jeune Hezbollah entra après avoir frappé et déposa sur la table basse un dossier. Naim Kassiz se plongea dedans et, dès la première page, sut qu'il tenait ce qu'il cherchait. Il lut avidement la suite et, dès qu'il eut terminé, appela par l'interphone son second, chargé du quadrillage de Beyrouth. Il lui donna rapidement des instructions précises et urgentes, avant de monter dans sa Mercedes sans plaque et d'aller retrouver Cheikh Fadlallah, afin de lui demander conseil.

*
**

Pamela Cosworth portait le même décolleté vertigineux que la veille au soir, assorti d'une mini à la limite de l'indécence. Juchée sur des semelles compensées, elle avançait en balançant une croupe callipyge, un grand porte-documents noir à la main. Toutes les conversations s'arrêtèrent d'un coup sous la tonnelle abritant le restaurant de la piscine du *Saint-Georges* où, pourtant, on avait l'habitude de la provocation des belles maronites.

De l'hôtel lui-même, jadis la fierté du Moyen-Orient, il ne restait qu'une carcasse noircie dominant la piscine, comme pour rappeler qu'à Beyrouth la mort n'était jamais loin.

La jeune femme tendit la main à Malko et s'assit en face de lui, ôtant ses lunettes noires. Avec cette tenue, elle avait dû signer une douzaine de contrats depuis son réveil.

– Je suis désolée, annonça-t-elle, l'amie qui devait venir a eu un empêchement. Je suis seule.

Malko n'eut pas la muflerie de le regretter. Pamela Cosworth était une bouffée de fraîcheur dans l'horreur qu'il vivait. Cinq minutes plus tard, ils se colletaient avec d'énormes gambas. Il avait même trouvé sur la carte un château La Gaffelière 1985, joyau du Saint-Emilion. C'était quand même l'endroit le plus agréable de Beyrouth pour déjeuner... Malko avait nettement l'impression de se faire draguer. Chaque fois qu'il levait les yeux sur sa voisine, elle était en train de le regarder avec une expression ambiguë. Après le café turc, elle commanda un Cointreau « on ice », s'étira et annonça :

– Cet après-midi, je n'ai pas de rendez-vous...

C'était une invite directe. En d'autres circonstances, Malko aurait sauté sur l'occasion. Mais il avait vraiment la tête ailleurs.

– Ce n'est, hélas, pas mon cas, soupira-t-il.

– Vous habitez dans quel hôtel ?

– Je suis chez des amis.

Il regarda ostensiblement sa montre.

– Je vais être obligé de vous quitter. Une autre fois, j'espère avoir plus de temps.

Pamela Cosworth prit le temps de déguster son Cointreau, n'en laissant que les trois glaçons, puis se leva la première, un peu pincée.

– Vous savez où me trouver. Je reste encore au *Summerland* une semaine. Après, je vais à Paris. J'ai envie de visiter l'Europe. Maintenant Air France offre des billets week-end pour tous les pays de la Communauté pour 1 000 F ! Je vais aller à Venise, à Copenhague, à Lisbonne !

D'après son regard, elle n'aurait pas refusé qu'il l'accompagne...

– Dès que j'ai une minute, je vous fais signe, promit Malko.

Quand il la vit balancer sa croupe haute devant lui, ses bonnes intentions faillirent s'évanouir. Il était certain de n'avoir qu'un mot à dire pour mettre la jeune décoratrice dans son lit. Il se contenta de la regarder monter dans une Mercedes conduite par un chauffeur.

– On va à Ashrafieh ? interrogea Sohbi Jalloul.

– Absolument, dit Malko.

Il regarda d'un œil distrait défiler les décombres des immeubles écrabouillés du centre-ville, envahis par la végétation, dont les seuls occupants étaient des chats errants. Sur la place des Canons, un mutilé vendait en poster des photos d'un Beyrouth qui n'existerait plus jamais. Des souks, des hôtels, des vieilles maisons ottomanes, il ne restait que des gravats.

A Ashrafieh, la chaleur était encore plus inhumaine. Pendant que Sohbi garait la Buick dans le parking souterrain, il prit l'ascenseur qui marchait par miracle. Sur le palier, il s'arrêta net. Un paquet enveloppé de papier marron, d'une trentaine de centimètres de côté, était posé devant sa porte.

Il fonça vers l'entrée de service et y attendit Sohbi. Le chauffeur redescendit chercher un long bâton avec lequel il « ausculta » le paquet. Ce dernier semblait assez léger. Aucun bruit n'en sortait.

– Ce n'est pas une bombe, décréta le chauffeur.

Il prit le paquet et ils entrèrent. Avant de l'ouvrir, Sohbi le piqua avec la pointe d'un couteau, sans rencontrer de métal. Il se décida alors à l'ouvrir, sous le regard intrigué de Malko. Sous le papier marron, il y avait un épais plastique transparent. A l'intérieur, on distinguait une tête humaine coupée au ras du cou. Celle de Maya Sarkis. Elle avait les yeux crevés. Sa *bitaka* (1) était accrochée à son oreille droite par un mince fil de fer.

(1) Carte d'identité.

CHAPITRE XIII

Pendant quelques instants, Malko fut submergé par l'horreur. Il en avait la chair de poule. Cette tête coupée proprement au ras du cou, comme guillotinée, aurait pu sembler encore vivante, n'étaient ses yeux, des boules de sang. Il n'osait pas la toucher et dut faire un effort surhumain pour l'effleurer. Le contact de la chair froide et déjà durcie lui donna envie de vomir...

Il alla dans le living-room se verser une sérieuse rasade de vodka et l'avala d'une traite, sans que cela efface son horreur. Il ne pouvait détacher les yeux de ce fragment macabre. C'était la sauvagerie à l'état pur, le message d'un autre monde. Sohbi était décomposé lui aussi. Il hocha la tête, sans rien dire.

Brutalement, le dégoût de Malko fut balayé par une rage aveugle, viscérale. Le désir de tuer, de massacrer ceux qui s'étaient rendus coupables de ce crime.

– Où se trouve la maison du cheikh Naim Kassiz ? demanda-t-il.

– Il ne faut pas y aller. Ils sont des centaines là-bas, qui s'attendent à ce que vous réagissiez. Il faut rester calme. Cela ne fera rien de bien pour elle.

Il désignait la tête sur la table. Cela rappelait à Malko sa dernière aventure colombienne (1). Décidément, l'hor-

(1) SAS n° 97, *Cauchemar en Colombie.*

reur n'avait pas de frontière. Mais là, il s'agissait d'une femme avec qui il avait fait l'amour deux jours plus tôt ; une femme jeune et jolie, massacrée. Sohbi prit un torchon et en couvrit le macabre débris. La tension diminua immédiatement et le cerveau de Malko se remit en marche. La présence de cette tête sur son palier signifiait que Maya Sarkis avait parlé avant de mourir. Donc, les Hezbollahs savaient à quoi s'en tenir sur lui. La tête coupée était un avertissement clair...

Ce n'était plus la peine de prévenir les Syriens. Au mieux, ils récupéreraient un cadavre sans tête... Impossible de joindre Vincent Faulkner à cette heure sans ameuter les Libanais. Sur la table, la tête semblait maintenant faire partie des meubles. Sohbi proposa :

– Je vais m'en occuper.

– Qu'allez-vous en faire ?

– L'enterrer, dit le Libanais. Comme on faisait pendant la guerre ; mais il faut prévenir sa mère.

– C'est à moi de le faire, fit Malko. Je vais seulement lui dire que sa fille est morte, sans détails.

L'opération de vengeance de la CIA tournait à la déroute. Malko attendit que Sohbi ait disparu et quitta à son tour l'appartement. Il maudissait les frères Maalouf. S'ils avaient fait correctement leur travail, Maya serait toujours en vie.

Il se lança dans la rue écrasée de chaleur, un goût de cendres dans la bouche.

*
**

– *Ya arham ! Ya arham !* (1)

La vieille femme très maigre, drapée dans une longue robe grise, avait déjà le visage de la mort, les yeux enfoncés dans leurs orbites. Elle psalmodiait en se balançant légèrement d'avant en arrière, un mouchoir dans ses

(1) La pauvre ! La pauvre !

mains décharnées. En retrait, Sohbi Jalloul surveillait la porte. On n'était à l'abri de rien.

Malko ne savait que dire. Après quelques échanges en français, la mère de Maya Sarkis s'était renfermée dans sa douleur, sans même poser de questions. Au Liban, la mort était tellement courante...

Elle avait seulement poussé un cri rauque, comme une accouchée, et tourné sur elle-même à la façon d'un derviche. Maintenant, elle paraissait soudée au sol, isolée dans sa détresse. Et encore, elle ne savait pas tout...

Soudain, elle fit un pas en avant et agrippa le bras de Malko. Ses mains étaient si décharnées qu'il crut être agrippé par un squelette... Comme dans un film d'horreur. Elle rouvrit ses yeux, aux prunelles d'un bleu si délavé qu'elles en paraissaient blanches.

– Vous allez la venger, monsieur, vous allez la venger, n'est-ce pas ? C'était une petite fille si gentille, si douce. Vous allez la venger !

Malko sentit une énorme boule obstruer sa gorge. Il se dégagea doucement, réprimant une atroce envie de prendre ses jambes à son cou, et ne put que dire d'une voix blanche :

– Oui, madame, oui, je la vengerai.

Le cœur au bord des lèvres, il sortit à reculons du grand salon poussiéreux éclairé par l'ampoule au bout d'un fil. Sohbi aida la vieille femme à regagner sa chambre. Pour la première fois, Malko regrettait vraiment d'avoir accepté cette mission.

Il avait oublié la férocité du Liban et elle se rappelait à lui... Il regagna l'appartement de la rue Trabaud. Lorsqu'il entendit frapper à sa porte, il était presque huit heures et le soleil couchant inondait l'appartement. Sortant de sa méditation morose, il prit le Sig, l'arma et alla se coller le long du mur.

– Qui est là ?

– Hussein.

Il eut une hésitation et demanda à nouveau :

– Qui donc ?

– Hussein Al Foukhar, précisa une voix joviale ; vous ne me reconnaissez pas ? Votre ami de la Bekaa !

Sans lâcher son arme, Malko ouvrit et découvrit le Libanais, une petite valise à la main, en costume européen. Celui-ci pénétra dans l'appartement et vit le Sig dans la main de Malko.

– Il y a des problèmes ?

– Oui, dit Malko.

Lorsqu'il eut fini de lui raconter ce qu'il savait, Hussein Al Foukhar hocha la tête avec tristesse.

– Je comprends ce que vous ressentez. Je connaissais Maya, elle venait souvent danser dans les soirées de mariage. On avait déjà tué son fils. Ils l'ont eue à son tour. Mais, *Inch' Allah*, c'est la vie, c'est la guerre... Tu dois rendre les coups qu'on te donne, c'est dans le Coran.

Il parlait sans ironie aucune, adoptant le tutoiement, comme pour participer à la douleur de Malko. Ce dernier, à ce stade, ne voyait guère qu'une façon de venger Maya Sarkis.

– Avez-vous vu Imad Mughnieh à Téhéran ? demanda-t-il.

– Oui.

– Alors ?

– J'ai une bonne et une mauvaise nouvelle, dit Hussein Al Foukhar.

– Quelle est la bonne ?

– Imad Mughnieh a projeté de venir au Liban dans quelques jours.

Le pouls de Malko s'accéléra, et il sentit sa tristesse s'envoler d'un coup. Après la découverte horrible de l'après-midi, il entrevoyait enfin une lueur d'espoir.

– Donnez-moi des détails, réclama-t-il avidement.

Hussein Al Foukhar s'installa confortablement.

– Officiellement, expliqua-t-il, Mughnieh doit venir ici

pour assister à la célébration de l'Achoura (1), mais ce n'est pas la vraie raison. Il y a en ce moment des discussions acharnées au sein du Hezbollah. La tendance dure du cheikh Toufaili s'oppose aux modérés. Toufaili a demandé à Mughnieh d'apporter à son clan le soutien de Téhéran, de l'ayatollah Motachemi.

– Comment viendra-t-il ?

– Par avion de Téhéran à Damas, ensuite, par la route à travers la Bekaa jusqu'à la banlieue sud. Il bénéficiera bien sûr d'une protection lourde du service de sécurité hezbollah.

Malko ne voyait qu'une chose. Imad Mughnieh allait se trouver à Beyrouth, à sa portée. Hussein Al Foukhar doucha son enthousiasme.

– Attendez la mauvaise, dit-il. Ce voyage va rester à l'état de projet. Les Syriens ont fait savoir à Imad Mughnieh qu'ils ne le laisseraient pas transiter sur leur territoire. Afin de ne pas envenimer leurs relations avec les Américains. Donc, Mughnieh ne pourra pas venir à Beyrouth.

La déception rendit Malko muet. C'était un comble ! Dans le but de plaire aux Américains, les Syriens allaient sauver Imad Mughnieh. Malko n'arrivait pas à accepter cet ultime contretemps. Il repensa soudain au « contact » de Vincent Faulkner dans les services syriens, le colonel Ali Ghazala. Il y avait peut-être une chance de retourner la situation.

– Supposons que les Syriens laissent venir Mughnieh, suggéra-t-il. Comment le frapper ?

Hussein Al Foukhar hocha la tête.

– Sûrement pas durant le trajet, il sera trop bien protégé. Cela serait plus facile à Borj Brajnieh, là où réside sa famille. Il ira sûrement les voir, peut-être même coucher chez eux. Bien sûr, il sera encore protégé, mais

(1) Grande fête religieuse chiite qui célèbre l'anniversaire de la mort de l'imam Ali.

moins. Mais comment voulez-vous faire changer les Syriens d'avis ?

– Vincent Faulkner possède un contact à très haut niveau chez eux...

Le Libanais tirailla un peu sa barbe frisée, dubitatif.

– Ce n'est pas absolument impossible, reconnut-il. En ce moment, les Syriens poussent le Hezbollah à devenir un parti politique « convenable », qu'ils pourraient acheter et manipuler. Un parti reconnu comme tel aux yeux des autres pays. Or, dans cette optique, un homme comme Imad Mughnieh est un gêneur. Le temps des otages est passé. Ils ne seraient probablement pas fâchés de voir Mughnieh disparaître. Les modérés du Hezbollah non plus... Mughnieh est devenu gênant. A cause de son passé héroïque, il est intouchable, mais il « marque » le Hezbollah. Celui-ci sait bien que tant qu'il sera assimilé à des gens comme Mughnieh, il n'aura pas de reconnaissance politique.

Malko écoutait, fasciné, cette analyse qui le confortait dans son espoir. De nouveau, Hussein Al Foukhar le refroidit.

– Pour que votre idée fonctionne, souligna-t-il, il faut posséder un *très* bon contact chez les Syriens, au niveau le plus élevé. En s'assurant qu'ils ne joueront pas le double jeu, à leur habitude.

– Quand et pour combien de temps viendrait-il ? éluda Malko.

– Dans trois jours et pour moins d'une semaine.

Hussein Al Foukhar bâilla, sourit à Malko et se leva.

– Je suis fatigué ! Je vais reprendre la route pour Baalbeck. Vous savez comment me joindre. Je vous souhaite bonne chance.

Malko se leva pour l'accompagner, repensant soudain à une autre promesse de Hussein Al Foukhar.

– Et la photo de cet Iranien qui aurait torturé William Buckley ?

– Vous êtes insatiable, fit avec une nouvelle ébauche de sourire le Libanais. Je vais m'en occuper. Demain.

Brutalement, Malko était rechargé à bloc. Il sentait encore sur son poignet les serres de la mère de Maya Sarkis. Il devait réussir et, en plus, venger Maya.

– Il me faut cette photo, insista-t-il. A n'importe quel prix.

– J'essaierai, promit Hussein Al Foukhar, mais si vous avez Mughnieh, ce sera déjà bien.

Sur le pas de la porte, il étreignit Malko et lui glissa presque avec affection :

– *Allah maak !* (1)

Malko regarda l'ascenseur descendre. Et s'il était victime d'une gigantesque manip ? Est-ce qu'après Maya, ce n'était pas sa tête à lui qu'on voulait ? Après tout, Hussein Al Foukhar pouvait parfaitement jouer un double jeu, l'exemple de Fouad Daouk était là pour lui rappeler qu'au Liban, personne n'était complètement sûr. Seuls les morts ne trahissaient pas.

*
**

Samir et Nabil Maalouf écoutaient Malko comme deux chiens bien dressés : leurs yeux noirs fixes comme ceux d'un serpent. Ils avaient à cœur de se racheter. Malko avait décidé de les mettre à contribution, pour Imad Mughnieh. D'abord, il fallait tout savoir sur sa famille. Ensuite, il trouverait un plan. L'Achoura commençait quatre jours plus tard.

– Vous pensez y arriver ? demanda Malko.

Samir Maalouf hocha la tête.

– Oui, on a des copains là-bas. On s'est battus ensemble contre les Palestiniens.

– Vous n'avez pas beaucoup de temps...

– Ça suffira.

(1) Que Dieu t'accompagne !

Malko prit congé et regagna la fournaise, plus sur ses gardes que jamais. La tête de Maya était un avertissement, se répétait-il.

La Buick descendait la rue Hamza à petite allure. Les boutiques des bijoutiers étaient désespérément vides : la crise. Tout à coup, Sohbi se raidit.

– Nous sommes suivis, annonça-t-il.

Malko se retourna et vit derrière eux un break blanc avec cinq hommes patibulaires à bord. Le canon d'une Kalach' dépassait d'une des glaces ouvertes. Il regarda la plaque : SYR3421GO. Une plaque syrienne. Le Moukhabarat...

La police secrète syrienne, toute-puissante à Beyrouth... Malko sentit l'adrénaline se ruer dans ses artères.

– Qu'est-ce qu'on fait ? demanda Sohbi, visiblement pas rassuré.

Malko n'hésita pas. Il n'avait pas envie de les mener à l'appartement d'Ashrafieh.

– On fonce à l'ambassade américaine, dit-il.

C'était bien le seul endroit où les Syriens ne viendraient pas le chercher.

Sohbi Jalloul accéléra, prit le Ring, franchit un check-point de l'armée libanaise, puis longea le port en direction de Jounieh.

Juste avant le grand boulevard, il y avait un poste de l'armée syrienne qui filtrait les véhicules. Leur tour arriva. Au lieu de les laisser passer, le soldat fit signe à Sohbi de se ranger sur le côté, où veillaient deux Syriens armés de lance-roquettes... Pas question de filer. A peine étaient-ils arrêtés que le break blanc arriva à leur hauteur. Ses occupants en jaillirent, exhibant un armement impressionnant. Ils s'adressèrent brutalement en arabe à Sohbi et, comme il ne sortait pas ses papiers assez vite, ils l'arrachèrent sans ménagement de la voiture. Un visage moustachu et peu avenant se pencha vers Malko.

– Passeport !

Malko tendit son passeport autrichien. Le Syrien le

regarda et l'empocha, s'éloignant aussitôt. Il y eut un bref conciliabule puis un des affreux monta à côté de Sohbi et lui fit signe de démarrer.

– Qu'est-ce qui se passe ? demanda Malko.

– Ils nous emmènent à leur permanence.

– Pourquoi ?

– Contrôle, prétendent-ils. On aurait photographié des installations militaires syriennes.

– Mais je n'ai pas d'appareil photo !

– Ils s'en moquent, c'est un prétexte.

Ils s'engagèrent dans des petites voies sinuant sur la colline de Senn el-Fil, jusqu'à une allée défendue par une barrière et deux soldats syriens. On leur livra le passage et ils stoppèrent en face d'une vieille maison transformée en poste militaire. On fit monter Malko et Sohbi dans une pièce, au premier étage, où régnait une température d'étuve. Des armes étaient accrochées partout, une radio beuglait, des téléphones sonnaient sans arrêt. Un homme en gilet de corps, jeune, brun et mince, qui souffrait visiblement de la chaleur, répondait en anglais. Un officier...

– Que se passe-t-il ? lui demanda Malko.

– Rien, rien ! affirma le Syrien. Un simple contrôle. Une voiture qui porte le même numéro que la vôtre a été repérée dans la Bekaa, il y a quelques jours, près d'un village où un meurtre a été commis. On vérifie. Voulez-vous un café ?

Malko sentit son sang se liquéfier. Décidément, une tuile n'arrivait jamais seule. Il allait répondre lorsqu'un des agents de Moukhabarat surgit dans la pièce, brandissant un Skorpio. Il l'avait trouvé dans le coffre de la Buick.

Il y eut un vif échange avec Sohbi, qu'on força à s'asseoir sur un tabouret. Blême, il dut subir les questions de trois policiers hargneux. Comme il s'empêtrait dans des explications confuses, ils se ruèrent sur lui, à coups de pied et de poing, jusqu'à ce qu'il tombe à terre. Impassible, l'officier regardait...

– Faites-les cesser, réclama Malko.

Le Syrien ne broncha pas.

– La détention d'armes est interdite, fit-il simplement, c'est un acte très grave. Votre café ? *Masbout ?* (1)

Il soulevait son tricot de corps pour mieux respirer... Il y eut un bruit de pas dans l'escalier et une jeune fille surgit, moulée dans une robe à fleurs décolletée, maquillée, la robe déboutonnée sur ses jeunes seins, allumeuse en diable. Malko comprit qu'elle venait téléphoner. Le Syrien lui tendit le combiné et elle donna un coup de fil en arabe, tout en se dandinant sur place, tandis que l'officier lui adressait des œillades énamourées. C'était la Collaboration.

Malko était en eau. Les autres ne rouaient plus Sohbi de coups, ils tamponnaient son visage tuméfié. L'officier n'arrêtait pas de parler dans sa radio mais ne s'occupait plus des deux prisonniers.

Deux heures s'écoulèrent. Le soleil descendait, mais la climatisation ne marchait toujours pas, faute de courant. Un nouveau coup de fil survint et cette fois, Malko entendit son nom, au milieu d'une flopée de mots arabes. Le ton de l'officier était nettement plus respectueux... Quand il raccrocha, il arborait un sourire radieux.

– Tout est arrangé, annonça-t-il. Vous allez être reçu par mon chef.

Il serra chaleureusement la main de Malko, pressé de rester en tête à tête avec la jeune salope qui n'allait sûrement pas tarder à se retrouver sur un des châlits. Sohbi ne disait mot, mort de peur. Ils descendirent, escortés par les affreux et repartirent vers Beyrouth-Ouest. Une caserne syrienne faisait face à un immeuble de luxe à peine terminé. On les mena jusqu'à un bâtiment climatisé.

(1) Normal ?

Dans un couloir, un homme en chemisette blanche et pantalon sombre vint au-devant de Malko, tout sourire.

– *Ahlam wa sabam !* (1)

Il fit entrer Malko et Sohbi Jalloul dans un bureau rendu glacial par une climatisation forcenée où une autre personne était déjà installée : Vincent Faulkner, plus Burt Reynolds que jamais. Le cercle rouge de son paquet de Lucky Strike, dans la poche de sa chemisette blanche, ressemblait à une cible, juste à la place du cœur.

(1) Soyez les bienvenus.

CHAPITRE XIV

Avant même que Malko puisse ouvrir la bouche, le chef de station de la CIA lui lança :

– Cette rencontre avec le colonel Ghazala ne doit pas s'ébruiter. Le colonel est mon homologue pour Beyrouth et mon interlocuteur auprès des Forces armées syriennes.

Le Syrien sourit avec modestie.

– C'est vous qui nous avez fait libérer ? demanda Malko.

– Tout à fait.

Le colonel Ali Ghazala fumait, un sourire énigmatique aux lèvres. Avec sa fine moustache et ses cheveux plaqués, il ressemblait à un danseur mondain des années trente. Malko n'osa rien dire de plus, ignorant les gaffes à ne pas commettre. Vincent Faulkner lui vint en aide.

– J'ai mis le colonel Ghazala au courant de notre projet d'arrestation d'Imad Mughnieh, et de notre enquête sur les responsables hezbollahs de certains kidnappings.

– En tant que représentant du gouvernement syrien, annonça le colonel Ghazala, je ne peux que condamner de telles actions...

Malko sentit que la médaille d'or de l'hypocrisie allait être difficile à attribuer. L'Américain continua :

– Le colonel Ghazala est au courant de l'enlèvement d'une citoyene libanaise qui collaborait avec nous, mais, malheureusement, il ne peut pas intervenir officiellement. Le Liban est un Etat souverain.

Ça, c'était la médaille d'argent !

– De toute façon, précisa Malko, une intervention est désormais inutile.

Il raconta quel macabre paquet il avait reçu. Le colonel syrien eut une grimace dégoûtée et un geste apitoyé.

– C'est un crime parfaitement horrible, reconnut-il. Malheureusement, nous avons peu de prise sur le Hezbollah.

Ce fut toute l'oraison funèbre de Maya Sarkis...

Malko échangea un regard avec Vincent Faulkner, rompit le court silence et s'adressa au colonel Ghazala.

– En tout cas, mon cher Ali, je vous remercie de votre intervention qui a permis d'éviter un malentendu regrettable.

Le colonel Ali Ghazala se rengorgea.

– Je l'ai fait au nom de l'amitié entre nos deux pays. Mais vous pouvez faire savoir à qui de droit qu'Imad Mughnieh est indésirable sur le territoire syrien et que, s'il se présente à Damas en provenance de Téhéran, il sera refoulé.

Vincent Faulkner proposa en se levant :

– Pourquoi ne pas nous retrouver pour dîner ? Nous nous voyons toujours trop rapidement.

Le colonel n'hésita qu'un court instant.

– Bonne idée, dit-il. Mais c'est moi qui vous invite. Alors, au restaurant *Fakhredine*, à Broumanna, dans une heure.

Dans la cour, Vincent Faulkner dit à Malko :

– Renvoyez Sohbi, je vous emmène.

Il n'avait pas sa Honda blanche, mais une Mercedes 500 et une Range Rover de protection. A peine furent-ils assis dans la voiture que l'Américain poussa un soupir de soulagement...

– Vous revenez de loin !

– Que s'est-il passé ?

– Non seulement cette ordure de Fouad Daouk vous a indiqué un faux Mughnieh, mais, en prime, il vous a balancé au Moukhabarat ! Il avait besoin de leur appui pour acheter son hôtel à Alep, avec *nos* dollars. Il leur a parlé d'un espion américain ayant abattu un Hezbollah et a donné le numéro de la Buick ! Les Syriens vous cherchaient partout...

– Comment êtes-vous intervenu ?

– Après l'enlèvement de Maya Sarkis, j'avais demandé audience au colonel Ghazala, ma « taupe » chez les Syriens – je le tiens par des affaires de drogue. Il a accepté tout de suite de me voir officiellement et m'a demandé aussitôt si vous ne travailliez pas avec moi... J'ai été obligé de lui dire que nous menions une opération de « recherches ». En contrepartie de votre libération, j'ai dû lui promettre de tout arrêter. Il m'a assuré de son côté que si Imad Mughnieh tentait de transiter par la Syrie, il serait refoulé. Il m'a confirmé qu'il se trouvait à Téhéran. Je crains que notre opération ne soit tombée à l'eau.

Vincent Faulkner tirailla sa belle moustache et conclut avec tristesse :

– C'était une manif bien montée, mais maintenant nous sommes dans une impasse.

Ils roulaient sur la route côtière, en direction de Jounieh. Malko demanda soudain :

– Pouvez-vous faire confiance au colonel Ghazala ? Est-il capable de mentir au Hezbollah ?

– Ça ne le gênerait pas... Pourquoi ?

– Imad Mughnieh viendra à Beyrouth dans trois jours, si les Syriens le laissent passer. C'est Hussein Al Foukhar qui me l'a appris aujourd'hui.

Vincent Faulkner siffla doucement entre ses dents.

– Vous en êtes certain ?

Malko lui relata son entrevue.

– Si nous nous accrochons, conclut-il, nous avons une chance d'aller au-delà de nos plans initiaux. Vous n'aimeriez pas, en sus de Mughnieh, vous payer cet Iranien ?

– *For Christ' sake !* jura l'Américain, je donnerais un an de salaire pour voir ces deux salauds morts.

Ils étaient arrivés devant l'ambassade américaine et ils attendaient devant la massive grille noire que les plots d'acier s'escamotent.

– Avez-vous assez confiance en Ghazala pour cette manip ? demanda Malko.

Vincent Faulkner lui répondit pendant qu'ils jouaient à saute-mouton avec les ralentisseurs intérieurs de l'ambassade.

– Il faut jouer en deux temps, indiqua Vincent Faulkner. D'abord, faire passer à Damas le message selon lequel nous ne voyons pas d'inconvénient à ce que Mughnieh vienne à Beyrouth. Nous enterrons la hache de guerre, dans le cadre du rapprochement de nos deux pays. Ghazala peut étayer cela de façon crédible... Si Damas accepte, Ghazala, qui va sûrement se douter d'une manip, doit demeurer muet comme une carpe, aussi bien vis-à-vis de sa hiérarchie que du Hezbollah.

– C'est sans risques pour les Syriens, remarqua Malko. S'il arrive quelque chose à Imad Mughnieh, ils pourront toujours dire qu'ils ont voulu lui faire plaisir.

– *Right*, reconnut l'Américain, mais pour le moment, les Syriens ont besoin du Hezbollah. C'est leur seule carte dans la négociation avec Israël. Donc, ils ne veulent pas leur faire trop de peine... Il faut donc que mon ami Ali soit *sérieusement* motivé.

*
**

La table disparaissait sous les mézés ! Une bonne vingtaine de plats différents, du classique *hommouz* aux crevettes grillées. Le colonel Ghazala appréciait visiblement le château La Gaffelière commandé par Malko. Le *Fakhredine* se trouvait en bordure d'un promontoire dominant une profonde vallée et la vue s'étendait jusqu'à la mer. Il faisait nettement plus frais qu'à Beyrouth, grâce à l'altitude et on leur avait donné une des meilleures tables, en bordure de la terrasse.

Quatre hommes du Moukhabarat, à une table voisine, veillaient sur eux sans même dissimuler leurs armes. Ici, les Syriens étaient chez eux.

Depuis un moment, le colonel Ghazala mangeait de moins bon appétit. On était entré dans le vif du sujet...

Il ne s'attendait apparemment pas à une telle demande. Une partie de la conversation s'était déroulée en arabe et Malko ignorait ce que Vincent Faulkner lui avait exactement proposé.

– J'irai moi-même à Damas demain matin, dit tout à coup le colonel syrien. Il ne faut pas parler de cela au téléphone.

– Pensez-vous obtenir une réponse positive ? demanda aussitôt Vincent Faulkner.

– Cela dépend de la contrepartie.

– Une lettre de ma part au *State Department* attestant que la Syrie a définitivement cessé d'être un Etat protecteur des terroristes, annonça Vincent Faulkner.

Le colonel syrien laissa son regard errer sur le paysage en contrebas, visiblement ébranlé. C'était ce que son pays réclamait depuis longtemps. Vincent Faulkner enfonça le clou :

– De plus, même les modérés du Hezbollah ne verraient pas d'un mauvais œil l'élimination d'Imad Mughnieh...

– Là, vous y allez un peu fort, protesta le colonel Ghazala avec une touchante mauvaise foi.

Pour se donner une contenance, il se mit à picorer dans le plat de pâtisseries qu'on venait de poser sur la table. Pour mieux sceller leur pacte, Vincent Faulkner fit apporter une bouteille de Gaston de Lagrange XO à laquelle le colonel syrien s'empressa de faire honneur. Ça le changeait du cognac soviétique.

Euphorique, il prit enfin congé, entouré de ses « gorilles » après avoir promis à Vincent Faulkner :

– Demain soir, vous aurez ma réponse.

*
**

– Je ne comprends plus, avoua Malko, lorsqu'ils se retrouvèrent seuls.

– Nous avons modifié notre stratégie, expliqua Vincent Faulkner. Ali m'a convaincu que Damas ne nous croirait pas animés de bonnes intentions... Donc, on joue franc jeu avec les Syriens. Ils nous aident et on leur gratte le dos.

– Vous voulez dire qu'ils nous aident à liquider Mughnieh ?

– Cela ne sera bien sûr jamais reconnu officiellement, mais c'est cela.

– Pourquoi un tel cadeau ?

– Ils veulent à tout prix retrouver une bonne image...

– Ils ne vont pas nous balancer au Hezbollah ?

– Non. Sinon, Ali Ghazala aurait de *gros* ennuis. Il n'y a plus qu'à attendre. Et à faire attention. Parce que le Hezbollah sait qui vous êtes et il risque de ne pas demeurer inerte.

*
**

Malko regardait le soleil se coucher sur Beyrouth. La journée avait passé lentement. Il attendait anxieusement la réponse du colonel Ali Ghazala. Vincent Faulkner le ferait prévenir aussitôt. En attendant, il avait lancé les frères Maalouf dans une reconnaissance d'objectif à Borj Brajnieh où vivait la famille de Mughnieh. Sohbi Jalloul arriva silencieusement sur le balcon et annonça :

– Samir est là. Il a des choses à vous dire.

Malko rejoignit le Libanais dans le salon. Samir Maalouf parlait comme toujours d'une voix douce, et ne savait que faire de ses longues jambes. Après une bouffée de Winston, il annonça :

– Nous avons repéré son appartement. Au quatrième

étage d'un immeuble en bon état, mais il risque de ne pas loger là, d'aller à la caserne hezbollah de la rue Haidi. Là, ce sera impossible d'aller le chercher. Alors, j'ai eu une idée.

Il l'exposa à Malko. Elle était loin de plaire à ce dernier, mais ce n'était pas le moment d'avoir des états d'âme. Les frères Maalouf ne reculaient devant rien. Ce qu'ils préparaient demandait une organisation minutieuse et leur faisait courir beaucoup de risques, mais ils ne semblaient même pas s'en apercevoir. Tout ce que Malko voulait éviter, c'était une nouvelle erreur... Ils discutèrent longuement.

– Je pense, par mon copain, savoir quand exactement Imad Mughnieh arrivera, conclut Samir Maalouf. Je lui ai promis 10 000 dollars.

– Parfait, dit Malko.

Bien qu'il lui ait apparemment tout dit, Samir Maalouf ne bougeait pas du canapé.

– Il y a autre chose ? demanda Malko.

– Oui, dit timidement Samir Maalouf, nous avons identifié un des *chahebs* qui ont enlevé Maya Sarkis. C'est lui qui lui a tiré une balle dans la tête après avoir mené la séance d'interrogatoire. Ils ont été très durs.

Dans sa bouche, cela ne pouvait être qu'une litote...

– C'est certain ?

– Quelqu'un a trop parlé. Si vous voulez, on peut y aller maintenant. Je sais où il habite.

Inutile de préciser pourquoi. Malko se rappela la promesse faite à la mère de la jeune femme assassinée. La guerre étant déclarée avec le Hezbollah, il n'avait pas grand-chose à perdre.

Mais il voulait, avant, connaître la réponse du colonel Ghazala. Sohbi devait la lui apporter avant la nuit.

– Pouvons-nous y aller demain ? suggéra-t-il.

– Pas de problème, affirma Samir Maalouf. Il ne se doute de rien, il ne bougera pas.

Il prit poliment congé de Malko. Une demi-heure plus

tard, Sohbi Jalloul surgit, venant d'un de ses mystérieux rendez-vous téléphoniques.

– J'ai eu M. Vincent, annonça-t-il. Il m'a dit de vous dire que la réponse du colonel est positive.

Donc, Imad Mughnieh venait à Beyrouth ! Malko l'aurait embrassé. Il n'y avait qu'à mettre au point un certain nombre de choses avec les frères Maalouf. En souhaitant qu'ils se montrent plus professionnels qu'avec Maya Sarkis. Ils n'auraient pas deux fois l'occasion de liquider Imad Mughnieh. Euphorique, Malko alla se verser une vodka bien glacée et la dégusta lentement face au coucher de soleil.

*
**

Le poste de police militaire séparant la Syrie du Liban, à Maazar, dans l'est de la Bekaa, somnolait sous le soleil. Une file de camions attendait sagement, dans les deux sens, de se livrer aux contrôles sadiquement tatillons des policiers et des douaniers syriens. Seul le backchich évitait le pilage de la cargaison ou le blocage pendant des jours dans la chaleur écrasante. Les formalités étaient si compliquées qu'elles prenaient parfois deux heures, pour un véhicule parfaitement en règle.

De toute façon, dans le sens Liban-Syrie, il était impossible de passer avec une voiture immatriculée au Liban. D'où un fructueux trafic de fausses plaques et de faux papiers. Bien entendu, le haschich et l'héroïne de Turquie passaient plus haut dans la montagne, rapidement, sous la protection d'unités spéciales de la police particulièrement grasses et bien nourries... Ils filaient ensuite sur Israël et Tel-Aviv. Dans ce domaine au moins, la paix régnait déjà au Moyen-Orient.

Doublant la file de véhicules immobilisés en face de la barrière rouge et noire, une BMW blanche aux glaces teintées se présenta au contrôle, klaxonnant impérieusement.

Un des soldats s'approcha, de mauvaise humeur. Une glace se baissa électriquement et il aperçut trois personnes à bord du véhicule. Le chauffeur, un grand costaud au crâne rasé, un moustachu à côté de lui, une mitraillette sur les genoux, et à l'arrière, un homme au teint pâle, mince, portant un collier de barbe, l'air d'un intellectuel. La voiture fourmillait d'armes et les reflets verts de ses vitres montraient qu'elle était blindée...

Fou furieux de tant d'impudence, le soldat recula d'un pas, arma sa Kalach' et cria, assez fort pour que ses collègues l'entendent :

– Sortez tous, les mains en l'air !

Personne ne bougea. La glace arrière se baissa à son tour et une main soignée apparut, tenant un rectangle plastifié barré aux couleurs syriennes. Son propriétaire l'agita, pour que le soldat vienne le prendre. Intrigué, il s'en empara. C'était un laissez-passer sans photo, mais portant une inscription en arabe : « Les autorités gouvernementales syriennes demandent aux membres de l'armée et du Moukhabarat de laisser passer librement le porteur de cette carte, avec ses armes et ses marchandises personnelles, sur le territoire de la République syrienne et sur celui du Liban, pour raisons de sécurité. Ce laissez-passer est valide entre le 15 et le 30 juin 1993. » C'était signé : « Quartier général de l'armée de la République arabe de Syrie, division des renseignements. » Quelques cachets attestaient l'authenticité du document.

Impressionné, le soldat rendit le laissez-passer. Son porteur n'avait rien à craindre de personne. Il se demanda qui il pouvait être et salua, à tout hasard.

La BMW repartit en laissant la moitié de sa gomme sur l'asphalte, sous les regards jaloux des autres conducteurs. Deux Mercedes sans plaque bourrées d'hommes armés l'attendaient de l'autre côté du poste frontière. Une passa devant et l'autre resta en arrière. Les trois véhicules descendirent vers le fond de la vallée en direction de Beyrouth. Grâce aux plaques syriennes, le convoi ralentissait à peine aux barrages. Sur la banquette arrière, Imad Mughnieh regardait le paysage en égrenant un *mashaba* d'ambre. Il était heureux de rentrer. Il s'ennuyait comme un rat mort à Téhéran, où les Iraniens le snobaient un peu. Et surtout, il souffrait d'une inaction tragique...

Pendant des années, il avait monté des coups, organisé des prises d'otages, des meurtres, des attentats à partir de son fief de la banlieue sud. Il était devenu un mythe, pour ses amis comme pour ses ennemis. Maintenant, il avait envie de reprendre du service. Il allait profiter de l'Achoura pour descendre dans le Sud et monter une campagne terroriste contre Israël, en infiltrant des agents à travers la frontière la mieux gardée du monde.

La plupart se feraient tuer sans réussir leur mission, mais cela n'avait aucune importance : il puisait dans un stock inépuisable de martyrs, soucieux de mourir comme le prophète Ali supplicié au VIIe siècle...

Il regarda son laissez-passer plastifié, heureux et inquiet. La dernière fois, en dépit d'assurances prises à Téhéran, les Syriens l'avaient refoulé à l'aéroport de Damas, comme un vulgaire voyageur sans visa. Lui, Imad Mughnieh, qui avait fait trembler les Etats-Unis et le monde. Il ressentait encore le goût amer de cet affront. Il avait hâte d'être à Beyrouth, de revoir son fils aîné Ahmad, douze ans, qui suivait une école coranique. Le courrier et le téléphone fonctionnant très mal entre l'Iran et le Liban, il n'avait que peu de nouvelles, par exemple par des voyageurs comme Hussein Al Foukhar, chiite comme lui.

Le petit convoi laissa Zalili sur sa droite et attaqua les premiers contreforts des collines menant à Aley et Baabda. Il bifurquerait avant Baabda afin de ne pas traverser le pays chrétien, gagnant la banlieue sud par des petites routes.

Imad Mughnieh s'installerait directement à la caserne hezbollah de Hey-Mahdi. Là, personne ne pourrait venir le frapper. Il n'ignorait pas que les Américains avaient mis sa tête à prix, mais la menace aujourd'hui s'estompait. Toutes les informations en provenance de Beyrouth concordaient : il n'y avait plus guère d'Américains en ville, sinon quelques diplomates, plutôt soucieux d'apaisement. Une situation qui devait beaucoup à son action...

*
**

Une douzaine de gardes barbus se relayaient pour veiller sur l'étage de la caserne Hey-Mahdi abritant les services de sécurité du Hezbollah. Au quatrième, une petite équipe était réunie, sous le commandement du cheikh Naim Kassiz. Objectif : déterminer la conduite du Hezbollah face à l'opération déclenchée contre eux. Grâce aux recoupements obtenus dans la Bekaa et à l'identification de Maya Sarkis, ils n'ignoraient plus que les Américains avaient suscité une opération de liquidation de certains de leurs éléments. Hadj Ali Chehadé, l'imprimeur, avait sûrement été exécuté. Le rôle de Zema Hazmiyé n'était pas encore déterminé.

Ibrahim Halla, le jeune pâtissier avait été victime de la même vague. Mais qui se trouvait en face d'eux, à part celle qu'ils avaient exécutée, et l'espion américain installé à Ashrafieh ?

Une question obsédait Naim Kassiz : les Syriens étaient-ils dans le coup ? Il lui était impossible de le savoir, à ce stade.

La discussion fut de courte durée. Il fallait éliminer l'espion, quelles que soient les conséquences avec les Syriens. Surtout avec la présence d'Imad Mughnieh à Beyrouth.

CHAPITRE XV

Depuis deux jours, Samir Maalouf s'était laissé pousser la barbe, comme les Hezbollahs qui la travaillaient à la tondeuse. Il traînait dans la banlieue sud, poussant un petit chariot garni d'un assortiment de *janareks* (1) et de gâteaux. Il avait commencé bien au nord, à la limite de Chia, descendant peu à peu. Un milicien hezbollah l'avait contrôlé car il était nouveau dans le quartier. Il lui avait montré sa *bitaka*, qui en faisait un chiite ; il avait expliqué que la concurrence trop vive à Beyrouth-Ouest le poussait vers le sud.

– *Allah maak*, s'était contenté de dire le milicien.

Personne ne s'était plus intéressé à lui. Qui aurait deviné que dans un des containers de pistaches se dissimulait un Skorpio, au cas où...

Depuis le matin, il s'était installé en face d'un parking cerné de HLM grises et surpeuplées. Des enfants débraillés jouaient au foot, pieds nus, maigres comme des coucous, avec des clameurs aiguës. Ils essayaient d'éviter d'envoyer leur ballon sur un des tas d'immondices qui parsemaient les lieux, couverts de chats errants. Un mécanicien installé devant un container de navire qui lui servait d'atelier s'escrimait sur ce qui avait été un moteur. Les mélopées d'un transistor emplissaient le parking d'un bruit de fond.

(1) Pistaches.

Au rez-de-chaussée de l'immeuble de gauche, une boutique vendait des tenues islamiques. Au quatrième étage habitait la famille d'Imad Mughnieh.

Samir Maalouf s'était fait désigner sa femme par un de ses amis chiites, contre quelques dollars. Il l'avait déjà suivie deux fois, tandis qu'elle faisait ses courses avec son fils Ahmad, qui arborait un T-shirt noir à l'effigie de l'imam Moussaoui. Le garçon n'allait pas tarder, comme tous les jours, à descendre dans le parking pour jouer au foot avec ses copains. C'était sa grande passion...

Samir Maalouf s'essuya le front. Il plaignait sincèrement le malheureux à qui il avait loué sa charrette, un certain Iyad, analphabète et gentil, qui gagnait péniblement 5 000 livres libanaises par jour en trimant de l'aube au coucher du soleil. Samir avait prétexté une livraison de drogue et Iyad en avait profité pour le taxer de 20 dollars par jour, dix fois ce qu'il gagnait. Moyennant quoi, il s'était installé dans les ruines du stade Camille-Chamoun, où il campait, profitant d'un repos bien gagné.

Des cris d'enfants firent lever la tête à Samir Maalouf. Ahmad Mughnieh venait de rejoindre ses copains... Avec lenteur, Samir se mit à pousser son chariot dans leur direction, psalmodiant le prix de ses pistaches et de ses *beklevas*, friandises très sucrées, fourrées de pistaches et d'amandes, protégées des mouches par une gaze légère.

Les enfants ne s'aperçurent de sa présence que tardivement et lâchèrent leur ballon pour s'agglutiner autour de lui. L'un d'eux brandit un billet de 50 livres tout froissé, qui lui permettait d'acheter quelques pistaches dans leur gangue verte. Mais tous bavaient d'envie devant les délicieux *beklevas* trop chers pour eux... Au premier rang, Ahmad, avec son T-shirt noir, avait les yeux hors de la tête. Après avoir distribué quelques pistaches, Samir l'interpella, amusé :

– Toi, le petit *chaheb* qui respecte notre iman, viens, je vais te récompenser au nom d'Allah.

– *Aiwa ! Aiwa !* exulta le gosse ravi, jouant des coudes et sautant de joie sur place.

Avec des gestes précautionneux, Samir souleva la gaze et tendit au gosse un *bekleva* qu'il avala d'une seule bouchée... Il eut beaucoup de mal à se défaire des autres et n'y parvint qu'en en distribuant encore une demi-douzaine... Puis, il se remit en marche vers le nord, sous le regard distrait d'un Hezbollah en faction, qui le salua la main sur le cœur. S'il avait su qui il était, il lui aurait arraché le cœur avec ses mains.

Il avait trois quarts d'heure de marche avant de retrouver le stade Chamoun.

*
**

Le petit convoi se faufilait dans les rues étroites et encombrées de Borj Brajnieh à toute allure. La BMW encadrée de six Land Rover pleines d'hommes en armes stoppa en face de la HLM où demeurait la famille Mughnieh et un homme mince de petite taille, bien habillé, en sortit. Il monta vivement les quatre étages, encadré par ses deux meilleurs gardes du corps.

Sa femme, prévenue par les coups de klaxon, l'attendait sur le pas de la porte du petit appartement. Le visage en larmes, elle annonça :

– Ahmad est très malade, ça l'a pris tout à l'heure brutalement, des douleurs dans le ventre. Il a été transporté à l'hôpital du Prophète-Tout-Puissant. On croit que c'est une péritonite. Il se tordait de douleur.

Imad Mughnieh sentit son cœur se serrer. Ahmad était ce qu'il avait de plus cher.

– J'irai le voir demain, promit-il, ne le quitte pas, dis-lui que je suis arrivé et prie Allah. Il s'en sortira.

Il repartit comme il était arrivé, et ne se sentit tranquille qu'en retrouvant le bâtiment inachevé de la rue Mahdi qui abritait le commandement de la sécurité du Hezbollah. Partout il risquait sa vie, mais il n'y avait plus de bombardements ni de commandos... Le cheikh Zahir vint au-devant de lui et le serra dans ses bras. Pour ne pas gâcher sa joie, il préféra ne pas lui parler du complot qu'ils avaient découvert, manigancé par les sionistes et les impérialistes.

Ensuite, Imad Mughnieh reçut tous ceux qui avaient travaillé avec lui, serra des mains, embrassa des barbes soyeuses.

Tous ceux-là auraient donné leur vie pour lui. Certains n'étaient plus là, cependant.

– Ibrahim Halla... ? demanda-t-il.

– Il a été tué, il n'y a pas longtemps, répondit un de ses camarades.

Imad Mughnieh ne demanda pas d'explications, pensant qu'il s'agissait d'un combat contre les Israéliens. Il avait soif et on lui apporta un jus de figue glacé.

C'était bon d'être à Beyrouth, et grâce aux Syriens ! Il interprétait cela comme un heureux présage. Depuis longtemps, il n'était plus armé, se contentant d'une protection rapprochée. Cheikh Zahir lui adressa un sourire complice. Il lui réservait une bonne surprise, pour le soir même, une sorte de cadeau de bienvenue. C'était toujours bon de recevoir la tête d'un de ses ennemis. Surtout quand il s'agissait d'un agent de la CIA.

*
**

Lorsque Samir Maalouf arriva au stade Camille-Chamoun, la nuit tombait. Il gara sa charrette à côté d'un troupeau de moutons et partit à la recherche de son loueur qu'il découvrit béatement allongé dans l'ombre d'une arche démolie.

– *Kifak !* (1) lança l'autre, ravi de s'être fait encore 20 dollars.

– *Kifak !* répliqua Samir en lui tendant les quatre billets de 5 dollars.

(1) Ça va !

Pendant que l'homme les empochait, Samir sortit son poignard et lui trancha la gorge d'une oreille à l'autre, s'écartant pour ne pas être éclaboussé de sang. Les Hezbollahs risquaient de remonter jusqu'au marchand de pistaches. Il valait mieux rompre la piste.

Encore une journée interminable pour Malko. Il avait été déjeuner seul au *Saint-Georges*, après avoir vainement tenté de joindre Pamela Cosworth, meublant sa solitude avec un Tertre-Daugay 1982. Tout reposait maintenant sur les frères Maalouf. Il était d'ailleurs presque décidé à retarder encore son action contre le meurtrier de Maya Sarkis, pour ne pas risquer un impair, et priait pour qu'un impondérable se mette en travers de leurs projets.

Sa réflexion fut de courte durée. La nuit n'était pas tombée depuis une demi-heure que Sohbi Jalloul introduisit Samir Maalouf.

– Pour le petit, c'est fait, annonça-t-il. Ça a marché. Maintenant, on va s'occuper du *chaheb*...

Malko ouvrit la bouche pour dire non, puis la referma, sentant que Samir Maalouf prendrait sa prudence pour autre chose. Cela risquait d'entamer sa détermination pour le reste. Or, Malko avait *absolument* besoin de lui...

– Bien, dit-il en se levant. On y va.

– Je reste en bas, proposa Sohbi. En ce moment, je préfère ne pas laisser l'appartement sans protection.

Malko descendit avec Samir Maalouf et prit place à l'avant de la BMW, à côté de lui. Nabil était derrière.

Ils franchirent sans encombre deux barrages de l'armée libanaise et arrivèrent au Passage du Musée séparant Beyrouth de la banlieue sud. Samir continua, pénétrant dans le quartier de Cheah. Cinq cents mètres plus loin, il stoppa non loin d'un immeuble de huit étages dont il ne restait que la carcasse noirâtre. Plus une fenêtre, plus une porte, des trous partout, le ciment nu... Les pillards avaient déménagé tout ce qui n'avait pas été détruit par les incendies et les obus. Mais une tache de lumière brillait au huitième étage.

Comme souvent à Beyrouth, une famille s'était installée là avec des matelas, des ficelles pour suspendre le linge ; elle volait du courant électrique à un transformateur. Cela valait mieux qu'une tente.

– Il vit là, annonça Samir Maalouf.

Malko le suivit dans ce qui restait de l'escalier : une cage de ciment nu. Les deux Libanais montaient sans bruit, comme des chats. Seul s'entendait le léger souffle de leur respiration, dans le silence oppressant. Un rat leur fila entre les jambes. Arrivés sur le palier du huitième, ils furent guidés par la lumière et le bruit d'une radio. Malko découvrit une pièce nue dont les ouvertures donnaient sur le vide, faiblement éclairée par une ampoule. Une corde tendue entre deux murs supportait quelques vêtements. Par terre, plusieurs formes étaient allongées. L'une d'elles se leva d'un coup en apercevant les intrus. Un jeune homme en T-shirt noir, orné du portrait de l'ayatollah Khomeyni, moustachu et barbu, au visage aigu.

– *Mahraba*, dit avec un sourire Samir Maalouf. Tu es Abbas Hakiki ?

– Oui, pourquoi ?

Brutalement, il semblait terrifié. Les Hezbollahs n'avaient jamais d'armes en dehors du service. Samir Maalouf sortit un pistolet prolongé par un silencieux de son blouson.

– C'est toi qui t'es occupé de la fille, chez cheikh Kassiz, dit-il simplement.

Abbas Hakiki recula jusqu'à la dalle de béton qui servait de balcon. Malko crut qu'il allait se jeter dans le vide. Soudain, une forme jaillit des couvertures, une femme avec un foulard sur la tête qui se précipita vers Samir et tomba à genoux devant lui...

– Ne le tuez pas, ne le tuez pas ! supplia-t-elle. Nous avons trois enfants. Il n'a fait de mal à personne...

Malko observait la scène, mal à l'aise. Décidément, cette mission commençait à devenir carrément glauque. Il intervint en français :

– C'est *vraiment* lui qui a tué Maya ?

Une erreur, cela suffisait.

Abbas Hakiki et Samir eurent un vif échange en arabe. Malko comprit que Samir menaçait de tuer la femme si l'autre ne parlait pas. Le jeune Hezbollah, le visage crispé, finit par dire en mauvais anglais, à l'intention de Malko :

– *Wahiet Allah !* J'ai obéi aux ordres du cheikh.

Samir se tourna vers Malko, le regard triomphant, sans quitter l'autre des yeux. Ensuite, tout se passa très vite.

La femme poussa un hurlement strident qui se termina par un gargouillement affreux. D'un coup de genou, Samir la repoussa et elle tomba sur le côté, dans un jet de sang. Avec une incroyable rapidité, Samir avait sorti de sa ceinture son poignard effilé et venait de l'égorger froidement... Abbas poussa un grognement de rage et se rua en avant.

Il n'alla pas loin. Trois balles tirées coup sur coup l'arrêtèrent et il tomba à genoux, aussitôt achevé d'une balle en pleine tête. Nabil Maalouf s'était précipité vers les couvertures. Malko n'eut pas le temps d'intervenir. Il entendit deux espèces de vagissement et Nabil se redressa, son poignard à la main. Il venait d'égorger deux des enfants. Pour le troisième, il ne se baissa même pas. De sa grosse chaussure, il écrasa la gorge du nouveau-né, comme on écrase une fourmi.

– Vous êtes fou ! cria Malko.

Samir Maalouf lui fit face, une lueur dangereuse dans ses yeux noirs, mêlée d'incompréhension.

– Vous ne vouliez pas la venger ? C'est fait.

– C'est lui qui l'a tuée, pas les autres.

Le Libanais haussa les épaules.

– Ici, c'est comme cela qu'on fait. Comme ça, c'est signé.

Le silence était retombé. Les cinq cadavres ne bougeaient plus. Pas un bruit ne venait de l'immeuble, à part le grattement d'un rat. Malko avait envie de vomir. Certes, il n'éprouvait aucune pitié pour le jeune Hezbollah qui avait torturé et achevé Maya d'une balle dans la tête. Mais ce massacre systématique lui soulevait le cœur. Ils redescendirent en silence dans l'immeuble abandonné, laissant la radio et l'ampoule allumées, poursuivis par l'odeur fade du sang.

Vingt minutes plus tard, il arrivait dans l'appartement d'Ashrafieh. Sohbi Jalloul veillait dans le hall, une Uzi au creux des bras, sur un pliant.

Malko avait encore sur la rétine l'image de Samir égorgeant les enfants comme on arrache des mauvaises herbes. Il se demanda par quelles horreurs il devrait encore passer avant d'arriver à Imad Mughnieh.

– Il y a un marchand ambulant de cassettes dans la rue, annonça Sohbi. Personne ne l'a jamais vu par ici. Je n'aime pas ça. Le Moukhabarat et les Hezbollahs se servent souvent de faux colporteurs pour leur surveillance.

– Je rentre, dit Malko. Surveillez-le et suivez-le. Vous viendrez me dire ce qu'il en est ensuite. Je ne bouge plus.

L'ascenseur marchait. Malko le prit, laissant Sohbi surveiller le vendeur ambulant de cassettes. Un quart d'heure plus tard, on frappa à la porte de l'appartement. Malko alla ouvrir et faillit tomber raide de surprise.

Pamela Cosworth, son énorme poitrine découverte par une robe très échancrée, un grand sac noir en bandoulière, juchée sur des semelles compensées, bronzée, superbe, lui sourit.

– C'est une surprise, n'est-ce pas ? lança-t-elle à Malko.

Comment la jeune femme avait-elle trouvé sa retraite ? Que voulait-elle ? Il l'avait rencontrée chez une amie de Vincent Faulkner, elle servait peut-être de messagère.

C'était la seule explication possible. Même folle amoureuse de lui, elle n'aurait pas pu le retrouver dans le dédale d'Ashrafieh...

– Une bonne surprise, dit-il en ouvrant la porte et en s'effaçant pour la laisser passer.

Elle balaya l'appartement du regard et alla directement s'asseoir sur le canapé, dans une pose si impudique que Malko aperçut le triangle blanc de son slip.

– Vous voulez quelque chose ? proposa-t-il.

– Scotch. On the rocks.

Il alla chercher une bouteille de Johnnie Walker, de la glace, mit la clim' en route et vint s'installer à côté d'elle, de plus en plus intrigué. Le buste en avant, elle lui offrait une vue imprenable sur ses seins et son regard trouble acheva de le déconcerter.

– Vous ne vous demandez pas pourquoi je suis là ?

Malko n'eut pas le temps de répondre. La clim' s'arrêta et la lumière s'éteignit. L'incident était courant à Beyrouth. Heureusement, il leur restait la lueur du crépuscule.

– Le générateur va se mettre en marche, dit Malko. C'est une question de quelques secondes.

Des secondes s'écoulèrent, puis des minutes. La chaleur poisseuse envahissait le living-room. Malko se leva et souleva le téléphone au passage. Pas de tonalité. Son pouls grimpa brutalement. Ce n'était pas une panne ordinaire. Où Sohbi se trouvait-il ? Pourvu que sa surveillance ne l'ait pas entraîné trop loin. Il alla jusqu'au palier, ouvrit la porte et écouta : des frottements, une lueur dansante. Plusieurs personnes montaient sans faire de bruit.

Il referma vivement, l'estomac noué. Cela sentait le guet-apens à plein nez. Il prit sur une table une torche électrique, accessoire indispensable à Beyrouth, et l'alluma. Il se retourna. Pamela Cosworth n'avait pas bougé, mais elle tenait dans sa main droite un Walther PKK.

CHAPITRE XVI

– Ne craignez rien, dit la jeune femme, je suis de votre côté...

Pris entre un danger immédiat et une énigme, Malko para au plus pressé. Il courut au placard où se trouvaient les armes, y prit un M.16 et une musette de chargeurs, fit monter une balle dans le canon du fusil d'assaut et vérifia le verrouillage de la porte. A cause de la panne, évidemment provoquée, il était coupé du monde : ni téléphone, ni ascenseur. Ceux qui montaient par l'escalier ne lui voulaient sûrement pas du bien.

Autour de lui, il n'y avait que des maisons basses, l'appartement du dessous était vide. Pour fuir, il aurait fallu être une araignée, ou un oiseau. Il connaissait la violence des Hezbollahs, et disposait d'un minuscule répit. Autant savoir à quoi s'en tenir au sujet de la femme.

– Qui êtes-vous ? demanda-t-il.

– Appelez-moi Rachel, fit-elle.

Une Israélienne ! Comment était-elle remontée jusqu'à lui ? Décidément tout le monde semblait au courant de l'opération *Wrath of God* !

– Que voulez-vous ?

– J'étais venue vous prévenir que le Hezbollah préparait quelque chose contre vous.

– Comment le saviez-vous ?

Elle eut un léger haussement d'épaules.

– Peu importe, je suis arrivée un peu tard, mais je peux néanmoins vous aider.

Elle ne semblait pas du tout effrayée. Devinant les pensées de Malko, elle précisa aussitôt :

– Je suis capitaine de Tsahal, je me suis déjà battue. J'ai une proposition à vous faire...

– Vous croyez que c'est le moment ?

Le sourire de la pseudo Pamela Cosworth s'élargit.

– Oui, parce qu'il s'agit de votre vie...

– C'est-à-dire ?

– Un commando du Hezbollah est en route pour vous assassiner. De mon côté, je dispose d'une douzaine d'hommes qui attendent à quelques mètres d'ici. Il suffit que je leur donne l'ordre d'intervenir.

– Eh bien, allez-y !

– Avant, je dois vous dire ce que nous voulons en échange.

– Quoi ?

– Imad Mughnieh. Vivant.

Ce n'était pas le moment de poser des questions oiseuses. Malko tendit l'oreille et perçut un bruit de piétinement derrière la porte palière.

– Ecartez-vous, suggéra Rachel en allant dans la cuisine ; ils peuvent utiliser un RPG 7. Mais c'est peu probable à cause du poste de l'armée libanaise qui ne se trouve pas loin d'ici. Ils vont s'efforcer d'être discrets...

– Pourquoi voulez-vous Mughnieh ?

– Pour l'échanger contre notre pilote détenu depuis cinq ans par le Hezbollah.

– Et si je refuse ?

– Tant pis pour vous.

– Et pour vous...

De nouveau, elle haussa les épaules.

– *Inch' Allah*, comme disent nos amis arabes, répliqua-t-elle avec une pointe d'ironie.

Une explosion assourdie les fit sursauter. La porte d'entrée s'ouvrit en deux, déchiquetée par une minicharge explosive, trop peu bruyante pour alerter les Libanais. Retranché dans la cuisine, Malko aperçut les silhouettes encagoulées se ruer dans l'entrée. Il appuya sur la détente du M.16 et lâcha tout un chargeur. Les agresseurs refluèrent sur le palier. Le temps de mettre un nouveau chargeur, il était prêt à repousser un nouvel assaut, mais cela risquait de se terminer très mal. Et toujours pas de Sohbi ! Il se tourna vers Rachel :

– J'accepte !

Immédiatement, la jeune femme prit dans son sac noir un talkie-walkie, l'activa et se mit à parler en hébreu. Ce fut très court. Elle replia l'appareil et annonça :

– Ils arrivent. Il faut que nous tenions trois à quatre minutes.

Ça serait déjà assez difficile. Le plâtre commença à voler tout autour d'eux. Les Hezbollahs utilisaient des pistolets-mitrailleurs équipés de silencieux. Malko riposta au M.16, sans pouvoir empêcher deux des assaillants de se faufiler dans le salon et de tenir la porte de la cuisine sous leur feu. Lui et Rachel n'eurent que le temps de se jeter à terre. Le battant se troua comme une écumoire. Puis, les impacts se concentrèrent autour de la serrure. Ils allaient parvenir à la faire sauter...

Malko leva les yeux et aperçut soudain une trappe dans le plafond, donnant sûrement sur le toit en terrasse de l'immeuble. Grimpant sur l'évier, il la fit coulisser.

– Vite, allez-y, lança-t-il à la jeune Israélienne.

Rachel jeta sur le toit son sac noir, se suspendit par les mains et se hissa d'un rétablissement digne d'une athlète olympique. Avec son physique de vamp, on ne l'aurait jamais crue capable d'une telle performance... Malko, monté sur l'évier, la rejoignit quelques fractions de secondes avant que la porte ne s'ouvre. Il eut le temps de voir un homme arroser la cuisine avec un Skorpio prolongé d'un silencieux, puis il roula sur l'abri du toit.

Rachel était déjà à plat dos, parlant dans son talkie-walkie. Elle l'écarta de sa bouche pour annoncer :

– Ils sont dans l'escalier. Ils ont été retardés, les autres avaient posté trois hommes dans le hall, il a fallu les éliminer...

On n'entendait plus rien dans l'appartement. Soudain, une exclamation claqua, assez forte pour être entendue du toit.

– *Khara !*

Malko entendit des conversations étouffées, puis le bruit caractéristique des armes équipées de silencieux. Les Israéliens venaient enfin d'intervenir. Rachel lui adressa un sourire ironique.

– Il n'y a plus qu'à attendre que mon ami Netanmahu fasse le ménage. Il est très bon pour cela.

Ils attendirent : plus aucun bruit ne parvenait de l'appartement ; mais il y avait un escalier de service : les Hezbollahs devaient se replier par là. Soudain, une odeur de brûlé frappa ses narines. Puis une fumée noire jaillit de la trappe donnant sur la cuisine ! Les agresseurs avaient mis le feu en partant. Il se pencha et aperçut la cuisine qui brûlait. Impossible de redescendre. Ils étaient coincés sur le toit. Si l'immeuble brûlait, ils risquaient de mourir là asphyxiés...

*
**

Rachel, très calme, regardait les flammes qui sortaient maintenant de toutes les fenêtres. Une sirène de pompiers se fit entendre dans le lointain, puis une autre, une troisième et très vite, ce fut un concert assourdissant. Tous les pompiers d'Ashrafieh convergeaient vers la rue Trabaud, où l'air commençait à devenir irrespirable.

Un autre bruit se fit entendre en contrebas : des chenilles de chars. L'armée libanaise était déjà là. Des fenêtres s'étaient allumées dans les immeubles voisins. Maintenant, les pompiers étaient au pied de l'immeuble. Rachel et Malko n'avaient plus qu'à prendre leur mal en patience.

– Vous pensez vraiment récupérer votre pilote en l'échangeant contre Imad Mughnieh ? demanda Malko.

– C'est notre unique chance, fit Rachel. Nous avions donné un million de dollars à Cheikh Moussaoui. Il nous a roulés ; nous l'avons tué. Pour Israël, c'est une situation insupportable. C'est le dernier otage encore au Liban, aux mains du Hezbollah.

– Vous êtes certains qu'il est toujours vivant ?

– Oui, fit-elle sans commentaire.

– Et vous pensez qu'ils vous le rendront contre Mughnieh ?

– Oui. Mughnieh sait trop de choses, il est trop important au sein du Hezbollah.

Malko ne répondit pas, persuadé qu'elle se trompait. Le Hezbollah n'échangerait pas Mughnieh contre le pilote israélien qui, quoi qu'en disent les Israéliens, était mort depuis longtemps. Mais c'était inutile de discuter. Sur certains sujets, les Israéliens étaient têtus comme des mules. De toute façon, il n'avait pas l'intention de tenir cette promesse arrachée sous la menace.

– Imad Mughnieh n'est pas à Beyrouth, mais à Téhéran, dit-il. Nous avons suivi une fausse piste.

Rachel lui jeta un regard glacial et dangereux.

– Il *est* à Beyrouth. Il y est arrivé aujourd'hui, en provenance de Damas. Cela m'étonne que vous ne le sachiez pas.

– Vous me l'apprenez, prétendit Malko.

Les flammes avaient fortement diminué. Ils entendirent soudain des appels venant de la cuisine et quelques instants plus tard, la tête d'un pompier apparut par la trappe. Rachel lui cria quelque chose en arabe et il leur fit signe de venir. Ils refirent le chemin en sens inverse. L'appartement était dévasté par les flammes et par l'eau, une âcre odeur de brûlé prenait à la gorge. Tout avait brûlé. Aucun corps n'était visible : les Hezbollahs avaient emporté leurs morts. Pas trace non plus des Israéliens, évanouis comme s'ils n'avaient jamais existé...

Guidés par les pompiers, Rachel et Malko gagnèrent le hall de l'immeuble. Rachel se tourna vers Malko.

– A très bientôt, monsieur Linge. J'espère que vous tiendrez votre promesse... Nous savons où vous trouver.

Malko la regarda se perdre dans l'obscurité. Trente secondes plus tard, Sohbi surgit de l'obscurité, essoufflé.

– J'ai suivi ce salaud jusqu'à Bir el-Abeit ! annonça-t-il. Je suis sûr qu'il est avec le Hezbollah. Que s'est-il passé ?

Malko le lui expliqua. Pensant aussitôt aux frères Maalouf. Le Hezbollah avait-il repéré leur planque ? La seule façon de répondre à la question était d'y aller voir... Il décida de se rendre chez eux et embarqua dans la Buick avec Sohbi. En roulant vers Beyrouth-Ouest, il songea à cette mission pas comme les autres. Beyrouth était toujours aussi complexe, recelait les mêmes pièges, dans un univers de férocité inégalée. Il avait de moins en moins de chance de réussir. Pire, il était certain que même le succès lui laisserait un goût de cendres.

*
**

Il régnait une chaleur de bête dans l'appartement des frères Maalouf. Seul Nabil était là, avec ses deux plus jeunes frères, muets comme des carpes. Le Libanais écouta le récit de Malko sans se troubler et conclut de sa voix douce :

– Ici, c'est très difficile de garder un secret.

*
**

Samir Maalouf débarqua silencieusement une heure plus tard. Ses yeux noirs, d'habitude inexpressifs, brillaient d'une joie mauvaise. Il se laissa tomber dans le canapé défoncé, alluma une Winston et annonça :

– Imad Mughnieh va voir son fils demain à l'hôpital du Prophète-Tout-Puissant ! A cinq heures...

*
**

Vincent Faulkner fumait nerveusement, tirant de petites bouffées brèves de sa Lucky Strike, installé dans la Mercedes garée dans le parking souterrain d'Espace 2000. Malko l'avait fait prévenir par Sohbi de la possibilité d'intervention sur Imad Mughnieh et, deux heures plus tard, il lui avait fixé ce rendez-vous. Maintenant, il semblait avoir du mal à parler. Finalement, il se lança :

– Il y a un contrordre ! annonça-t-il.

Malko crut que son sang gelait dans ses artères.

– On laisse tomber ?

– Non, non, se hâta de dire l'Américain. Mais l'affaire est remontée à la Maison Blanche. Hélas, ce n'est plus Bush. Ils veulent Mughnieh *vivant*, dans la mesure du possible.

Malko avait envie de grimper aux murs.

– Supposons qu'on parvienne à l'enlever, objecta-t-il. Comment le faire sortir de Beyrouth ?

– Comme Zema Hazmiyé. Je prépare tout.

Malko sentit que ce n'était pas la peine de discuter. On lui demandait de mettre la tête dans la gueule d'un tigre et maintenant, de lui compter les dents...

– Parfait, dit-il. J'espère que tout cela ne va pas se terminer en catastrophe.

*
**

L'hôpital du Prophète-Tout-Puissant se trouvait près du carrefour de l'ancienne route de Damas et de la route de l'aéroport, à l'orée de Bir el-Abeit. C'était un bâtiment moderne en brique rouge, avec une entrée latérale. Celle des urgences se trouvait dans la contre-allée de la route de l'aéroport.

Samir Maalouf avait pris position au carrefour, avec

sa carriole de pistaches, et surveillait les deux entrées, sous la chaleur accablante. Il était cinq heures moins dix. Le petit Ahmad Mughnieh se trouvait dans la chambre 429, au quatrième étage, dans l'aile donnant sur la route de l'aéroport.

Le carrefour était toujours aussi bruyant, un policier tentait en vain d'y canaliser la circulation anarchique. Le premier barrage syrien était beaucoup plus loin, vers la mer. Malko regarda sa montre. Avec Nabil Maalouf et Sohbi, il se trouvait dans la Buick, garée entre deux immeubles dans l'immense terrain vague peuplé de HLM, entre la banlieue sud et la route côtière. Il se demandait si les Israéliens le surveillaient. Dans ce dédale, impossible de s'en rendre compte...

Le grésillement du talkie-walkie le fit sursauter. C'était la voix étouffée par la circulation de Samir Maalouf.

– Il vient d'arriver.

Un flot d'adrénaline se rua dans les artères de Malko. Cette fois, ce n'était pas un faux Imad Mughnieh, mais le vrai.

*
**

Les trois véhicules stoppèrent devant l'entrée principale de l'hôpital du Prophète-Tout-Puissant et il en descendit une nuée d'hommes armés. La garde prétorienne d'Imad Mughnieh. Ce dernier émergea d'une Mercedes blindée et climatisée mise à sa disposition par Cheikh Fadlallah, comme les deux Range Rover des gardes du corps. Ceux-ci, lourdement armés, se déployèrent dans la rue et dans le hall de l'hôpital, qu'ils inspectèrent avant de laisser Imad Mughnieh y entrer.

Ce dernier ne se sentait pas particulièrement en danger. Il était dans son fief. Mais cette visite imprévue le contrariait, de même que l'état de santé de son fils.

Il parcourut sans se presser les quelques mètres qui le séparaient du hall et y pénétra, suivi seulement de deux gardes, armés chacun d'un Skorpio. Ils prirent place dans l'ascenseur avec lui, guidés par une infirmière de l'hôpital. Un médecin, membre du Hezbollah, l'attendait au quatrième. Il mit Imad Mughnieh au courant de l'état de son fils. Le gamin avait une intoxication alimentaire de cause inconnue, peut-être du botulisme. Il était encore très faible, mais il s'en sortirait.

Il l'emmena au bout du couloir jusqu'à la chambre de l'enfant. Ahmad était fou de joie de voir son père. Les deux gardes les laissèrent en tête à tête, après s'être assurés que la chambre ne comportait pas d'autre issue. Ils prirent position dans le couloir, dissimulant leurs armes pour ne pas affoler le personnel de l'hôpital.

*
**

L'ambulance arriva de la place al-Mahir et tourna dans la contre-allée, longeant l'hôpital du Prophète-Tout-Puissant. Elle portait sur ses flancs des inscriptions en arabe et en français : « Ambulance Sultan, Bir el-Abeit, Beyrouth », et n'était plus de première fraîcheur. Elle manœuvra et se présenta par l'arrière à l'entrée des urgences. Le chauffeur et celui qui l'accompagnait descendirent, ouvrirent les portes arrière et y prirent une civière sur laquelle reposait un homme dont on voyait à peine le visage. Un infirmier s'approcha et l'ambulancier lui jeta :

– On va chez le Pr Nader. C'est urgent. Il nous attend.

C'était le spécialiste des traumatismes... On plaça la civière sur un chariot et le tout dans le monte-charge, assez spacieux pour accepter un brancard. Dans la cabine, Samir Maalouf appuya sur le bouton du quatrième. Avec sa longue blouse blanche, il faisait très professionnel. Nabil se releva de la civière, Sohbi Jalloul s'appuya à la paroi, et les trois hommes attendirent, le cœur battant, que l'ascenseur arrive à l'étage.

Tout dépendait du nombre de gardes du corps qu'Imad Mughnieh avait pris avec lui.

*
**

Malko était passé de l'arrière de l'ambulance au volant, avançant un peu le véhicule pour qu'il ne bloque pas la sortie. Lui aussi portait une blouse blanche, louée avec le véhicule. A Beyrouth, avec des dollars, on trouvait de tout... Les battements de son cœur s'accéléraient. A côté de lui se trouvaient une Kalach' avec deux chargeurs et des grenades. S'il entendait des coups de feu, il fonçait à la rescousse. Samir et son frère avaient insisté pour qu'il ne pénètre pas dans l'hôpital, où il se serait fait trop remarquer. Il n'y avait aucune raison pour qu'un étranger comme lui se trouve à l'hôpital du Prophète-Tout-Puissant.

Ils étaient entrés depuis trois minutes.

Chaque seconde tombait comme une goutte de plomb. Il guettait le moindre bruit. Soudain, il sursauta. Un véhicule venait de passer lentement devant l'hôpital. Une Range Rover, comme il y en avait des centaines à Beyrouth. Il lui avait semblé reconnaître à côté du conducteur le visage sensuel de Rachel. Il sauta à terre et alla jusqu'à la grille. Son estomac se serra. La Range s'était arrêtée vingt mètres plus loin...

C'étaient les Israéliens.

*
**

Ali et Tafik, les deux gardes du corps d'Imad Mughnieh, regardèrent en direction du monte-charge lorsque les portes s'ouvrirent. Leur tension retomba instantanément devant les deux hommes en blanc qui poussaient un chariot le long du couloir.

Le brancard s'arrêta devant eux. Celui qui poussait demanda poliment à Ali :

– *Maharba !* On cherche le service du Pr Nader.

– Je ne connais pas, fit le garde. Faut demander à l'infirmière. Elle est...

Il ne termina jamais sa phrase. L'homme allongé sur la civière, sortant un bras de sous le drap, venait de lui enfoncer d'un seul coup la lame effilée d'un poignard dans le ventre, de bas en haut, avec une violence telle qu'il fut rejeté contre le mur. La pointe atteignit le cœur qui se mit en fibrillation. Un voile noir passa devant les yeux du garde, qui lâcha son arme. Il était quasiment déjà mort.

Son compagnon n'eut pas le temps de lui venir en aide. Un des hommes en blouse blanche venait de lui tirer deux balles dans la tête, à bout portant, avec un petit pistolet équipé d'un silencieux. Le calibre était assez petit pour que les projectiles ne traversent pas la calotte crânienne... Lui aussi lâcha son arme et s'effondra.

Le tout n'avait pas duré trente secondes. L'homme allongé sur la civière se releva d'un bond, arracha le poignard du ventre de sa victime. Les trois hommes balancèrent le garde sur la civière, le recouvrirent du drap qui se tacha de sang. Quoi d'étonnant dans un hôpital ?

Samir Maalouf pénétra le premier dans la chambre. Imad Mughnieh lui tournait le dos. Il pivota sans méfiance, croyant à l'irruption de son garde. Quand il vit le pistolet braqué, ses pupilles se rétrécirent et il pensa, pendant une fraction de seconde, qu'il allait mourir. Un second homme apparut, un long poignard à la main, et s'adressa à lui en arabe.

– Si tu viens avec nous sans foutre la merde, on ne touche pas au petit... Sinon...

Les yeux exorbités, le petit Ahmad regardait la scène. Il avait été le témoin d'assez de violences à Beyrouth pour comprendre que c'était grave. Son père posa la main sur son bras et dit d'un ton rassurant :

– N'aie pas peur... Je vais revenir. Il faut que je parle avec ces *chahebs*.

Il se leva, plaquant sur ses traits émaciés un sourire de commande. Le gosse tendit les bras vers lui.

– *Abu*... (1)

– Je reviens, affirma Imad Mughnieh.

Ses jambes flageolaient. Ce ne pouvait être que les Israéliens. Des Libanais l'auraient tué sur place. Il savait que le Mossad disposait d'Arabes israéliens, qui pouvaient passer pour des Libanais.

Samir Maalouf ouvrit la porte. Aussitôt, on fit entrer la civière dans la chambre, et Nabil traîna le corps du second garde à l'intérieur. Sans ménagement, les deux hommes jetèrent à terre le cadavre du garde poignardé.

– Monte là-dessus, ordonna Samir à Imad Mughnieh.

Ce dernier obéit. Aussitôt, Samir le recouvrit du drap et glissa dessous le canon du pistolet, braqué sur son cou.

– Si tu cries, je te tue, prévint-il.

Sohbi Jalloul sortit de la chambre, poussant la civière avec Nabil. Il ne restait plus que Samir. Ce dernier s'approcha du lit avec un sourire. Le petit Ahmad eut à peine le temps d'avoir peur. La lame effilée se promena sur sa gorge, il eut soudain très chaud, sa vision se brouilla et il commença à se vider de son sang.

Samir Maalouf avait horreur de laisser derrière lui des orphelins. On lui avait enseigné la férocité comme à d'autres l'alphabet. Malko lui avait fait jurer qu'il ne toucherait pas à l'enfant, mais c'était un étranger qui ne comprenait rien à la culture libanaise, la *killing culture*, comme on disait à Beyrouth, régie par un code très strict. On tuait en férocité, mais on ne faisait jamais perdre la face. Sinon, cela déclenchait des vendettas qui s'étalaient sur des générations...

En sortant du couloir, Samir se heurtra à une infirmière plutôt mignonne, à qui il adressa un sourire de don Juan. Elle le lui rendit, émue. C'était quand même un bel homme.

(1) Papa.

Il rejoignit les autres devant le monte-charge. Toute l'opération avait duré moins de cinq minutes. Ils se serrèrent dans la cabine et Samir appuya sur le bouton du rez-de-chaussée. Tous étaient tendus. Maintenant il fallait réussir à sortir de l'hôpital du Prophète-Tout-Puissant. Jusque-là, ils ne seraient pas tirés d'affaire.

Le monte-charge s'arrêta soudain avec une secousse, entre le deuxième et le troisième étage, et la lumière s'éteignit.

CHAPITRE XVII

Malko confondait les battements de son cœur avec le tic-tac de sa montre. A chaque seconde, il s'attendait à entendre des coups de feu et il avait une crampe dans la main à force de serrer la Kalach'. Six minutes déjà ! Une éternité. Il se rassurait en se disant que si le commando avait été intercepté, cela aurait créé un remue-ménage important dans l'hôpital. Or, tout était calme. Il n'osait pas s'aventurer à l'intérieur pour aller aux nouvelles.

Ne parlant pas arabe, c'était une folie.

Tout à coup, il vit les lumières du hall s'éteindre, et entendit les exclamations dépitées des employées. Une panne comme il y en avait des dizaines tous les jours à Beyrouth... L'hôpital possédait sûrement un générateur. Pourtant la lumière tardait à revenir. Tout à coup, elle se rétablit ! Les générateurs avaient consenti à démarrer. Il guettait la porte du monte-charge. Du coin de l'œil, il aperçut une des infirmières de la réception décrocher son téléphone et manifester aussitôt une agitation inattendue. Après avoir raccroché, elle interpella quelqu'un de l'autre côté du hall. Un homme disparut en courant dans un couloir... Le pouls de Malko monta à cent cinquante. Cette fois, quelque chose d'anormal se passait... Il continuait à fixer la porte du monte-charge comme si, par sa volonté, il pouvait l'ouvrir à distance.

*
**

Amina, l'infirmière du quatrième, hurlait sans discontinuer, en proie à une véritable crise d'hystérie. Venue administrer un médicament au petit malade, elle avait découvert un charnier. L'enfant, dans son lit, la gorge ouverte, gisait dans une mare de sang, et deux autres cadavres jonchaient le sol. L'odeur fade du sang l'avait fait vomir tout de suite. Accrochée au téléphone intérieur, elle hurlait, incapable de s'expliquer d'une manière cohérente. Des infirmières se précipitèrent et bientôt, il y eut une petite foule dans la chambre d'Ahmad Mughnieh. C'est alors qu'on réalisa qu'Imad Mughnieh, son père, avait disparu avec les assassins de son fils.

*
**

Samir Maalouf n'avait jamais prié Dieu avec autant de ferveur depuis son enfance. Il avait l'impression que son cœur s'était installé dans son estomac et grossissait comme un ballon, l'étouffant peu à peu. Les trois hommes ne disaient pas un mot, couverts de sueur. La température avoisinait les quarante degrés, dans le monte-charge.

Soudain la lumière se ralluma, mais l'appareil demeura immobile. Trois doigts appuyèrent en même temps sur le bouton. Après quelques fractions de secondes, longues comme des siècles, le monte-charge reprit sa descente vers le rez-de-chaussée. La tension était telle qu'aucun des trois hommes ne dit un mot. Une autre secousse et ils arrivèrent. Samir Maalouf se pencha vers le drap, murmurant à l'adresse d'Imad Mughnieh :

– Si tu cries...

Il enfonça un peu plus le canon du pistolet dans son cou... Sohbi Jalloul ouvrit la grille puis écarta les portes coulissantes. Tout de suite, il pressentit quelque chose d'anormal. Des gens couraient dans tous les coins, la fille de la réception semblait affolée. Aussi tranquillement qu'ils le pouvaient, les trois hommes se dirigèrent vers la sortie, poussant la civière. Nabil ouvrait la marche. Il se précipita, ouvrit les portes arrière de l'ambulance, et sauta à l'intérieur. Son regard croisa celui de Malko, et, sous le coup de l'émotion, il parla en arabe.

– *Mafi mackhal.* (1)

Il avait parlé trop vite. Un infirmier, debout au milieu du hall, poussa un cri, en tendant le bras dans leur direction. Il ameutait ses collègues. Les trois hommes agirent comme s'ils n'avaient pas entendu. L'avant de la civière entrait déjà dans l'ambulance.

– Mon Dieu ! Faites qu'ils ne surgissent pas ! supplia intérieurement Malko.

Si les gardes du corps de Mughnieh débarquaient, on allait avoir droit à une bataille rangée. Heureusement, seul un médecin essaya d'intercepter le groupe. Il agrippa Samir par l'épaule.

– Qui es-tu, toi ? Qui est sur cette civière ?

Sami Maalouf se retourna avec un sourire froid.

– C'est mon frère, fit-il. Il est très malade.

Le médecin voulut soulever le drap, mais Samir l'écarta d'une bourrade. La civière disparut dans l'ambulance. A ce moment, le médecin aperçut Malko, Kalachnikov au poing, et comprit.

– Arrêtez tout de suite, cria-t-il. Arrêtez !

Il se retourna pour appeler au secours. Samir referma les portes de l'ambulance, se précipita vers l'avant pour y grimper. Le médecin se rua sur lui comme un fou et lui sauta sur le dos ! Plusieurs hommes armés surgirent à cet instant dans le hall des urgences : les hommes de Mughnieh. Ils levèrent leurs armes, mais n'osèrent pas tirer. Ils se doutaient que leur chef se trouvait dans l'ambulance. La panique était à son comble. Sami Maalouf hurla :

(1) Tout s'est bien passé.

– Fonce !

D'un violent coup de poing, il se débarrassa du médecin accroché à lui. Il sauta en voltige dans le véhicule, au moment où Malko tournait à droite, à contresens, pour éviter les Israéliens.

– A gauche ! hurla Samir Maalouf. A gauche !

C'eût été trop long de lui expliquer ; de toute façon, un camion arrivait, bloquant la voie. Malko n'arriverait jamais au carrefour... Il passa la marche arrière, recula brutalement dans la cour de l'hôpital, renversant un des gardes de Mughnieh, et repartit dans la direction opposée, vers l'aéroport. Plusieurs balles s'enfoncèrent dans la carrosserie de l'ambulance. Il continua, pied au plancher. Cent mètres plus loin, l'avant de la Range Rover des Israéliens surgit d'une voie transversale. Ceux-là aussi étaient bien décidés à les bloquer.

*
**

Malko serra les mâchoires et fonça, serrant le plus possible vers le bord de la chaussée. Il y eut un choc violent quand son pare-chocs heurta l'avant droit de la Range, la rejetant sur le côté. Il aperçut les visages furibonds, crispés, du conducteur et de Rachel, puis la Range disparut de son champ visuel. Dans son rétroviseur, il l'aperçut qui percutait un immeuble. Apparemment, ils n'arrivaient pas à repartir.

Un instant, Malko regretta de n'avoir pas suivi le conseil de Samir : abattre Imad Mughnieh dans la chambre d'hôpital... Hélas, la Maison Blanche avait fait son caprice, exigeant qu'Imad Mughnieh soit livré à la justice américaine, comme jadis le général Noriega au Panama.

– A droite ! lança Samir Maalouf.

Ils sortaient de Bir el-Abeit, fonçant dans le *no man's land* entre la mer et la banlieue sud ; un labyrinthe de routes sans nom, de buildings inachevés et de terrains vagues, sans le moindre barrage syrien... Là, ils avaient prévu de changer de voiture et de repartir vers l'est par de petits chemins. Malko zigzaguait sur les indications de Samir. Tout Beyrouth devait rechercher l'ambulance, maintenant... C'était du suicide de se présenter à un barrage de l'armée libanaise... Sauf s'ils abattaient Imad Mughnieh tout de suite et abandonnaient son cadavre.

Malko regardait dans son rétroviseur. Personne ne les suivait. Et pourtant, le Moukhabarat syrien était au courant de leur tentative. Donc le colonel Ali Ghazala jouait le jeu... Samir Maalouf chercha une station à la radio et s'y cala.

L'ambulance tanguait dans les chemins défoncés, à plusieurs kilomètres de l'hôpital du Prophète-Tout-Puissant. Malko reconnut avec soulagement l'endroit où ils avaient laissé la Buick et la BMW des frères Maalouf : un parking encombré de camions hors d'usage, au pied d'un immeuble aplati par les bombes... Pas un chat alentour. Il gara l'ambulance à côté des deux autres véhicules et réalisa que sa chemise était à tordre.

En moins d'une minute, Imad Mughnieh fut transféré de l'ambulance à la BMW. Ils ne pouvaient prendre aucun risque, aussi le terroriste fut-il installé à l'arrière, Nabil près de lui, un pistolet enfoncé dans son flanc. Le Hezbollah était très pâle mais ne disait rien, persuadé qu'il avait été enlevé par les Israéliens. C'était fâcheux mais pas fatal. Les Israéliens ne le tueraient pas de sang-froid. Ils voulaient une monnaie d'échange. En se tenant tranquille, il sauverait le principal : sa vie.

Les deux véhicules s'ébranlèrent. Devant, la Buick avec Malko et Samir, derrière, les trois autres.

Il leur fallut une demi-heure, en empruntant des petites rues, pour regagner Beyrouth-Ouest. Le plan de Malko était simple : emmener Imad Mughnieh dans l'appartement des Maalouf, où Vincent Faulkner viendrait les chercher en convoi diplomatique fortement armé. La complicité des Syriens étant acquise, le risque était limité.

Au moment où la Buick s'arrêtait dans le quartier de Verdun, Samir Maalouf poussa un effroyable juron.

– J'ai perdu mon portefeuille à l'hôpital ! annonça-t-il.

Malko eut l'impression que son cœur s'arrêtait. C'était la tuile. Cela signifiait qu'ils avaient déjà le Hezbollah aux trousses. Les hommes de Mughnieh allaient mettre Beyrouth à feu et à sang pour retrouver leur chef.

Nabil s'était déjà engouffré dans l'immeuble, poussant devant lui Imad Mughnieh, couvert par Sohbi. Il n'était plus question de rester là. Il entraîna Samir vers l'escalier, tout en demandant :

– Comment avez-vous fait ?

– Le médecin qui s'est accroché à moi ! Il a déchiré ma poche et le portefeuille est tombé à terre.

– Il y a votre adresse ici ?

– Non. Celle de New York.

Cela leur donnait un répit. Ils montèrent quatre à quatre les étages. Nabil leur ouvrit. Imad Mughnieh était assis sur un coin du canapé, frêle, les traits tirés, penché sur un combiné portable Samsung qui crachait des nouvelles en arabe. Il leva un regard brûlant de haine sur Malko.

– Vous avez assassiné mon fils !

Malko mit quelques secondes à réaliser, puis se tourna vers Samir qui se contenta de dire :

– Le gosse criait, on ne serait jamais sortis vivants de l'hôpital.

Malko ravala sa fureur. Il n'avait pas le temps de faire un cours de morale. Quand on travaille avec des tueurs, il faut s'attendre à ce genre de bavure.

– Je n'avais pas donné d'ordre dans ce sens, dit-il. Je suis désolé.

Imad Mughnieh détourna la tête, le regard luisant de haine, désarçonné. Il ne s'était pas préparé au rôle de victime.

– Que dit la radio ? demanda Malko à Samir Maalouf.

– On accuse les Israéliens. Le Moukhabarat syrien a, paraît-il, intercepté un commando du Mossad dans les environs de l'hôpital du Prophète-Tout-Puissant. On les interroge en ce moment.

– Et le Hezbollah ?

– Il vient de publier un communiqué disant que ce nouveau crime des Sionistes serait vengé par des actions en Israël même.

C'était peut-être de la poudre aux yeux. Le cheikh Naim Kassiz savait très bien à quoi s'en tenir.

Malko était sur des charbons ardents. Si les Marines de l'ambassade US ne venaient pas rapidement prendre livraison du terroriste, il serait obligé de revenir à son plan initial. Il s'approcha du terroriste.

– Vous êtes Imad Mughnieh ? demanda-t-il en anglais.

Le Libanais ne répondit pas. Malko avait hâte d'être sorti de ce bourbier sanglant. Maintenant, le fils de Mughnieh. Cela faisait la seconde victime innocente de sa traque... Evidemment, les croisades n'avaient pas été gagnées dans la dentelle. Il avait le sentiment d'accomplir une tâche pénible, mais juste. Il se rappela ce que lui avait dit le chef de station de la CIA :

– Ce type, Mughnieh, se rit de la justice des hommes. Il se croit intouchable. Nous allons jouer le rôle de la justice divine. Si William Buckley nous voit d'où il est, il saura que nous ne l'avons pas oublié. Et peut-être que cela servira de leçon aux autres. Ils ont beau être doués pour le martyre, s'ils en prennent plein la gueule, ils sauront qu'on peut les atteindre n'importe où, et ils hésiteront.

– Otez-lui sa chaussure droite, ordonna Malko à Samir Maalouf.

Ce ne fut pas facile. Imad Mughnieh se débattait comme un beau diable. Finalement, Samir, avec l'aide de son frère, parvint à lui arracher sa chaussure de cuir tressé, puis sa chaussette. Malko examina son pied. Une longue balafre blanchâtre courait le long de son pied droit. La trace de la balle qu'un de ses gardes du corps lui avait tirée accidentellement dans le pied, plusieurs années plus tôt.

Il avait bien en face de lui Hadj Imad Fayez Mughnieh, le preneur d'otages, l'homme qui avait organisé l'enlèvement de William Buckley. Le terroriste le plus recherché du monde.

– Laissez-le, ordonna-t-il.

Imad Mughnieh se rechaussa avec rage, en silence. Malko le regarda bien en face et demanda d'une voix égale :

– Vous vous souvenez de William Buckley ?

Le Libanais marqua le coup, son regard vacilla quelques instants. Visiblement, il ne s'attendait pas à la question, mais il se reprit très vite et répliqua sans regarder Malko, en assez bon anglais :

– Je ne sais pas de quoi vous parlez.

– Nous ne sommes pas des Israéliens, précisa Malko. Nous ne voulons pas vous échanger contre un pilote. Nous voulons vous faire payer vos crimes et particulièrement l'enlèvement et la mort de William Buckley. Vous avez retrouvé la mémoire ?

Imad Mughnieh avait pâli. Il demeura quelques secondes silencieux, avant de demander :

– Qu'allez-vous faire de moi ?

– Vous allez être transféré aux Etats-Unis et jugé, annonça Malko.

Imad Mughnieh lui jeta un regard haineux.

– *Wahiet Allah*, je suis innocent. Ce que vous faites est un crime. Vous n'avez pas le droit de me faire quitter mon pays.

– Vous expliquerez cela aux autorités américaines, dit Malko. A propos, qui est l'Iranien qui a procédé aux interrogatoires de William Buckley, lorsqu'il était enfermé dans la caserne du cheikh Abdallah ?

De nouveau, le regard du terroriste vacilla... Malko comprit qu'il avait touché juste, mais que Mughnieh ne dirait rien. Le silence retomba dans l'appartement imprégné de chaleur humide. Malko consulta sa montre. Cinq heures quarante. Impossible d'attendre au-delà de six heures, et encore, c'était un risque énorme. Personne ne disait plus rien.

Cinq minutes s'écoulèrent puis des coups furent frappés à la porte. Le battant blindé avait été laissé ouvert afin de pouvoir vérifier l'identité des visiteurs à travers le mouchard. Samir Maalouf alla, sur la pointe des pieds, y coller son œil. Il ouvrit aussitôt. Vincent Faulkner entra dans l'appartement, le visage sombre, et fonça sur Malko.

– Il y a un problème, annonça-t-il d'emblée. Je quitte le colonel Rahbani. Il sait que nous sommes derrière cette affaire. Il hurle comme un fou et menace des pires représailles si nous évacuons Imad Mughnieh secrètement pour le faire réapparaître aux Etats-Unis. Il prétend que c'est une insulte à la souveraineté et que le gouvernement Hariri ne peut le tolérer...

C'était un comble ! Quand les Occidentaux se faisaient enlever, il n'y avait pas d'insultes à la souveraineté libanaise. Malko sentait la moutarde lui monter au nez.

– Qu'est-ce que cela cache ?

– Les Syriens ! laissa tomber l'Américain. Ils ne veulent rien faire contre nous ouvertement, alors, ils se servent des Libanais. Eux aussi auraient des problèmes si on retrouvait Mughnieh à Washington... Le Hezbollah et l'Iran ne le leur pardonneraient pas... Ils ont trouvé cette astuce.

– On ne va quand même pas leur rendre Mughnieh ? protesta Malko.

Vincent Faulkner lui jeta un regard froid.

– Vous plaisantez ! Ce jour est le plus beau de ma vie. Nous allons simplement sauter une étape, celle du jugement. Et donner à Imad Mughnieh le sort qu'il mérite ; on revient au plan initial.

CHAPITRE XVIII

Les deux hommes se regardèrent longuement en silence, et Vincent Faulkner baissa les yeux le premier. Avec une nervosité non dissimulée, il consulta sa montre et dit :

– Il vaut mieux ne pas s'attarder ici... Je retourne à l'ambassade. Dès que tout sera en ordre, vous m'y rejoignez et vous serez exfiltré immédiatement avec les frères Maalouf.

– Et Sohbi Jalloul ?

– Il veut rester à Beyrouth. C'est son choix.

Malko suivit l'Américain sur le palier. Quand ils furent seuls, il demanda à brûle-pourpoint :

– Pourquoi obéissez-vous aux Libanais ?

– J'ai demandé à Langley, expliqua Vincent Faulkner. Le DG refuse de provoquer délibérément une crise politique avec le gouvernement libanais de Hariri. Le *finding* du président Bush nous enjoignait d'agir discrètement. Nous réglons nos comptes et nous vengeons nos morts. Pas de croisade officielle. Ensuite, l'armée libanaise bloque les accès de l'ambassade. Impossible d'y introduire Imad Mughnieh sans qu'ils s'en aperçoivent. Ils m'ont prévenu qu'ils fouilleraient *toutes* les voitures, sauf celle de l'ambassadeur. Jamais celui-ci n'acceptera d'être notre complice. Je vous suis d'avance reconnaissant de ce que vous allez faire. Ce n'est pas facile.

Il lui tendit la main et la serra longuement.

– *Take care*. Vous avez la reconnaissance de toute la boîte.

Malko le regarda quelques secondes descendre l'escalier, puis revint dans l'appartement. C'est à lui que revenait le sale boulot. Imad Mughnieh était toujours assis sur son coin de canapé et les frères Maalouf tournaient autour de lui comme des chacals autour d'une proie facile. L'espace d'un instant, Malko fut tenté. Il suffisait d'un seul regard pour que Samir égorge le prisonnier sans le moindre état d'âme. Quelque chose retenait Malko. Peut-être la phrase prononcée quelque temps plus tôt par Vincent Faulkner : ce n'était pas à un merceraine de venger William Buckley...

Imad Mughnieh ne bougeait pas, ne parlait pas.

– Nous partons avec Sohbi et lui, dit Malko. Préparez-vous. Ensuite, je reviens vous chercher.

– *Mafi mackhal*, approuva Samir Maalouf.

– Venez, ordonnna Malko à Imad Mughnieh, le forçant à se lever.

Ils descendirent avec Sohbi. La Buick était garée en face. Le Libanais se mit au volant et Malko s'installa à l'arrière avec Mughnieh, son pistolet braqué sur lui en permanence. Sohbi Jalloul se retourna avec un regard interrogatif.

– Allez vers l'aéroport, fit Malko, en évitant les barrages.

– Où allons-nous ? demanda Imad Mughnieh.

Malko ne répondit pas. A quoi bon ?

Le terroriste ne réitéra pas sa question. Malko se dit qu'il éprouvait ce qu'avait dû éprouver William Buckley lors de son enlèvement. On s'accroche au plus petit espoir mais on sait bien quelque part que tout est fini.

Ils roulèrent, en silence, dans les embouteillages de fin de journée, en direction du sud. A partir du stade, Sohbi n'emprunta plus que de petites rues, évitant les deux grands axes où se trouvaient les barrages. Il n'y avait presque plus de voitures. Le jour tombait rapidement. Ils passèrent près d'une mosquée appelant les fidèles à la cinquième prière de la journée.

Malko pensait à Vincent Faulkner confortablement installé dans son bureau climatisé, au milieu du bunker de l'ambassade, probablement déjà en train de rédiger son rapport.

A un moment, le regard d'Imad Mughnieh croisa le sien. Malko n'y vit aucune crainte, uniquement une haine brûlante, animale. Le cou dans les épaules, il semblait attendre la mort comme on guette chez le dentiste le moment où le praticien va prendre sa pince. Bizarrement, il y avait une puissante complicité entre les deux hommes, entre le bourreau et sa victime, isolés dans le cocon de la Buick. Les phares éclairaient des maisons écrasées, toutes les cicatrices de la guerre.

– La prochaine à gauche, ordonna Malko.

Sohbi obéit. Ils pénétrèrent dans le *no man's land* de la banlieue sud, non loin de la mosquée du Hezbollah, à peine terminée. L'aéroport se trouvait à deux kilomètres, la circulation était moins dense. Sohbi effectua encore un détour pour éviter un barrage de l'armée syrienne. Puis, il revint sur ses pas, vers le nord, roulant très lentement sur une route déserte, parallèle à celle de l'aéroport.

– Arrêtez-vous !

Sohbi Jalloul se gara sur le bas-côté, en face d'un terrain vague. Malko se tourna vers Imad Mughnieh.

– Descendez.

Avec lenteur, le terroriste ouvrit la portière et mit pied à terre. Ils se trouvaient non loin de l'aéroport et de l'immeuble détruit où deux cent soixante-dix Marines avaient péri dans l'explosion d'une voiture piégée ; juste au pied d'un immense portrait de Khomeyni de trois mètres de haut, planté en bordure de la route. Dans le lointain, on entendait la voix éraillée du haut-parleur d'une mosquée psalmodiant un verset du Coran.

A peine à terre, Imad Mughnieh s'agenouilla sur la

pierraille, et se prosterna en direction de La Mecque. Il était dans la même position lorsque Malko lui tira une balle dans la nuque, à bout touchant. Le terroriste plongea en avant et demeura immobile dans la position de la prière.

Foudroyé.

Malko contempla le cadavre d'Imad Mughnieh quelques instants. Les appels rauques de la mosquée continuaient. D'une certaine façon, il était satisfait de lui. C'était plus dur, lorsqu'on possédait son éthique, d'abattre un homme de sang-froid que de risquer sa propre vie. Il se retourna : Sohbi Jalloul, qui s'était éloigné, revenait, tirant une lourde poubelle. Avant que Malko ne puisse s'interposer, il en renversa le contenu sur le cadavre avec un sourire mauvais.

– Ici, c'est ainsi que l'on traite ses ennemis, commenta-t-il. Les gens comme Imad Mughnieh ont détruit mon pays.

Malko détourna la tête. Décidément, il ne se ferait jamais au Liban. Il remonta dans la Buick. Imad Mughnieh gisait presque au même endroit où, trois ans plus tôt, on avait retrouvé le corps embaumé de William Buckley. Le message serait clair pour le Hezbollah.

– On repart chercher les Maalouf, dit Malko.

– Après, nous passerons rue Trabaud, dit Sohbi, j'y ai laissé des armes dans une cache. Je veux les récupérer.

Cette fois, ils prirent la grande avenue jalonnée par les portraits des imams et de Khomeyni, et par les barrages syriens.

*
**

Samir Maaouf guettait le retour de son jeune frère parti chercher du *kaak* à un marchand ambulant. En attendant Malko, il s'était barricadé dans l'appartement, s'attendant au pire. Un coup fut frappé à la porte, puis trois, puis un. Le signal convenu. Il ouvrit et eut le temps de voir le visage terrifié de son jeune frère de seize ans. Ce dernier fut projeté dans l'appartement, en même temps que deux jets de sang. Un homme encagoulé venait de l'égorger sous ses yeux, d'un seul coup de poignard. Le jeune homme tomba des mains en avant, le regard déjà vitreux.

Derrière, une demi-douzaine d'hommes encagoulés se ruèrent dans l'appartement, sans un mot. Samir Maalouf éventra le premier, d'un seul coup de poignard, puis reçut plusieurs balles dans la tête au moment où il hurlait.

– Nabil !

Son frère jumeau, dans la cuisine, eut le temps de sauter sur son MP5. Il accueillit les assaillants d'une longue rafale précise. Le dos au réfrigérateur, il vida son chargeur comme un animal traqué. Sans réfléchir et sans même avoir peur. Les vieux réflexes revenaient. Tuer ou être tué. Il vit des corps tomber, mais pendant qu'il mettait un second chargeur, une rafale tirée par un gros pistolet équipé d'un silencieux lui fit éclater la tête.

Les assaillants fouillèrent l'appartement. Ils découvrirent le quatrième frère Maalouf – quatorze ans – à plat ventre sous le lit de la chambre.

L'un d'eux le tira par un pied. Quand il fut assez sorti, on l'égorgea comme son jeune frère, d'un seul coup de poignard en travers de la gorge... Puis les assaillants se retirèrent comme ils étaient venus, emportant leurs deux morts et leurs trois blessés. Les coups de feu avaient alerté l'immeuble mais personne n'avait envie d'intervenir. Ni même de téléphoner.

*
**

Lorsque Malko vit la porte grande ouverte, au troisième, il sut immédiatement qu'il s'était passé quelque chose. Sohbi le tira en arrière.

– N'y allez pas, attendez !

Malko demeura sur le palier tandis que le Libanais

allait chercher une Kalach' dans la voiture. Ensuite, ils pénétrèrent avec précaution dans l'appartement des Maalouf, enjambant d'abord le cadavre du jeune frère intercepté par les tueurs. Samir Maalouf gisait sur le dos, serrant encore son poignard dans sa main droite. Le reste de l'appartement était une boucherie... Même le chien avait pris une balle dans la tête. Le Hezbollah n'avait pas mis longtemps à retrouver la trace des frères Maalouf ; au Liban, on ne faisait pas de détail. L'odeur fade du sang prenait à la gorge. Malko regarda pensivement ces hommes qui étaient morts comme ils avaient vécu : dans la violence. Il n'arrivait pas à s'apitoyer, pensant au fils d'Imad Mughnieh, et à tous ceux de Sabra et de Chatila...

Qui frappe par l'épée périra par l'épée...

– Partons, dit-il à Sohbi.

– Cela vaut mieux, fit le Libanais avec un soulagement visible. Ils vous cherchent sûrement aussi. Si nous avions été là...

En bas, dans la petite rue, c'était l'animation habituelle. Ils gagnèrent le Ring et dix minutes plus tard, Sohbi Jalloul stoppait devant l'immeuble de la rue Trabaud. Un homme prenait l'air, installé dans un fauteuil. Il héla Sohbi, échangea quelques mots avec lui. Le chauffeur revint vers Malko.

– Hussein Al Foukhar est passé, annonça-t-il. Il vous cherche et a dit à cet homme qu'il possédait le renseignement que vous cherchiez. Il sera ce soir, à partir de onze heures, dans une boîte de Zouk, le *White House*.

Sohbi Jalloul monta ensuite dans l'immeuble et redescendit quelques minutes plus tard avec un gros sac.

Ils prirent le chemin de l'ambassade américaine. Au bas de l'avenue Amine-Gemayel, le barrage de l'armée libanaise filtrait toutes les voitures. On inspecta le coffre et Malko dut dire qui il allait voir à l'ambassade. Après plusieurs coups de téléphone, on les laissa passer. Trois cents mètres plus haut, leur véhicule fut entouré par les gardes de l'ambassade, visiblement nerveux... Il fallut à nouveau montrer patte blanche. Enfin, la lourde grille noire s'ouvrit devant eux.

Vincent Faulkner accueillit Malko sur le perron de l'ambassade déserte. Il lui serra longuement la main et dit simplement :

– Merci.

– Les Maalouf ont été abattus chez eux, annonça Malko. Leurs deux jeunes frères aussi.

L'Américain eut un geste d'impuissance.

– C'étaient des « chiens de guerre ». Ils avaient tellement de sang sur les mains que personne ne peut les plaindre.

L'Américain demeura quelques secondes silencieux, avant de dire, d'une voix étranglée par l'émotion :

– Je suis sûr que cela a été dur, mais il fallait le faire. Vous ne pouvez pas savoir ce que William Buckley a enduré. Sans parler des autres choses. Ce Mughnieh était un monstre, une mécanique haineuse. Ce soir, vous avez gagné la reconnaissance de toute l'agence. L'hélico va arriver dans un quart d'heure. Dans deux heures, vous serez à Chypre et demain vous aurez retrouvé votre château.

– A propos, demanda Malko, vous vous êtes renseigné sur ce diplomate iranien en poste à Damas à l'époque du kidnapping de William Buckley ? Celui qui serait venu l'interroger à Baalbeck.

– Oui, répliqua l'Américain. Nous avons procédé à des recoupements. Des diplomates iraniens se trouvant à Damas à l'époque, trois sont en Iran, deux en Afrique, quatre ont disparu et deux se trouvent à Beyrouth. Nous possédons leurs noms, mais rien ne dit qu'ils soient bons, et il n'est pas certain que l'Iranien dont vous parlez ait été vraiment un diplomate. Pourquoi ?

– J'ai peut-être une chance d'identifier cet homme, dit Malko. Grâce à Hussein Al Foukhar. Il existerait une photo de lui.

– Une photo !

Vincent Faulkner n'y croyait visiblement pas. Il prit Malko par le bras, le secouant presque.

– Ecoutez ! Vous en avez assez fait ! Imad Mughnieh est mort. Je ne veux pas que vous restiez à Beyrouth une seconde de plus. Dès que le cadavre de Mughnieh sera découvert, le Hezbollah va se déchaîner encore plus. Pour les calmer, les Syriens et les Libanais essaieront de leur jeter un os... L'os, cela pourrait être vous. Je ne peux plus vous assurer aucune protection. Vos planques sont grillées. Si vous allez à l'hôtel, les Libanais vous balanceront. Et en plus, les *Schlomos* seront sûrement ravis de vous faire une vacherie. Cela ne vous suffit pas ?

– Vous n'aimeriez pas retrouver cet Iranien et venger complètement Buckley ?

Le chef de station de la CIA faillit exploser.

– *For Christ' sake*, bien sûr. Je donnerai mon bras droit. Mais je ne veux pas vous envoyer au massacre.

Un ronronnement leur fit tourner la tête. Ils aperçurent les feux de position d'un hélico qui s'apprêtait à se poser sur l'hélipad de l'ambassade.

– OK, allons-y, fit Vincent Faulkner.

– Je ne pars pas, répliqua calmement Malko.

Il se sentait dans l'état d'esprit d'un joueur à une table de baccara, qui gagne et qui sait qu'il peut encore gagner plus ou tout perdre. Cette mission lui avait fait accomplir quelque chose qu'il abhorrait : tuer de sang-froid ; sans parler de l'épouvantable erreur du faux Imad Mughnieh... Malko avait besoin, vis-à-vis de lui-même, de se racheter. De remettre sa vie en jeu, comme un joueur qui a eu trop de chance et qui fait un quitte ou double.

– *Bullshit !* explosa Vincent Faulkner. Venez.

– Non, j'ai rendez-vous dans deux heures avec Hussein Al Foukhar. Faites courir le bruit que je suis parti. Les Libanais ont sûrement repéré l'hélico.

– Mais où irez-vous ?

– Je ne sais pas encore. J'ai Sohbi qui est sûr. Je veux

explorer jusqu'au bout la piste de cet Iranien. Si je n'ai pas la photo, vous m'exfiltrerez.

Vincent Faulkner regarda longuement Malko, comme pour le jauger, et sentit qu'il ne le ferait pas changer d'avis.

– OK, fit-il d'un ton découragé, *you are fucking crazy* (1).

Malko l'attendit tandis qu'il allait prévenir l'équipage de l'hélico. Vincent Faulkner revint dix minutes plus tard, et le grondement de l'hélico qui prenait de l'altitude couvrit sa voix pendant quelques secondes.

– *You are on your own* (2), dit-il simplement. Si vous vous en sortez, je vous promets la plus belle fête que vous aurez jamais eue de votre vie. Maintenant, que puis-je faire pour vous ?

– Prier, dit Malko. Et me rendre un petit service.

*
**

Sohbi Jalloul s'arrêta devant le *White House*, en haut d'une petite rue de Zouk. Il était reparti ostensiblement à vide de l'ambassade US. Pour tous les agents du Moukhabarat qui devaient observer les lieux, Malko avait filé en hélico.

Vincent Faulkner avait pris en charge Malko dans la Mercedes blindée, aux glaces si teintées qu'il était impossible d'identifier ses occupants. L'Américain se rendait très officiellement à un cocktail de la banque Audi. La Mercedes était descendue au parking souterrain et Malko n'avait eu qu'à se perdre dans la foule de plusieurs centaines de personnes, avant de rejoindre discrètement Sohbi qui l'attendait un peu plus loin sur le Ring, parmi les dizaines de voitures garées là pour le cocktail.

Malko poussa la porte du *White House* et découvrit

(1) Vous êtes complètement dingue.
(2) Vous êtes livré à vous-même.

une atmosphère enfumée et carrément glauque. Des plafonds bas, une musique pop à faire trembler les murs, quelques moustachus trop polis, boudinés dans des costumes sombres, et des nuées de filles, assises par grappes à des tables. Une demi-douzaine d'entre elles dansaient sur un podium entouré de glaces, dans des tenues hyper-provocantes.

C'était tout simplement un bar à putes !

Aucune ne paraissait libanaise. Des filles blondes, très grandes, longilignes, avec des yeux verts, bleus, toujours très clairs. En passant près d'une table, Malko entendit parler russe. C'étaient des entraîneuses de l'Europe de l'Est, venues chercher fortune au Liban...

Il aperçut Hussein Al Foukhar, dans un box au fond, entouré de trois créatures assez somptueuses qui se disputaient pour vider deux bouteilles de champagne. En se faufilant vers sa table, il remarqua une fille particulièrement somptueuse. Un visage admirable aux pommettes hautes, d'immenses yeux verts, une expression hautaine, de longs cheveux cascadant sur ses épaules nues et une bouche à donner le tournis au plus fanatique des ayatollahs. Elle était moulée dans un fourreau argenté qui présentait, comme sur un plateau, une poitrine laiteuse qui devait flirter avec les cent dix centimètres. Elle était seule à sa table, très droite devant un Coca. Lorsque Malko passa devant elle, son regard continua à fixer le vide, comme s'il n'existait pas.

Hussein Al Foukhar se leva et l'embrassa trois fois, à la libanaise.

– Je ne pensais pas que vous viendriez, dit-il simplement.

– Pourquoi ?

Le Libanais prit la bouteille de Moët et en remplit une coupe qu'il tendit à Malko.

– Parce que des tas de gens, à Beyrouth, vous cherchent pour vous tuer. Et que je ne jouerais même pas 1 000 livres libanaises sur votre peau.

CHAPITRE XIX

Hussein Al Foukhar avait perdu son air habituellement jovial et fixait Malko, mortellement sérieux. Les trois entraîneuses suivaient leur conversation, sourire figé aux lèvres, sans en comprendre un traître mot.

– Comment savez-vous qu'on veut me tuer ? demanda Malko.

Le Libanais se versa un peu de Moët millésimé avant de répondre :

– J'ai été contacté par des Hezbollahs qui m'ont amèrement reproché de vous avoir « racheté » dans la Bekaa. J'ai dû jurer sur Allah que je m'étais fait avoir par vous. Le cheikh Hadj Naim Kassiz a mis tous ses moyens contre vous. C'est lui le responsable de la sécurité d'Imad Mughnieh. En plus du coup porté à l'organisation, vous lui avez fait perdre la face. Il a promis une récompense de 20 000 dollars à quiconque permet de vous retrouver.

Dans une ville où le salaire moyen était de 100 dollars, cela pouvait susciter des vocations...

– Officiellement, j'ai quitté Beyrouth, fit remarquer Malko. Syriens et Libanais vont sûrement les mettre au courant.

– Les Hezbollahs sont très vicieux. Ils peuvent deviner la ruse, ils en ont fait tellement eux-mêmes ! Ils ont alerté *tous* leurs informateurs, dans les hôtels, chez tous les gens qui ont été en contact avec vous. Je suis certain que Sohbi Jalloul est surveillé. Lui ou sa maison.

– Et vous ?

– Une Mercedes blanche m'a suivi depuis Baalbeck. Quand je suis ressorti, j'ai laissé ma voiture sur place et je suis passé par le garage souterrain. Après, j'ai pris un taxi. Vous savez ce que l'attaque de l'hôpital du Prophète-Tout-Puissant a déclenché ? Les hommes du service de sécurité du Hezbollah ont pris des employés en otages et menacent de les abattre, si on ne retrouve pas Imad Mughnieh vivant.

– Il y a peu de chances, fit sobrement Malko. On ne devrait pas tarder à retrouver son corps, si ce n'est pas déjà fait...

Hussein Al Foukhar le regarda avec quelque chose qui ressemblait à de l'admiration. Sur le podium, deux longues blondes se déhanchaient en une parodie de danse orientale, surtout destinée à exciter les clients mâles et esseulés du *White House*.

– Et vous êtes encore à Beyrouth ! s'exclama Hussein Al Foukhar. Les Américains sont fous ! Ils n'avaient pas prévu un itinéraire d'exfiltration, pour vous et ceux qui vous ont aidé ?

– Si, avoua Malko. Pour les frères Maalouf, c'est trop tard : ils ont été égorgés, il y a quelques heures, avec leurs deux plus jeunes frères qui n'avaient rien à voir dans cette histoire.

Hussein hocha la tête.

– Ici, au Liban, c'est la tradition. On tue toute la famille, afin qu'il n'y ait pas de vendetta.

Un ange passa, les ailes dégoulinantes de sang... Malko pensait à Ahmad, le fils d'Imad Mughnieh, dix ans, égorgé lui aussi sur son lit d'hôpital. Evidemment, il ne chercherait jamais à venger son père. A Beyrouth, les droits de l'homme en prenaient un sacré coup. A son tour, il trempa ses lèvres dans le champagne tiède, son regard irrésistiblement attiré par la blonde sculpturale seule à sa table. Sa bouche immense, charnue et rouge, captait le regard comme un phare. Tandis qu'il la contemplait, elle se leva et alla au bar. Malko put constater que son corps valait son visage : des épaules larges, un long dos se terminant par une taille de guêpe, mettant en valeur une croupe ronde et cambrée. Une bombe sexuelle. Que faisait-elle dans ce boui-boui infâme ? La voix d'Hussein Al Foukhar l'arracha à sa contemplation.

– Mais *vous*, pourquoi êtes-vous resté ?

– A cause de vous, expliqua Malko. Vous m'aviez laissé un message à propos de la photo de ce diplomate iranien.

Hussein écarta une des entraîneuses qui avait réussi à glisser une main dans la poche de son pantalon, à des fins sûrement inavouables, et soupira :

– C'est vrai. Je ne savais pas encore à quel point le Hezbollah de Beyrouth était déchaîné.

– Vous avez cette photo ?

– J'ai identifié celui qui l'a en sa possession. Grâce à mes amis hezbollahs de Baalbeck. Un garçon qui s'appelle Jamal.

– Où est-il ?

– Nabatiyeh, soixante-treize kilomètres au nord de Beyrouth, en bordure de la zone tampon avec Israël. Les Hezbollahs harcèlent la Galilée à partir de là, et les Israéliens ripostent avec l'artillerie et l'aviation.

– Pourquoi a-t-il cette photo ?

– C'est celle de son meilleur ami, Sleiman. Celui-ci a fait partie d'un commando suicide. Il a jeté une voiture pleine d'explosifs sur un convoi israélien. Avant de mourir, il a envoyé à son copain un mot et cette photo. Je sais par ses amis que Jamal l'a sur lui et qu'elle ne le quitte jamais...

Voilà qui simplifiait les choses...

– Vous avez une idée, pour récupérer cette photo ? demanda Malko.

Hussein Al Foukhar leva les yeux au ciel.

– Pas la moindre. Il faudra improviser ; et déjà le joindre. C'est dangereux, là-bas, c'est la guerre, les gens sont très nerveux...

– Vous êtes certain que l'Iranien est sur la photo ?

– Absolument, il voulait même la découper pour ne garder que son copain...

– Que me proposez-vous ?

Hussein Al Foukhar marqua une imperceptible hésitation.

– Je comptais vous emmener là-bas demain matin. Je suis le seul à pouvoir approcher ce garçon sans éveiller la méfiance.

– Comment ?

– Je suis député de Baalbeck. Il est normal que je m'intéresse à mes ouailles. A la rigueur, je peux expliquer votre présence.

– Il faut donc que je reste vivant jusqu'à demain matin, dit Malko, mi-figue, mi-raisin...

– Je peux essayer de vous héberger, suggéra le Libanais, mais nous prenons un risque. Réfléchissez. Il faut prendre garde aussi aux Syriens. Ils ont laissé tuer Imad Mughnieh pour faire plaisir aux Américains soit, mais maintenant, ils vont caresser le Hezbollah dans le sens du poil, en les aidant à vous capturer...

On était en Orient. Toutes les alliances étaient réversibles. Malko se demanda brutalement si Hussein Al Foukhar ne faisait pas partie de ce jeu de bascule. Il ne le saurait que trop tard, si c'était le cas. Il avait un problème immédiat : demeurer en vie jusqu'au lendemain matin... Pour se laver le cerveau, il demanda en russe à sa voisine :

– Qui est la fille, seule à la table, là-bas ?

Stupéfaite de l'entendre parler sa langue, l'entraîneuse n'hésita pas à lui répondre :

– C'est Natalya Nabilova. Une Ukrainienne. Elle a été miss Ukraine l'année dernière. Le garçon dont elle était amoureuse lui a fait signer un contrat pour Beyrouth, en lui faisant croire que c'étaient des défilés de mode... Il a touché 100 000 roubles. Quand elle s'est aperçue de la réalité, c'était trop tard. Les voyous d'ici lui avaient pris son passeport. Elle n'a pas d'argent et ne peut pas quitter Beyrouth. Pour manger, elle est obligée de venir tous les soirs ici, mais elle refuse tous les clients. Elle est très dure... Pour le moment, le patron la laisse faire parce qu'elle est très belle. Mais ça va mal se terminer. Tu veux la connaître ?

– Oui, si c'est possible.

Elle se leva, alla à la table de l'Ukrainienne et revint dépitée.

– Natalya ne veut pas venir, elle veux que *tu* viennes...

Malko se leva sans hésiter et rejoignit la table de miss Ukraine. Celle-ci l'enveloppa d'un regard glacial. De près, elle était encore plus belle, avec ses immenses yeux violets, son petit nez et cette bouche énorme. Sa poitrine somptueuse se souleva un peu plus vite quand elle lança à Malko, en russe :

– Si tu es comme tous ces porcs, et que tu as envie de fourrer ta queue entre mes cuisses, retourne à ta table !

Un loufiat avait déjà débouché une bouteille de Dom Pérignon, facturée au prix de l'or. Malko emplit deux coupes et lui en tendit une.

– A ta beauté, Natalya ! J'espère que tu pourras bientôt retourner à Kiev.

Elle ne se dérida pas, but le champagne d'un trait et continua à regarder le vide. Malko essaya d'engager la conversation, mais elle répondait par monosyllabes... Elle était vraiment d'une beauté à couper le souffle... Il lui versa à nouveau du champagne et elle but comme un automate. Dès qu'elle sentait le regard de Malko sur elle, tout son corps se raidissait. A la quatrième coupe de Dom Pérignon, elle laissa tomber :

– Tu n'es pas russe ?

– Non, je suis autrichien, dit Malko.

Elle tourna enfin la tête vers lui et il affronta le choc de ses prunelles violettes.

– Si tu ne veux pas coucher avec moi, pourquoi es-tu là ? Il n'y a que les porcs qui viennent ici...

Malko n'eut pas le loisir de lui répondre. Hussein Al Foukhar lui faisait signe. Il le rejoignit à sa table. Le Libanais était de toute évidence au bord de l'explosion, une main enfoncée jusqu'au coude dans le décolleté de sa voisine.

– Je vais essayer de vous emmener chez moi. Avec la jeune fille.

Il abandonna une poignée de dollars et Malko eut juste le temps, au passage, de baiser la main de Natalya Nabilova. Il lui sembla qu'elle le regardait d'une façon différente. Dehors, l'air était encore tiède.

– Dites à Sohbi de rentrer chez lui et de faire attention, suggéra Hussein Al Foukhar.

Il prit le volant de sa BMW noire et l'entraîneuse se glissa aussitôt à côté de lui, bien décidée à le maintenir sous pression. Il y avait peu de circulation et, grâce à son macaron de député, il passait les barrages presque sans ralentir. Un quart d'heure plus tard, ils étaient à Beyrouth-Ouest, dans le quartier du Premier ministre Rafik Hariri. Hussein Al Foukhar s'engagea dans une avenue descendant vers la corniche Mazra. Tout à coup, il lança à Malko :

– Allongez-vous sur la banquette, vite !

Malko plongea. La voiture ralentit et deux cents mètres plus loin, tourna dans une voie sombre, et s'arrêta.

– Il y avait un marchand ambulant de cassettes, juste en face de chez moi, expliqua le Libanais. C'est sûrement un *jaissous* (1) du Hezbollah. Ils utilisent souvent ce système. Je ne peux pas vous emmener chez moi. Qu'allez-vous faire ?

– Vous pouvez me laisser votre voiture ?

(1) Espion.

Hussein Al Foukhar hésita à peine.

– Oui, je descends jusqu'à la corniche, je trouverai un taxi en face du *Nasr*. Mais ensuite ?

– A quelle heure comptez-vous partir pour Nabatiyeh ?

– Huit heures.

– Où puis-je vous retrouver ?

Le Libanais réfléchit rapidement.

– Au centre commercial Gefinor, devant la Librairie internationale. Je me ferai déposer en taxi de l'autre côté et je traverserai. Comme ça, si je suis suivi...

– Parfait, remercia Malko.

Cinq minutes plus tard, il prenait le volant de la BMW et filait, le long de la corniche encore animée, vers l'est. Il ne pouvait pas tourner toute la nuit dans Beyrouth, ni aller à l'hôtel, ni dormir dans la voiture ; le risque était trop grand de se faire surprendre par une patrouille de l'armée ou du Moukhabarat. Bien sûr, il aurait pu tenter de retourner à l'ambassade, mais c'était s'exposer à l'armée libanaise, le risque était trop important. Il ne restait donc qu'une seule solution.

*
**

Le *White House* était encore à moitié plein. Malko chercha des yeux Natalya Nabilova. Elle n'avait pas bougé et la bouteille de Dom Pérignon était retournée, cul en l'air, dans le seau à champagne. Elle leva les yeux en le voyant approcher de sa table.

– Je croyais que tu étais parti...

Un loufiat, cassé en deux, le sourire bien ignoble, déposait déjà une seconde bouteille de Dom Pérignon sur la table. Les coupes remplies, Malko leva la sienne.

– A ton départ de Beyrouth, Natalya !

Il crut qu'elle allait lui jeter le champagne à la tête. Ses prunelles violettes foncèrent et elle lui jeta :

– *Ne pizdi !* (1) Je n'ai pas de passeport et pas de dollars.

– Ce sont des choses qui se trouvent, rétorqua Malko.

Elle lui jeta un regard encore plus noir. Ses seins merveilleux palpitèrent de fureur.

– Tu es pire que les autres. Tu veux me baiser avec des promesses...

Du coup, elle vida trois coupes de Dom Pérignon coup sur coup. Son regard était nettement plus flou que deux heures plus tôt. Malko la laissa se calmer, buvant avec elle, puis demanda :

– En ce moment, de quoi aurais-tu envie ?

– D'une glace, fit-elle presque sans réfléchir. D'une belle et bonne glace, comme chez nous.

– Très bien. Viens.

– Je ne peux pas sortir avant la fin, dans deux heures au moins.

– Je vais arranger cela, promit Malko.

Il se leva et fonça vers le moustachu qui l'avait installé.

– Je pars avec elle, fit-il. Combien ?

– 100 dollars, fit l'autre.

Il avait déjà le billet dans la main. Malko retourna à la table et prit la main de Natalya.

– Viens.

Il laissa encore 100 dollars pour le Dom Pérignon et ils sortirent du *White House*. Il ouvrit à Natalya la portière de la BMW et il prit le volant.

– Tu vas me guider, dit-il, je ne sais pas où on trouve des glaces à Beyrouth, à cette heure-là.

– Moi je sais, dit-elle, tu montes vers Djaidé.

Un quart d'heure plus tard, il stoppait devant une cafétéria-salon de thé encore ouverte. Natalya fit sensation, avec sa robe longue et ses seins découverts. Elle commanda une énorme glace qu'elle se mit à déguster avec

(1) Ne déconne pas !

une sensualité féline. Elle levait de temps à autre ses yeux violets sur Malko, comme pour quêter son approbation.

Après la glace, elle eut envie d'un Cointreau, avec des glaçons et un zeste de citron vert bien entendu. L'alcool aidant, elle devenait plus volubile. Elle finit par bâiller et dit :

– Il est tard. Tu me ramènes ?

C'était le moment délicat, la cafétéria fermait. Dans la BMW, Malko se tourna vers l'Ukrainienne.

– Natalya, j'ai une proposition à te faire.

– Tu es un porc, comme les autres ! explosa-t-elle.

Elle avait déjà la main sur la portière, prête à sauter dehors.

– Non, dit-il. C'est une proposition *honnête*. J'ai besoin de coucher quelque part cette nuit. Je m'en irai tôt, vers sept heures. Si tu me laisses coucher chez toi, pas avec toi, je te donne 1 000 dollars pour ton billet et je te fais quitter le Liban.

– Sans passeport ?

– Sans passeport.

Cette fois, elle ne lui arracha pas les yeux.

– Tu es flic ? demanda-t-elle simplement. Ou voyou ? Tu as des problèmes ?

Ce n'était pas la peine de mentir.

– Je ne suis pas un flic, mais j'ai des problèmes. On me cherche pour me tuer, répondit Malko.

Elle hocha la tête, songeuse.

– Alors ?

Elle tendit la main, paume ouverte.

– Donne les 1 000 dollars.

Malko tira une liasse de billets de cent et en compta dix qu'elle prit et mit dans son sac.

– Et pour sortir ?

– Demain, je viendrai te chercher, au *White House*, mais tu ne dois parler de cela à personne ; sinon, tu risques d'être tuée toi aussi.

Elle inclina la tête affirmativement, et lança :

– Ne me prends pas pour une idiote. Si tu veux me violer, cela se passera très mal.

– Je ne veux pas te violer, jura Malko.

Il démarra sur ses indications en direction de Zouk, et quelques minutes plus tard, stoppa devant un petit immeuble moderne avec une pharmacie au rez-de-chaussée. Malko suivit Natalya dans un escalier étroit, puis dans une chambre minuscule et étouffante, garnie d'un seul lit, de quatre-vingts centimètres... Natalya y jeta son sac, se retourna et fit face à Malko avec un sourire presque enfantin.

– Tu es gentil, fit-elle, il y a longtemps que je n'avais pas bu de champagne tranquillement, ni mangé une glace aussi bonne.

Elle avança vers lui, passa un bras autour de son cou et l'embrassa. Sur la bouche, à la russe, mais sans ouvrir les lèvres. Sa poitrine impressionnante s'écrasa contre lui et Malko se dit que cela confinait au supplice de Tantale... Heureusement, elle se détacha de lui et se retourna, montrant la grande fermeture dans son dos.

– Aide-moi.

La robe tomba à terre en petit tas. Dessous, elle ne portait qu'une culotte de dentelle blanche. Soutenant ses énormes seins dans ses mains, elle alla s'étendre sur le lit et Malko se demanda s'il n'allait pas passer la nuit debout...

Elle tapota le lit à côté d'elle.

– Viens t'asseoir là. Tu t'allongeras quand je dormirai.

Il obéit. Les yeux violets se posèrent sur lui et Natalya dit d'une voix plus douce :

– Jamais un homme n'est venu ici.

– C'est gentil de m'accueillir, dit Malko.

Il avait du mal à rester de marbre devant cette femelle somptueuse à la voix de petite fille. Soudain, il crut avoir mal entendu.

– Caresse-moi les seins, cela m'aide à m'endormir, avait soupiré Natalya.

Ils étaient d'une incroyable fermeté pour leur volume. En poire, avec de larges aréoles et des pointes longues, grosses comme des crayons. Malko posa les doigts sur leur chair soyeuse, légèrement, et les massa d'un mouvement circulaire.

Natalya ferma les yeux. Il continua, sentit sous ses doigts la chair devenir encore plus ferme. Les pointes se dressaient à la verticale, le ventre de Natalya se creusait, son souffle était plus raide. Elle ne présentait pas du tout les symptômes d'une personne en train de s'endormir... Malko continuait son massage, effleurant parfois les pointes, ce qui arrachait un petit sursaut à Natalya. Il ne sentait même plus la moiteur étouffante de la petite chambre. Il lui fallait une volonté de fer pour ne pas rompre leur pacte.

Peu à peu, Natalya se détendait. Une sorte de ronronnement sortait de sa bouche pulpeuse. Ses cuisses hermétiquement serrées s'ouvraient progressivement, sa main droite dériva jusqu'à son slip, glissa dessous, et aux mouvements de ses doigts, Malko sut qu'elle se caressait.

Il sentait monter de ses reins une érection puissante. Ce fut pire quand elle ouvrit les yeux. Ses prunelles violettes étaient presque révulsées, sa lèvre supérieure se retroussa dans un rictus sensuel. Elle ne dit rien, mais passa un bras autour de sa nuque et attira son visage vers le sien. Cette fois, ses lèvres ne restèrent pas fermées. Très vite, sa langue joua habilement avec la sienne. Malko s'enhardit et posa sa main sur celle de la jeune femme qui la retira aussitôt. Sans lui ôter son sous-vêtement, il continua ce qu'elle avait commencé, si bien qu'en quelques minutes, Natalya se tordit, en proie à un orgasme violent.

– Salaud ! murmura-t-elle avec la plus criante mauvaise foi. Tu m'as donné envie de baiser.

Elle souleva ses longues cuisses pour faire glisser son slip et retomba sur le lit. Dressée sur un coude, elle regarda Malko tandis qu'il achevait de se déshabiller, les yeux fixés sur son sexe érigé. Visiblement, cela seul l'intéressait. Il crut défaillir de bonheur lorsqu'elle se pencha et l'enveloppa de sa bouche, ses prunelles violettes toujours fixées sur lui. Le rêve impossible de tous les clients du *White House...* Mais sa fellation n'avait pas pour but de lui donner du plaisir : elle le préparait à lui en donner *à elle*. Au lieu de le laisser se répandre dans sa bouche, elle se releva, le fit se coucher sur le dos et vint l'enfourcher comme un cavalier sa monture ; avec habileté, elle le guida à l'entrée de son sexe et se laissa tomber sur lui.

Malko eut l'impression qu'un gant étroit et brûlant enveloppait son sexe. Natalya, la tête rejetée en arrière, poussa un cri rauque et se mit à se balancer furieusement d'avant en arrière. Une véritable cavale, cheveux au vent. Il prit ses seins magnifiques et les pressa à pleines mains, augmentant encore son plaisir. La bouche ouverte, Natalya courait après son plaisir. Elle le rattrapa très vite, se laissant aller contre la poitrine de Malko avec un cri aigu.

Il n'avait pas encore joui. Il se dégagea et regarda son corps plein, sa croupe proéminente et ferme, ses longues cuisses charnues.

Natalya grogna un peu quand il la retourna, s'allongea sur son dos et glissa son sexe raidi entre ses cuisses. Il dut la soulever pour la prendre de cette façon, se déchaîna ensuite en furieux coups de reins, les mains crochées dans les hanches en amphore. Mais Natalya lui échappa et se retourna.

– Je n'aime pas comme ça ! dit-elle, nous ne sommes pas des animaux. Je veux te voir.

Il la reprit, s'enfonçant en elle aussi profondément qu'il le pouvait. Les yeux violets ne le quittaient pas une seconde. Natalya repliait ses longues jambes pour qu'il aille encore plus loin et elle jouit encore, en même temps que lui, les seins gonflés, leurs pointes dures comme du bois.

– Maintenant, je dors ! décréta-t-elle.

Deux heures plus tard, elle rampait sur lui et sa bouche s'emparait de son sexe. De nouveau, elle le chevaucha : c'était décidément sa position préférée. Il put encore fournir une troisième prestation avant cinq heures du matin. Natalya soupira, à peine comblée.

– C'est bon de refaire l'amour. Boris, mon amant, avait vingt-deux ans. Il pouvait me baiser six fois de suite.

– Tu vas le retrouver ? demanda Malko.

Elle cracha de fureur.

– Ce petit maquereau ! Je lui couperai les couilles et je m'en ferai un collier. Pourquoi pars-tu si tôt ?

– J'ai à faire.

– Tu reviens vraiment ce soir me chercher ?

– *Inch' Allah !* fit Malko. Si je ne reviens pas, il me sera arrivé quelque chose de grave.

*
**

Malko n'était pas arrêté depuis deux minutes en face de la Librairie internationale que Hussein Al Foukhar surgit du centre commercial Gefinor. Il était huit heures cinq. Le Libanais prit le volant et descendit vers la corniche. Malko avait laissé Natalya endormie. Elle ne s'était même pas réveillée quand il était parti.

– Où avez-vous passé la nuit ? demanda Hussein Al Foukhar.

Malko le lui dit et le Libanais eut un sourire complice.

– Tous les clients du *White House* vont en baver ! Elle n'a jamais couché avec personne. Heureusement que vous n'avez pas été à l'hôtel. Regardez.

Il lui tendit une poignée de journaux. *L'Orient-Le Jour, Al-Nahar, Al-Ahad*, le quotidien du Hezbollah. Une énorme photo d'Imad Mughnieh tenait presque toute la première page, d'autres plus petites montraient l'hôpital du Prophète-Tout-Puissant, et une kyrielle de barbus et de mollahs. Hussein Al Foukhar traduisit pour Malko :

– L'opération est attribuée aux Israéliens, officiellement ; ils prétendent qu'un commando a pu s'infiltrer à Beyrouth et qu'ils recherchent encore ses membres. C'est-à-dire vous. Les autorités libanaises ont promis de faire tout leur possible pour l'arrêter et les Syriens aussi. Ils essaient de se racheter.

– Vous étiez surveillé, ce matin ?

– Oui. Le marchand ambulant de cassettes, et une voiture qui m'a suivi jusqu'à Gefinor. Ils ont mis en place une toile d'araignée.

Ils approchaient d'un barrage de l'armée libanaise. Hussein Al Foukhar ralentit, adressa un sourire amical au soldat et lui montra, apposé sur son pare-brise, le macaron réservé aux parlementaires. Le soldat salua et lui fit signe de passer.

Ils franchirent ainsi trois autres barrages, avant de se retrouver sur la route de Tyr. Hussein Al Foukhar se tourna en souriant vers Malko.

– Nabatiyeh est le *dernier* endroit où on viendra vous chercher...

– Et là-bas ?

– J'ai demandé au QG du Hezbollah à Beyrouth la permission de m'y rendre. Ils ont été ravis. Je ne pense pas qu'il y ait de problème. Ils me connaissent.

– Et moi ?

– Vous êtes sous ma protection, je dirai que vous êtes journaliste, que vous faites un reportage sur la lutte du Hezbollah. Ils aiment bien. S'il y a un problème, plus tard, je prétendrai que vous m'avez menti.

– On ne risque pas de rencontrer les Hezbollahs de la Bekaa qui *savent*, eux, que nous nous connaissons ?

– Non. Je connais beaucoup d'étrangers. Il peut y avoir une confusion.

Ils continuèrent le long de la route côtière coupée d'innombrables villages, bordée la plupart du temps de maisons en ruine. Dix kilomètres après Saïda, Hussein Al Foukhar bifurqua sur la gauche, montant au milieu de collines pelées, semées de maisons dynamitées, de villages abandonnés. Cela faisait des années qu'on se battait dans la région. Le Libanais freina devant un barrage syrien, un peu moins décontracté. Ils repartirent.

– Nous ne sommes pas loin du front, expliqua Hussein. Ils sont nerveux. Les Syriens n'aiment pas que les journalistes viennent traîner leurs guêtres par ici, par peur d'une connerie du Hezbollah.

Ils franchirent encore trois barrages, deux libanais et un syrien, puis Hussein Al Foukhar désigna à Malko une agglomération importante, aux inévitables tours de béton dominant des petites maisons carrées, à cheval sur plusieurs collines.

– Voilà Nabatiyeh ! Nous sommes à vingt kilomètres d'Israël.

La ville se trouvait à quatre cents mètres d'altitude, l'air était nettement plus frais. A quelques centaines de mètres, ils aperçurent un check-point avec des chicanes de barbelés, des pneus entassés. Deux petits blockhaus, de part et d'autre de la route, sur lesquels flottait le drapeau du Hezbollah, abritaient des mitrailleuses lourdes. Des portraits de Khomeyni et du cheikh Abbas Moussaoui étaient placardés partout. Hussein Al Foukhar stoppa la BMW, aussitôt entourée de plusieurs jeunes Hezbollahs, tous semblables avec leurs barbes de trois jours.

– *M'sakar !* (1) jeta l'un d'eux, leur faisant signe de rebrousser chemin.

Les autres regardaient Malko d'un air soupçonneux. Hussein Al Foukhar, souriant, engagea le dialogue, expliquant qui il était et ce qu'il venait faire, présentant Malko comme un journaliste allemand sympathisant de la cause hezbollah. Le mot « allemand » détendit un peu l'atmosphère. Pour les Hezbollahs, les Allemands, qui

(1) On ne passe pas.

avaient tué des millions de juifs, ne pouvaient être que sympathiques...

Un des Hezbollahs partit téléphoner. Il revint quelques minutes plus tard, souriant, et fit signe aux autres de lever la barrière. Ensuite, il ouvrit la portière et s'installa à l'arrière.

– Il nous accompagne à Nabatiyeh, expliqua Hussein Al Foukhar, à la caserne où se trouve Jamal.

Le jeune Hezbollah derrière eux commença par demander une cigarette puis se mit à parler d'une façon volubile, montrant le ciel.

– Il a peur d'un bombardement israélien, expliqua Hussein. Ils ont envoyé plusieurs Katiouchas sur la Galilée cette nuit, et ils craignent une riposte israélienne.

Il désigna à Malko une ligne de crêtes pelées, à moins de dix kilomètres.

– C'est là que commence la zone occupée par Israël et ses alliés. Les Hezbollahs s'y infiltrent tout le temps et s'y font tuer.

Ils croisèrent plusieurs véhicules blindés couverts de barbus lourdement armés. Cela avait un petit air de guerre d'Espagne, d'illusion lyrique. Puis, apparurent des positions de DCA. Des affûts quadruples sur des toits, protégés de sacs de sable. Partout des Hezbollahs en armes se mêlaient à la population civile. Toutes les femmes portaient le *hijab*. Une Jeep des Nations unies dévala la pente en klaxonnant. Ils débouchèrent enfin devant une grille peinte en vert, doublée de sacs de sable.

– C'est une ancienne école transformée en caserne, expliqua Hussein Al Foukhar. La caserne Moussa Sadr.

Ils furent accueillis par un gros mollah en abrya noire, portant d'épaisses lunettes et un turban noir. Onctueux ! Il échangea des baisers gluants avec Hussein Al Foukhar et une poignée de main distante avec Malko. Ici, on était entre croyants... On les emmena alors dans une petite pièce aux murs couverts d'inscriptions en arabe, décorée en grande partie par un drapeau américain où les étoiles d'origine avaient été remplacées par des étoiles juives...

Vint l'inévitable café turc. La conversation se déroulant en arabe, Malko ne suivait guère, mais l'atmosphère semblait plutôt bon enfant. Enfin le mollah se leva et disparut.

– Il est parti chercher Jamal, expliqua Hussein Al Foukhar.

Ils attendirent dix minutes, puis un jeune Hezbollah inévitablement barbu, aux yeux très enfoncés, arriva en courant. Hussein Al Foukhar se leva et l'étreignit avec toutes les marques de l'amour le plus sincère. Il se tourna vers Malko.

– Je lui ai dit que j'avais apporté de Baalbeck des cadeaux pour tous les combattants de ma ville. Je vais lui parler de son ami.

Il reprit la conversation en arabe. Le visage du jeune homme se ferma et une tristesse sincère emplit son regard sombre. Finalement, Hussein traduisit pour Malko.

– Je lui ai expliqué que vous étiez journaliste, que vous admiriez beaucoup le sacrifice des martyrs. Il accepte de vous montrer la lettre que lui a laissée son ami.

– Et la photo ?

– La photo est avec la lettre. Je vous en prie, soyez prudent. S'ils se doutent de quelque chose, ils nous écharpent vivants tous les deux...

Un camion sur la plate-forme duquel on avait arrimé un affût de mitrailleuses quadruples entra en trombe dans la caserne, au milieu d'un nuage de poussière, et ses servants sautèrent à terre, l'air harassé. Ils transportèrent aussitôt un blessé au fond de la cour.

Jamal sortit un petit portefeuille en plastique de sa poche et y prit un papier plié et une photo. Gentiment, il tendit la photo à Malko et la lettre à Hussein. Sur le cliché écorné, Malko vit un autre jeune Hezbollah, et, derrière, un homme jeune, de haute taille, sortant d'une Mercedes. Parfaitement net. L'Iranien qu'il cherchait à identifier.

CHAPITRE XX

Malko échangea un regard avec Hussein Al Foukhar qui semblait prêt à disparaître sous terre. Ce dernier était en train de déplier la lettre. D'une voix solennelle, il entreprit de la traduire.

– Au nom d'Allah le Miséricordieux. Le Tout-Puissant a dit : « N'allez pas considérer comme morts ceux qui ont été tués par Dieu, car ils sont vivants auprès de Dieu et riches de ses richesses. » Mon cher ami Jamal, je te demande de ne pas me pleurer, on ne saurait pleurer un martyr, car les larmes le brûleraient, alors que le martyr est noces éternelles. Si on retrouve mon cadavre et que l'on désire m'enterrer, que ce soit à Rawdat Chahidayn (1), dans une tombe à part. Car je vais entreprendre une opération contre l'ennemi israélien au Sud-Liban. Je suis déterminé à l'entreprendre comme un devoir religieux et affectif, non par sentimentalisme creux, ni par désespoir de la vie, car je sais bien que le dégoût de la vie est un forfait impardonnable. Je te demande donc de considérer mon opération comme il convient de le faire. Ton ami Sleiman Fahs. Le 12 mai 1986.

Hussein Al Foukhar acheva sa lecture, la voix brisée par l'émotion. Le jeune Hezbollah regardait les deux hommes, de la tristesse plein les yeux ; mais Malko savait

(1) Le cimetière des martyrs à Beyrouth.

qu'il l'aurait tué sur place s'il avait su qui il était. Il se trouvait au point de contact de deux civilisations opposées, obéissant chacune à leur logique terrifiante. Que dire au jeune garçon qu'il avait devant lui ?

Jamal tendit la main pour récupérer sa photo. Malko ne voyait pas comment la lui prendre, sauf à le tuer sur place, au milieu de deux cents Hezbollahs. Hussein Al Foukhar replia soigneusement la lettre et la lui tendit, en lui posant une question.

Le jeune Hezbollah secoua la tête négativement.

– Je lui ai demandé si on pouvait lui emprunter la photo pour en faire une copie pour votre article. Il ne veut pas, traduisit le député.

Malko n'eut pas le temps de répondre. Un grondement assourdissant brisa le silence. En une fraction de seconde, les Hezbollahs braquèrent leurs armes vers le ciel, courant dans toutes les directions, hurlant des ordres. Une vraie fourmilière affolée. Hussein Al Foukhar pâlit.

– Les Israéliens !

Le grondement s'amplifiait. Tout à coup, l'affût quadruple, au milieu de la cour, se mit à cracher le feu de ses quatre tubes, dans un vacarme effrayant ! Un jeune Hezbollah surgit et hurla quelque chose à l'intention de Jamal qui, oubliant sa photo, s'élança, Kalachnikov au poing, vers le camion immobilisé dans la cour.

Hussein Al Foukhar cria à Malko :

– Couchez-vous !

Malko eut à peine le temps d'obéir. Pendant une fraction de seconde, il aperçut un chasseur marqué de l'étoile de David qui survolait la caserne à basse altitude, et les bombes qui se détachaient de ses ailes. Quelques instants plus tard, l'enfer se déchaîna. Les bombes à fragmentation explosaient partout, fauchant les gens qui couraient. Un mur de la pièce où se trouvaient Malko et Hussein Al Foukhar se volatilisa, soufflé dans un nuage de plâtre. Les murs crachaient du ciment. Le camion fut soulevé du sol et retomba en une boule de feu, avec tous les servants des mitrailleuses. Puis, le silence retomba, troublé seulement par les cris, les appels et le crépitement des incendies. Malko et Hussein se relevèrent, encore abasourdis.

– On l'a échappé belle ! soupira le Libanais.

Malko n'avait pas lâché la photo. Son regard tomba sur un des corps allongés dans la cour. Un éclat avait presque détaché la tête du corps. Le dos était criblé de blessures. Jamal serrait encore sa Kalachnikov dans ses mains inertes.

Des Hezbollahs couraient dans tous les sens, maudissant le ciel, tirant en l'air comme s'ils pouvaient atteindre les chasseurs israéliens déjà loin depuis longtemps. Cela sentait le caoutchouc brûlé, le kérosène et l'odeur fade de la chair humaine en train de griller. Plus loin, un incendie se développait, dégageant une épaisse fumée noire. Comme les Hezbollahs le craignaient, les Israéliens avaient riposté.

Malko mit la photo dans sa poche. Ils se préparaient à monter dans la BMW, intacte à part quelques impacts, quand le mollah au turban noir surgit, l'air courroucé, et apostropha Hussein Al Foukhar. Ce dernier se tourna vers Malko.

– Il pense que vous êtes un espion israélien ! Que c'est vous qui avez déclenché l'action de représailles !

– Dites-lui que c'est ridicule...

– Vous ne les connaissez pas ! Ils sont paranos au dernier degré. Et s'ils vous interrogent sérieusement, ils vont vite savoir qui vous êtes. Et, à ce moment, *il vaudra mieux être un espion israélien...*

Tourné vers le mollah, il l'apostropha dignement et l'autre ne parut pas se calmer. Finalement, il ouvrit la portière de la BMW et l'y fit entrer.

– Je lui ai dit que nous allions tous ensemble au QG, pour nous expliquer. Que nous n'avions rien à cacher.

– Il est armé ?

– Non, je ne pense pas. Mais s'il ameute les autres, nous sommes fichus.

Hussein Al Foukhar prit le volant. A l'arrière, le mollah fixait Malko comme s'il avait été Satan en personne. Les rues de Nabatiyeh étaient jonchées de débris, parcourues de véhicules militaires qui fonçaient à tombeau ouvert. L'aviation israélienne avait tapé dur et précis.

Guidés par le mollah, ils arrivèrent devant un bâtiment carré disparaissant sous les portraits d'imams barbus et de drapeaux verts, entouré de sentinelles à l'air farouche. Un affût de mitrailleuses lourdes était en équilibre sur un toit de tôle ceinturé de sacs de sable. Trois Hezbollahs stationnaient devant une barrière abaissée. Ils firent signe à Hussein Al Foukhar de se garer. Aussitôt, le Libanais se retourna et dit aimablement au mollah :

– Descendez ! Je me gare.

Le religieux sortit de la voiture. Il n'avait pas encore les deux pieds au sol qu'Hussein Al Foukhar démarra en première, tournant aussitôt dans une ruelle afin d'échapper à la réaction prévisible des sentinelles. Après plusieurs zigzags dans Nabatiyeh, il se tourna vers Malko, les traits tendus.

– Nous sommes obligés de repasser par le check-point. S'ils sont reliés par radio au QG, ça va être dur...

Ils n'échangèrent plus un mot tandis qu'ils approchaient du barrage. Aussitôt, deux Hezbollahs se mirent en travers du chemin. Hussein Al Foukhar baissa sa glace et leur cria quelque chose. Ils firent un bond en arrière, comme si une tarentule les avait piqués et il repartit aussitôt, fonçant sur la route déserte.

– Qu'est-ce que vous leur avez dit ? demanda Malko un peu plus loin.

– Que les Israéliens revenaient...

Tandis qu'ils roulaient, Malko regarda à nouveau la photo. L'Iranien était parfaitement net. Sur un agrandissement, on pourrait aisément l'identifier. Il s'assoupit, bercé par la chaleur et la monotonie de la route étroite et poussiéreuse encombrée de camions, coupée de barrages.

Lorsqu'il se réveilla, ils étaient à l'entrée de Beyrouth. Hussein Al Foukhar lui adressa un sourire complice.

– C'est Allah qui a envoyé les Israéliens aujourd'hui. Sans eux, vous n'auriez jamais eu la photo. Que voulez-vous faire maintenant ?

Le choix était limité. Malko en avait assez de jouer à la roulette russe avec sa peau.

– Aller à l'ambassade américaine, dit-il. Pensez-vous pouvoir franchir les barrages de l'armée libanaise ?

Hussein Al Foukhar fit la moue.

– Je préfère ne pas prendre de risques.

– Bien, dit Malko. Dès que nous serons à Ashrafieh, j'appellerai Faulkner pour qu'il vienne me récupérer.

Il était à peine plus de onze heures. Le chef de station de la CIA devait se trouver à son bureau. Ils s'arrêtèrent en face d'une épicerie d'Ashrafieh qui mit son téléphone à leur disposition. Malko n'eut aucun mal à se faire passer Vincent Faulkner. Ce denier étant sûrement sur écoutes, il se contenta de lui dire :

– Tout s'est bien passé. Pouvez-vous venir me chercher là où nous nous sommes vus la dernière fois ?

– J'arrive, fit l'Américain sans aucun commentaire.

Ils repartirent sans se presser vers Jounieh. Ils y parvinrent quelques minutes avant un petit convoi composé d'une Mercedes et de trois Range Rover bourrées de gardes de l'ambassade. Hussein Al Foukhar tendit la main à Malko.

– *Allah maak !* J'ai été content de pouvoir vous aider.

– Et vous ?

Le Libanais eut un geste insouciant.

– Les Hezbollahs vont me détester un peu plus, mais ils n'oseront rien faire... Quand je serai en Europe, je vous téléphonerai. Pour le reste, je vais lire les journaux avec attention.

Malko sauta de la voiture et s'engouffra dans la Mercedes. Vincent Faulkner se retenait visiblement de l'embrasser.

– Vous avez récupéré cette photo ? demanda-t-il anxieusement.

Malko la sortit de sa poche et la lui tendit.

– La voilà.

*
**

Il n'avait pas fallu plus d'une heure pour obtenir les agrandissements de la photo du « diplomate » iranien. Ils étaient étalés sur le bureau de Vincent Faulkner, au milieu de débris de sandwiches et de tasses à café vides.

A côté, en pile, se trouvaient les photos de tous les diplomates iraniens en poste à Beyrouth depuis dix ans. Si l'air climatisé ne les avait pas toutes tuées, on aurait entendu voler une mouche.

Vincent Faulkner posa deux photos l'une à côté de l'autre et les regarda longuement.

– C'est lui ! dit-il avec une intonation triomphante.

Malko se pencha à son tour. La ressemblance ne permettait pas de douter. Les agrandissements montraient les lobes des oreilles très détachés, l'implantation particulière des sourcils se rejoignant presque, et celle des cheveux. La taille et les mensurations correspondaient... Avec la solennité d'un gros joueur retournant une carte au baccara, l'Américain retourna la photo fournie par ses services et lut la légende.

– Walid Nasseri, second conseiller économique à l'ambassade d'Iran. Arrivé à Beyrouth en octobre 1992. Se trouvait auparavant à Téhéran, au ministère du Pétrole. Age inconnu, célibataire. Habite dans l'ambassade. Sort très peu.

– Et avant Téhéran ? demanda Malko.

– Il était en Syrie sous le nom de Ghotbi. Les deux noms sont probablement faux, mais c'est bien notre homme...

L'émotion lui cassait la voix.

– Il ne reste plus qu'à lui faire subir le même sort qu'à Imad Mughnieh, suggéra Malko.

– Cela ne va pas être facile, remarqua Vincent Faulkner. Les diplomates iraniens ne sortent pratiquement pas de leur ambassade. Moins encore que nous. Il est impossible de le frapper là-bas. Il faudra planifier une opération de longue haleine, pour frapper à coup sûr. Cela peut prendre des semaines, ou des mois.

Malko remarqua avec amertume :

– Après ce qui vient d'arriver à Imad Mughnieh, il risque de prendre peur et de quitter Beyrouth. Une fois à Téhéran, il sera hors de portée.

– C'est vrai, reconnut l'Américain. Mais vous avez une solution à proposer ?

Ils restèrent un long moment à regarder les photos accusatrices. Il avait fallu un sacré concours de circonstances pour identifier le tortionnaire de William Buckley ! Malko enrageait à l'idée qu'il puisse échapper à la punition de son crime, tout en admettant les arguments de Vincent Faulkner. Walid Nasseri semblait intouchable.

Soudain, son visage s'éclaira.

– Vous pouvez vraiment compter sur le colonel Ghazala ?

– Je pense, oui. Pourquoi ?

– Je crois que j'ai la solution, dit Malko. Vous connaissez un conte oriental, celui du *Rendez-vous à Samarcande* ?

– Non.

– Il y avait une fois un homme qui croise la Mort. Effrayé, il prend un cheval et galope jusqu'à la ville de Samarcande pour s'y cacher. Il y arrive le soir et tombe sur la Mort qui lui dit : « J'ai été étonnée de te voir ce matin. Je t'attendais ici, ce soir, à Samarcande. »

Visiblement, Vincent Faulkner n'avait pas compris. Malko se mit en devoir de lui expliquer son plan.

CHAPITRE XXI

Walid Nasseri n'avait pas pu refuser l'invitation au cocktail donné par le président Rafik Hariri en l'honneur du nouvel ambassadeur d'Arabie Saoudite. Elle lui avait été envoyée par un homme avec qui il était parfois en contact, un membre des services spéciaux syriens, le colonel Ali Ghazala. Ce dernier avait probablement quelque chose à lui demander.

Le cocktail avait lieu dans l'immense maison du Premier ministre, à Beyrouth-Ouest. La décoration alternait meubles anciens et superbes créations modernes, entièrement réalisée par l'architecte d'intérieur parisien Claude Dalle, coqueluche des milliardaires orientaux. Après avoir serré quelques mains, et entretenu des conversations sans importance, Walid Nasseri rôdait dans l'enfilade des grands salons, un verre de jus d'orange à la main, prêt à repartir sans avoir vu celui qui lui avait envoyé cette invitation.

Gros travailleur, fils de mollah, il avait gravi les échelons des services de renseignements iraniens grâce à sa parfaite connaissance de l'anglais, à son zèle et à la protection de l'ayatollah Motachemi. L'affaire William Buckley l'avait propulsé dans les plus hautes sphères du pouvoir et toutes les informations arrachées à l'Américain avaient été exploitées durant de longues années. Certaines servaient encore. L'ayatollah Khomeyni lui-même l'en avait félicité. Aujourd'hui, il tirait dans l'ombre les ficelles de plusieurs réseaux, jamais en première ligne, mais d'autant plus efficace. Il sortait très peu de l'ambassade, où il recevait lui-même tous ses correspondants.

– *Haroye* Walid Nasseri !

Il se retourna, surpris. Peu de gens ici connaissaient son nom. Le colonel Ali Ghazala lui souriait. Ils se serrèrent la main. Les deux hommes savaient parfaitement ce qu'ils faisaient l'un et l'autre et se rendaient parfois de petits services. Le Syrien prit Nasseri par le bras et l'entraîna près d'une fenêtre, loin des oreilles indiscrètes.

– Je vous ai invité car je voulais vous parler discrètement.

L'Iranien eut un sourire faussement candide.

– Vous êtes toujours le bienvenu à l'ambassade...

– Bien sûr, répliqua le Syrien, mais je tiens à ce qu'on ignore que nous nous sommes parlés.

– Pourquoi ?

– Pour ma sécurité. J'ai une information de la plus haute importance à vous transmettre. Elle vous concerne directement...

Le cœur de l'Iranien battit plus vite, mais il ne laissa rien paraître de son émotion.

– Que se passe-t-il ?

– Vous savez ce qui est arrivé à Imad Mughnieh ?

– Oui, bien sûr.

– J'ai une source sûre chez les Israéliens. Les Américains vous ont identifié et veulent vous liquider.

– Moi ? Pourquoi ?

– Je ne sais pas exactement, dit le colonel Ghazala. Une vieille histoire qui remonte à une dizaine d'années. Ils savent que vous étiez à Damas à ce moment-là, sous une autre identité.

– Ah bon ! fit l'Iranien d'un ton absent.

Il avait tout de suite compris. Il se retourna comme si les gens de la CIA étaient déjà sur ses talons, puis demanda :

– C'est sérieux ? Il y a tant de rumeurs à Beyrouth...

Ghazala lui jeta un regard de commisération et dit un peu sèchement :

– Mes services ne se contentent pas de rumeurs. Je ne voudrais pas qu'il vous arrive quelque chose. J'ai entendu parler d'un raid aérien contre l'ambassade.

– Un raid aérien, mais c'est impossible ! Ce serait un affront à votre Président.

– Les Américains ont bien bombardé Bagdad il y a une semaine... Ne vous y fiez pas. Je prends des risques à vous avertir. Une partie de ma hiérarchie travaille pour la CIA, mais vous et moi avons toujours eu de bons rapports, n'est-ce pas ?

A leur habitude, les Syriens jouaient double jeu, pensa Walid Nasseri en posant son verre de jus d'orange.

Il n'avait plus soif. Ghazala était crédible. Jamais il n'aurait pensé que cette vieille histoire ressorte... Il savait que parfois, les Américains savaient se montrer rancuniers et féroces.

– Que me conseillez-vous ? demanda-t-il.

– Prenez votre voiture et partez à Damas quelque temps, sous n'importe quel prétexte. Là-bas, vous serez en sécurité.

Walid Nasseri réfléchit quelques secondes, pesant le pour et le contre.

– Très bien, dit-il, je vais suivre votre conseil. Je vous remercie infiniment.

Ils se serrèrent la main et l'Iranien partit à grandes enjambées. Il n'était que dix heures. Si tout se passait bien, il serait à Damas à une heure du matin... De là, il préviendrait sa centrale, à Téhéran. Son chauffeur l'attendait.

– On retourne à l'ambassade, ordonna le diplomate. Tu feras le plein.

Le colonel Ali Ghazala regarda, du premier étage, Walid Nasseri monter dans sa voiture. Il priait Allah pour que le diplomate soit discret jusqu'à son départ. Il alla au bar et se fit servir en cachette un Johnnie Walker, sans eau, avec de la glace. Ce soir, il jouait sa carrière, et peut-être sa vie. Si tout se déroulait comme prévu, le lourd dossier que la DEA détenait contre lui serait détruit et il pourrait conserver les quelques millions de dollars amassés grâce aux bakchichs sur le trafic d'héroïne. Cela valait bien une petite manip à l'égard d'un homme pour qui il n'avait pas vraiment d'amitié.

Son whisky terminé, il quitta la soirée. Il n'avait pas envie de rentrer et se dirigea vers Zouk, où il savait pouvoir trouver des putes compréhensives.

*
**

Malko attendait, non loin de l'ambassade d'Iran, dissimulé derrière des voitures en stationnement. L'endroit était particulièrement sinistre, au sud de la ville, dans le quartier d'el-Ozaie. Terrains vagues et immeubles neufs alternaient, à la hauteur du *Coral Beach*, mais un kilomètre à l'intérieur. Les bâtiments de l'ambassade se dressaient au milieu d'un vaste parc clos de murs qui occupait toute la pente d'une colline. En bas, devant un portail impressionnant, veillait un pasdaran loqueteux, une Kalach' sur les genoux...

Il était dix heures trente. Une Mercedes noire était entrée en trombe dans l'ambassade, vingt-cinq minutes plus tôt. Il l'avait suivie à bonne distance depuis Beyrouth-Ouest, une fois vérifié le numéro obligeamment fourni par le colonel Ghazala. C'était bien celle de Walid Nasseri, un véhicule blindé d'ailleurs. Malko n'eut pas à attendre longtemps. Le pasdaran abandonna son tabouret pour ouvrir le portail, et la Mercedes noire ressortit, conduite par un chauffeur.

Malko démarra et à bonne distance n'eut guère de mal à le suivre. La circulation était fluide et le chauffeur conduisait lentement. La Mercedes traversa Beyrouth d'ouest en est puis s'engagea sur la route escaladant la montagne, en direction de Aley et de la Bekaa.

Les virages se succédaient. Une petite lampe s'alluma à l'intérieur de la Mercedes : son passager, à l'arrière, s'était mis à lire. Ils passèrent Jamhour, puis, dix minutes plus tard, laissèrent sur leur droite l'embranchement menant à Aley. La route serpentait maintenant sur un plateau à plusieurs centaines de mètres d'altitude, dominant de profondes vallées. De jour, le paysage était superbe.

Après Ouata, la route se scindait en deux voies, une mini-autoroute sur une dizaine de kilomètres, jusqu'à Bhamdoun. A gauche une falaise, et, à droite, un profond ravin l'encadraient.

Malko stoppa sur le bas-côté. Il sortit de sa voiture, prit son émetteur-radio codé et dit quelques mots dans le micro. Quelques secondes plus tard, une voix neutre annonça :

– Acquisition.

Il remonta dans la voiture. A un kilomètre, les feux rouges de la Mercedes de Walid Nasseri s'éloignaient rapidement.

*
**

Réza, le chauffeur de Walid Nasseri, était si concentré sur sa conduite qu'il ne remarqua pas immédiatement la forme noire qui avait surgi du ravin sur sa droite, comme un gigantesque oiseau de nuit.

Un hélicoptère peint en noir, sans feux de position, qui était resté tapi là, à l'abri des radars, depuis un bon moment. Le ronflement étouffé de ses turbines s'entendait à peine, couvert par le bruit de la Mercedes.

Comme un fantôme, il avançait parallèlement à la voiture, un peu en crabe. Réza poussa un cri, qui fit sursauter Walid Nasseri. A son tour, celui-ci aperçut l'hélico et comprit immédiatement. Sa voiture avait beau être blindée, contre un engin de guerre, ce n'était guère plus utile que du papier à cigarettes.

– Fonce ! hurla-t-il.

Au lieu d'accélérer, Réza, paralysé de terreur, écrasa le frein.

Walid Nasseri avait la main sur la portière quand deux roquettes tirées en même temps atteignirent la voiture. Elle se transforma instantanément en brasier. Ses deux occupants moururent en quelques secondes et leurs corps furent déchiquetés par les projectiles suivants.

Immobilisée en travers de la chaussée, la Mercedes brûlait comme une torche. Le Cobra tourna sur lui-même et fila comme un voleur en direction de la mer. Le temps que les radars syriens le repèrent, il aurait regagné le porte-avions d'où il était parti. Son équipage, aidé par les puissants moyens électroniques de brouillage installés sur le porte-avions, était rompu à ce genre de mission. Depuis une demi-heure, tous les radars syriens de la région étaient brouillés.

Malko regarda quelques secondes le brasier où se consumait le bourreau de William Buckley, puis fit demi-tour, enjambant la travée centrale pour repartir en direction de Beyrouth.

Cette fois, sa mission était bien terminée. Il n'avait plus qu'à se rendre à l'ambassade américaine pour son exfiltration définitive. La lueur de l'incendie le poursuivit pendant plus d'un kilomètre et il croisa une ambulance lancée à toute vitesse. Puis il se trompa d'embranchement et se retrouva sur la route de Jounieh, à la hauteur de Zouk. C'était un signe du destin. Trois jours s'étaient écoulés depuis qu'il avait quitté à l'aube Natalya Nabilova. Elle devait l'avoir catalogué dans la catégorie des « porcs ». Dix minutes plus tard, il stoppait devant le *White House*.

L'atmosphère y était toujours aussi glauque. Une demi-douzaine de filles se déhanchaient sur le podium au son de *Twist Again*, et les grappes habituelles attendaient dans la salle.

Hiératique, le visage fermé, Natalya était seule à sa table devant un Coca. Le loufiat à la mâchoire prognathe et à la veste trop étroite pour ses épaules de docker se précipita au-devant de Malko et l'escorta avec des commentaires huileux.

Natalya Nabilova leva les yeux. Une suite de sentiments contrastés passa dans ses prunelles violettes ; les coins de sa bouche commencèrent par s'abaisser, puis une lueur plus douce éclaira son visage.

– Tiens, tu n'es pas parti...

Aucune rancœur dans sa voix. L'inévitable bouteille de Dom Pérignon venait d'apparaître sur la table. Obséquieux, le loufiat la déboucha et versa le champagne dans les coupes. Natalya montra à Malko son poignet, où brillait un gros bracelet d'or.

– Je me suis acheté ça avec tes dollars. Quand j'en aurai marre, je me pendrai...

Malko sourit.

– J'ai une autre solution.

Au moment où il allait lever sa coupe, son regard tomba sur la table voisine, occupée par un homme entouré de trois entraîneuses. Le colonel Ali Ghazala. Les regards des deux hommes se croisèrent.

Avec une lenteur calculée, Malko leva son verre de Dom Pérignon dans sa direction. Le Syrien hésita quelques secondes, puis en fit autant, avec un demi-sourire.

– Qui est-ce ? demanda Natalya.

– Un ami qui vient de me rendre un grand service.

Malko vida sa coupe, posa un billet de 100 dollars sur la table puis se retourna vers sa sculpturale voisine. Il ne fallait pas trop tirer sur la chance.

– Tu viens ?

Elle lui adressa un sourire plein d'ironie.

– Tu as encore envie de me baiser ? Il est trop tôt. Si je pars, ce porc va me virer de ma chambre.

– Tu n'as plus besoin de chambre, dit Malko. Tu quittes Beyrouth. Avec moi.

– Je n'ai pas de passeport.

– Tu n'en as pas besoin, je te l'ai dit. Viens.

Il se leva et la prit par la main, sous le regard furibond du patron. Cinq minutes plus tard, il se présentait à la grille de l'ambassade américaine et se faisait connaître. Vincent Faulkner surgit aussitôt, affolé.

– Bon Dieu, où étiez-vous ?

– Je réglais quelques détails, dit Malko.

– Dépêchez-vous, l'hélico est là.

Il aperçut Natalya et s'immobilisa.

– Qui est-ce ?

– Vous le savez bien, dit Malko. Elle part avec moi et il va falloir lui trouver un passeport.

Le chef de station de la CIA ne tenta même pas de discuter. Ils descendirent vers l'hélicoptère dont le rotor tournait déjà. Natalya faillit s'évanouir en le voyant.

– J'ai peur en avion ! dit-elle.

– Il faudra te faire une raison, dit Malko en la poussant dans l'appareil.

Trois minutes plus tard, ils survolaient le tapis lumineux de Beyrouth, filant vers l'ouest. L'opération *Wrath of God* était terminée. La colère de Dieu s'était bien déchaînée sur Beyrouth.

*
**

Malko était en train de sortir différents millésimes de château La Gaffelière, afin d'équilibrer sa cave, dans sa bibliothèque lorsqu'on lui annonça un visiteur. Trois semaines s'étaient écoulées depuis son retour à Liezen. Les Hezbollahs et les Iraniens avaient été informés par les canaux appropriés de la CIA. Aucun ne dormirait plus tranquille.

Un jeune homme inconnu de Malko se présenta de la part de l'ambassade américaine à Vienne et lui remit un paquet, contre une signature. Malko attendit d'être seul pour l'ouvrir. Il y découvrit, sur un écrin de velours bleu, une pièce de un dollar en argent, un *silver dollar*. L'une des faces avait été polie et on y avait gravé le sceau de la *Central Intelligence Agency*.

IMPRIMÉ EN FRANCE PAR BRODARD ET TAUPIN
Usine de La Flèche (Sarthe), le 2-10-1993.
3026B-5 - Dépôt légal, Éditeur : 2589 - 10/1993.
ISBN : 2-7386-0368-8

42/5603/8